新潮文庫

食べる女

決定版

筒井ともみ著

新潮社版

10974

目次

食べる女

決定版

台所の暗がりで

そろそろくされ縁かな。

多実子《たみこ》はランチのパスタをフォークに巻きつけながら、ぼんやりと考える。すぐにそれを実行に移そうというほどハッキリした思いではないけれど、夏のあいだに蓄積した疲れが秋のはじめの心身をじんわりとかったるくさせるように、草介《そうすけ》との付き合いにもけだるさを抱きはじめている。

イラストレーターの草介と付き合いだして足かけ四年。草介との場合、足かけというよりほんの腰かけのつもりだったのに、いつのまにか三年近い月日が過ぎてしまった。

午後の陽ざしが射《さ》し込むレストランの店内は、ランチのピークも退《ひ》いた時刻なので、客もまばらだ。多実子が勤務しているテレビ番組の制作会社はここから歩いて二、三分、赤坂のＴＢＳに近い裏通りにある。いつも紫煙がたちこめている会社に残って、店屋物を取るか弁当を買って昼食を済ませてもよかったのだけれど、なんとなくひとりになりたくて出かけてきた。

　鮮やかなブルーの皿に盛られたルコラとベーコンと松の実のパスタは残り半分ほどになっている。もうひとくち食べようとして、多実子はフォークを皿に置いた。これくらいにしておこう。今夜は草介が夕食を作ってくれているはずだ。

　草介が作る料理ときたら、ちょっとしたレストラン並みの美味《おい》しさだ。イタリアンありフレンチあり、アジアンテイストあり。どれも多実子が好きそうな（と、草介が思っている）ものばかり。どれひとつとっても多実子には作れそうになかったし、毎回のレシピを考えるだけで頭が痛くなりそうだ。

　おまけに草介は、多実子の仕事が押して遅くなっても、急な約束が入って外で夕食を済ませることになっても、嫌な顔もせずに待っていてくれる。そんな風にされれば多実子だって、帰れる日には早めに帰り、草介の料理を食べてあげようと思う。おかげで明け方近くまで飲んだくれて、ひどい二日酔いに苦しむことはめっぽう少なくなったけれど。

　そんな恵まれた食生活を送るようになってもう三年。それでも、そろそろ、くされ縁かもしれない。

食後の珈琲《コーヒー》をブラックのまま半分ほど飲んで、店を出た。

午後三時からテレビ局で、多実子がアシスタントプロデューサーをしているテレビドラマの局試写がある。十月スタートの新番組で、今日は第三話の試写だ。スポンサー、広告代理店、演出家、脚本家、局プロデューサー、そして多実子の上司である制作会社のプロデューサーたちと一緒に見る。

今のところ制作は順調にすすんでいるけれど、第一話が放送されて視聴率がわるかったりしたら、文句のすべては制作会社に降りかかってくる。それまで面白がっていたことでも視聴率がわるければ、平気で変更を言い出す連中だ。そんなことを演出家も脚本家もウンと言うはずがなく、あいだに入って右往左往するのがアシスタントプロデューサーである多実子の仕事だ。それでもなんとか難関を切りぬけて、最終回までこぎつけた時の解放感は何ものにも替えがたい。数多《あまた》の苦労も忘れて、また新しいドラマを作りたくなる。

それにしても、今日の試写はちょっと気が重い。広告代理店からやってくる営業課長が、多実子の昔のオトコの部下で、多実子との付き合いをうすうす知っていたのだ。三年前に別れたオトコ。草介の前に付き合っていたオトコ。

多実子はその年上の男に、一途《いちず》な恋をしていた。男のことを思うだけで立っているのさえ切なくなり、体を横たえてしまいたくなるほどの恋（実際には、仕事中に男のことを考えても、体を横にしたことなどなかったけれど）。それくらい激しい恋心。でも、男との恋は終った。男には妻子の待つ家庭があったから。燃えあがるような不倫の恋にはいつしか終りがくる。

そんなことくらい分っちゃいるのに、多実子は不倫の恋をくり返した。だって。多実子が知り合う男たちのなかで、仕事ができて見ためもほどほどよくて、経済的にも多少のゆとりがあって、セックスもわるくなさそうとなれば、女たちが放っておくわけがない。それらの条件（の、幾つか）を満たす男はすでに他の女に捕まっていて、家庭を持たされている。だからつい、不倫の恋になってしまう。

不倫の恋で何が辛《つら》かったかといえば、セックスが終ると男が帰ってしまうことだった。ホテルへいっても多実子の部屋にきても、男たちはセックスを終えるとじきに下着を付け、Yシャツを着てネクタイを結ぶ。まだズボンもはいてないうちからネクタイ結ぶことないじゃない。裸のままの多実子が甘えるふりをしてネクタイを引っぱってみたところで、男たちの帰り支度は止められない。その場しのぎで引きのばすことはできても、男たちの帰巣《きそう》本能まで断ち切ることなんてできっこない。

男の帰ってしまったベッドで、多実子は少しだけ泣いてみる（本当に悲しいわけではないんだけれど）。たくさん泣いたりはしない。惨《みじ》めになるだけだから。そうやって痩《や》せがまんをくり返しながらも恋心はどんどん深みにはまり、痩せがまんの限度をこえてしまったとき、不倫の恋は終りを告げる。そう、かつての男たちはみんな、きちんともと通りに服を着て帰っていった。

でも、草介は帰らなかった。

始まりは三年前のクリスマスイブ。ひどい風邪をひいていた。男と別れてめげているうえに仕事でもうまくいかないことがあって、ドラマ制作の現場からも外されてしまった。おまけに重症の風邪。四十度近い高熱がつづいて、会社を休んでベッドの中でひたすら喘《あえ》いでいた。見舞ってくれる人も会社からの連絡もないまま、まるで自分だけが世界から取り残されていくような、孤独で最悪な気分のイブだった。

草介から電話があったのはそんなときだった。ようやく熱も七度台まで下がり、洗濯物が山もりになった洗濯機を回そうとしているときだった。久しぶりに鳴った着信音は、遠ざかりつつある世界からの呼び出し音のように思えて、多実子はふらつく足どりで携帯電話へと急いだ。

「多実子さんですか？　会社に電話をしたら、風邪で休んでいるときいて、心配になって。多賀《たが》です。多賀草介」

熱の余韻が残るぼやけた頭ではすぐに思い出せなかった。そんな多実子の気配を察したらしく、草介が言った。

「カラオケで、多実子さんにリクエストされて、ほら、ミスチルを歌った多賀草介です」

ああ、あの若い男か。ようやく思い出せた。会社の連中と飲んでいるときに紹介されたイラストレーターだ。多実子より四歳年下だといっていたから、二十八歳ぐらい。スラリとした清潔でかんじのいい男ではあったけれど、多実子のタイプではまるでなかった。

「風邪、どうですか？　大丈夫ですか？」

大丈夫なわけないでしょ。そう言ってやりたかったけれど、ええ、なんとか、と応《こた》えた。

「よかった。まだ食欲なんてないと思うけど、もし少しでも食べられそうだったら、僕、何か届けますけど」

食べ物？　そういえばもう丸二日、水の他には何も口に入れていない。そう気付いた途端、多実子は空腹を感じた。風邪は恢復《かいふく》期に入ったらしい。でも、何か食べようにも冷蔵庫にはろくなものが入っていないし、出かけるのはまだ億劫《おっくう》だ。このさい、せっかくの申し出を受けさせてもらおうかしら。

電話を切ると、大急ぎで身繕いをした。いくら病みあがりとはいえ、さして親しくない（草介とは二、三回、仲間と一緒に飲んだことがあるだけ）若い男を部屋に入れるのだから、スッピンというわけにもいかない。二日ぶりに顔を洗って鏡をのぞくと、ひとまわりほっそりとした顔が映っていた。風邪のおかげなのか色白の頬はほんのり上気してピンク色だし、黒眼がちの双眸《ひとみ》もうるんでいる。三十路《みそじ》をこえてしまったわりには、わるくない。肩胛骨《けんこうこつ》のあたりまで伸びたストレートヘアを束ねて、うすくファンデーションを塗った。

草介が運んできたのは手づくりのポトフだった。ゴロリと大きく切ったジャガ芋、人参《にんじん》、セロリ、丸のままの玉ネギ、そして牛すね肉。スープはていねいにアクを取ってあるらしく澄みきっている。それとアイルランド産のスモークサーモン。オニオンスライスとレモンも添えてある。草介はそれらを温め直したり、皿に盛りつけると、これも持参したバゲットをザクザクと切った。

部屋いっぱいにポトフのいい匂《にお》いとパンの香ばしい匂いがたちこめて、思いがけずありついた素晴らしいイブのディナーとなった。

やさしい味のスープをひとくち飲んだ多実子は、本当に、思わず涙ぐんでしまった。スープのひとくちで涙ぐむくらい、多実子は身も心も弱りきっていたのだ。草介とふたりきりになるのは初めてだし、何を話せばいいのか分らなかった。風邪ひきなのをいいことにして、草介の話に耳をかたむけるばかりで、自分は無言のまま心尽くしのディナーを食べつづけた。

草介は単行本や雑誌にイラストを描く他に、知り合いのレストランの内装を手伝ったり、メニューを書いたり、毎年一回、仲間と絵の展覧会もやっているという。あくせくせず、好きな仕事だけをして暮しているらしい。うらやましいかぎりだけれど、目先のことに追われるだけの日々を送る多実子にとっては無縁の生き方でもあった。

デザートにはフランボワーズのシャーベットも用意されていた。

すべてを食べ終るころには、フワフワ頼りなかった体にも人心地がついて、草介へのお礼について考えるだけの余裕もでてきた。遅ればせのクリスマスプレゼントとして、ネクタイかセーターでも贈ろうかしら。それとも次にドラマをやるとき、小道具のイラストでも描いてもらおうかしら。

あれこれ考えながら多実子は、無意識のうちにワインのボトルを取り出していた。

「あれ？　大丈夫なんですか？　飲んだりして」

「一杯くらい、大丈夫大丈夫」

ワインの一杯もないイブのディナーじゃ淋《さみ》しすぎるじゃない。それにちょっと飲んでみようかと思うくらいの元気も出てきていたし。昔の男とのイブは、ボルドーのヴィンテージワインだったたっけ。今年はイタリアの軽めの赤。ま、いいか。草介が手際《てぎわ》よく抜栓して注いでくれた赤い液体は、キリストの血みたいに多実子の体に染《し》み入った。数日ぶりのアルコールだったからかもしれない。そしてこの一杯の赤い液体が、草介へのお礼についての思考をいきなりフィジカルなものにしてしまった。

どうせお礼をするなら、セックスをしてあげちゃおうかしら。わざわざイブの夜に見舞いにきてくれたんだもの、私に気があるにちがいない。ネクタイやセーターより、この私をあげた方が喜ばれるかもしれない。それに、多実子自身もそこはかとなくセックスがしたかった。ちょっとした付き合いのボーイフレンドと別れてもう三ヶ月、男と抱き合うこともしていない。

多実子が手を伸ばしたのと、草介がその手を受け取ったのはほとんど同時だった。そのまま抱き合いキスをしながら、もつれるようにして（正確には、多実子がリードして）、二人はベッドの上に倒れ込んだ。

たいへんかんじのいいセックスだった。かつての男たちのようなテクニックやいやらしさはなかったけれど、うっとうしくなくてのびやかなセックスだった。そして多実子は不覚にも、そのまま寝入ってしまった。

翌朝、目を覚ました多実子は、思わず悲鳴をあげそうになった。ベッドの傍らに、裸の男が寝ているのだ。真っ白になった頭のなかに、ゆうべのできごとがフラッシュバックのように蘇《よみがえ》った。男は当然のことながら、草介だった。

多実子はシーツを体に巻きつけて、奇妙なものでも見るように眠っている草介を見つめた。セックスが終っても帰らない男がいるなんて。初めての体験だった。それは新鮮な驚きであると同時に、胸の奥が疼《うず》くような恥しいような、奇妙な気分でもあった。

一夜で終るはずのセックスだった。ほんのお礼のつもりの、火遊びみたいなものだったから。でも、終らなかった。人生ってやつは思いもかけない方に転がっていく。

それからも草介は時々、おいしい料理を作りにきてくれて、かんじのいいセックスをして、多実子のベッドで眠っていった。取りたてて拒む理由など見つからなかった。

多実子もドラマ制作の現場に復帰して、仕事は多忙をきわめていた。そうなると、多実子のスケジュールに合わせて夕食を作ってくれたり、休日の買物に荷物持ちとして付き合ってくれたり、時には風呂《ふろ》をわかしたり洗濯までしてくれる草介の存在は、しごく快適であり便利でさえあった。

そうやってあたふたしているうちに、三年が過ぎてしまった。このごろでは目が覚めて同じベッドに草介が眠っていても、驚かなくなっている。セックスが終っても帰らない男に慣れてしまったのだ。

慣れるにつれてひとつだけ気になることがある。近ごろ男から誘われることがめっきりなくなったのだ。かつては燃えるような恋をしている時でさえ、他の男から誘われた。それがこのごろとんとお呼びがかからない。ひょっとすると安定供給される食生活と性生活は、女からフェロモンを奪ってしまうのかしら。そんなの嫌だな。

「ねえ、草介。なんで私のこと好きなの？　どうして私と一緒にいたいの？」

多実子は自分で考えることを放棄したように訊《き》いてみる。草介はベッドの上で本を読んでいた眼鏡の顔を上げると、不思議そうに多実子の顔を見上げた。

「僕の作るメシを美味《おい》しそうに食べてくれるから。一緒に食べると楽しいから」

「それだけ？　たったそれだけのこと？」

「でも、一緒にメシを楽しめるヨロコビって、一生もんじゃないかな」

多実子はそれ以上何も言えなくなってしまう。草介という男は他者に何かを強要することはないけれど、いつしかじんわり搦《から》めとるような、そこはかとないしぶとさを持っている。そのことに気付いたのは、付き合いだして三年目になったころだ。気付くのが遅すぎた。やっぱり、そろそろ、くされ縁かもしれない。

第三話の局試写はおおむね好評だった。そのあと簡単なミーティングをしてテレビ局を出ようとした時、昔の男とすれちがった。男が広告代理店の営業局長に昇進したことは噂《うわさ》で聞いていたけれど、顔を合わせるのは本当に三年ぶりだった。

男も多実子に気付くと、目を細めるようにして多実子を見つめた。あのころより白髪が増えているけれど、その他は昔のままだ。相変わらず陽焼けしてガッチリしていて、男っぽい。ちょっと掠《かす》れたような声も昔のままだ。

「久しぶり。元気そうじゃないか」

多実子は緊張のあまり何も言えなくて、ただ黙ったまま男を見つめ返した。不意に男の顔が近付いて、耳もとに囁《ささや》いた。

「都合がいいとき、連絡しておいで。メシでも食おう」

そう言いながら多実子の腕をギュッと握ると、そのままテレビ局の中へ去っていった。立ち尽くした多実子のまわりを幾人もの人々が通りすぎていく。つめていた息をようやく解くと、多実子はそっと片手を伸ばして、男に握られた左の腕に触れてみた。

一瞬のうちに、男と過ごしたあのヒリヒリした日々が体の奥から蘇ってきた。

その晩、家に帰ると、部屋の明かりはついていなかった。テーブルの上に、草介のメモが置かれている。

「急な仕事が入って、今から出かけます。夕食は冷蔵庫の中。ラタトゥーユととり肉。とり肉は味つけしてあるから、焼くだけ。なるべく早く帰ります」

多実子は草介が留守であったことに感謝した。今は顔を合わせたくない。部屋の明かりを消したまま、ベッドの端にお尻《しり》をのせた。暗闇《くらやみ》の向うに電話機がある。手を伸ばして、今でも覚えている携帯電話の番号を押せば、男との恋は取り戻せるかもしれない。

でも、多実子は動かなかった。

昔の男との恋が蘇ったとしても、あのヒリヒリした日々を、セックスが終れば帰ってしまう男を見送る痩せがまんを、もういちどくり返すことができるだろうか。分らない。草介との快適な暮しをキッパリ捨て去ることができるだろうか。分らない。なによりも、どちらの男も失って、またあの最悪だったクリスマスイブのような孤独な日々に耐えられるだろうか。分らない。分らない。分らない。

そのとき、グー、と、お腹《なか》が鳴った。今日はランチのパスタを半分しか食べていなかったことを思い出した。暗闇のなかで空腹感は猛烈につよくなっていく。

台所へいき、炊飯器の蓋《ふた》をあけた。ふっくらとごはんが炊《た》きあがっている。ごはんを茶碗《ちゃわん》によそって、冷蔵庫をあけた。草介が用意してくれたラタトゥーユととり肉を横眼で見ながら、玉子を一個取り出した。玉子を割ってかき混ぜて、醤油《しょうゆ》を入れて、あつあつのごはんの上にかけた。箸《はし》を取ると待ちきれないように、流しのへりにもたれたまま、生玉子かけごはんを食べはじめた。シャバシャバシャバ。シンプルで混じりけのない味が口中にひろがって、喉《のど》をすべりおちていく。すごく美味しい。シャバシャバシャバ。

立ったまま食べるなんて、こんな行儀のわるい食べ方は三年ぶりだ。あのころまでは夜遅くに帰ってくると、台所で立ったまま、生玉子かけごはんや冷めたみそ汁ぶっかけごはんをかき込んだものだ。空腹を満たすためだけの、手間のかからない、自分勝手なごはん。ちょっと野蛮なごはん。シャバシャバシャバ。

こんな行儀のわるい食べ方を多実子がしているなんて、昔の男も草介も知らずにいる。そう思いつくと、なんだかたまらなく愉快になってくる。ヒリヒリの恋か、穏やかな生活か。そんな二者択一するのはとりあえずやめておこう。ゴージャスなディナーでも満たされた夕食でもないけれど、こんな野蛮で美味しいごはんだってあるんだもの。

多実子はクスクス笑いながら、台所の暗がりで生玉子かけごはんを食べつづける。シャバシャバシャバシャバ。こんなときフェロモンは、女の体内で密《ひそ》やかに醸造されるのかもしれない。

セックスとラーメンの方向性

さて、軽く飲みにいくとするか。

麻子《あさこ》は大きく伸びをして、作業台の椅子《いす》から立ち上がった。もう夜中の一時を過ぎている。めずらしく急ぎのオーダーと修理が重なって、こんな時間になってしまった。

麻子の仕事はジュエリーデザイナー。オーダーを受けてから作ることもあるけれど、たいていは自分の好きな石を好きなデザインで作る。原石を活《い》かした、プリミティブでシャープなデザイン。それが麻子の作るジュエリーの特徴であり、麻子自身のキャラクターの特徴とも通じるのかもしれない。

出来上がったアクセサリーは、女友達が経営するブティックと、これも学生時代からの仲間の女がオーナーソムリエをしているワインバーの一隅に置かせてもらっている。もっと大きな宝飾店にでも売りこめば収入も増えるのだろうけれど、ほどほどに楽しく自由な日々を確保できるだけの分を稼げればそれでいいと思っている。仕事や時間や人間関係に追われる生活は麻子の性分に合わないのだ。

七階にある部屋の窓を開け、手を差し出して外気をかきまぜてみる。こうやって戸外の温度を確かめてから、着ていくべき服を決める。コートは厚手なのがいいのか、ジージャンで平気なのか。そんな手だけ出してチョロッと空気をかきまぜたくらいで気温がわかるわけないだろ、まったく地に足がついてない浮世離れの女だな。この部屋を訪れた男のひとりに言われたことがある。どうやって気温を察知するのか、そんなことは個人の勝手だ。放っておいてほしい。

その夜の温度を手の感触で計った麻子は、ダークグリーンのダッフルコートをはおっていくことにした。木枯らしの季節がすぐそこまで近づいている。

麻子の仕事場兼自宅のマンションがある天現寺《てんげんじ》のあたりには、歩いて五、六分のエリアに何軒ものバーや居酒屋がある。なかなかの店もあれば、まあまあの店もある。安っぽい店もバブリーなままの店もある。麻子はその中の一軒だけを行きつけにするのを好まない。このあいだのお連れさん、お見えになりましたよ、よろしくとおっしゃってました、などと親しげな口をきかれたひにゃうっとうしくて参ってしまう。

だから、誰かと連れだって飲みにいくこともあまりしない。相手の気分やピッチを気づかいながら飲むお酒は疲れる。飲む時ぐらい自由でいたい。麻子の場合、飲む時だけでなく、他の時も自由ではあるけれど。その夜の気分で店をえらび、軽く二、三杯、それでもまだ元気があるときにはハシゴもする。

そんな店で麻子は時々、「男」を見つける。恋人がいないわけではないのだけれど(いない時もある)、それとは別に、「男」を見つける。あるいは「女」として見つけられる。行きずりといえるのかもしれないけれど、一夜の恋人ともいえる。その一夜がくり返されることもあるし、くり返されないこともある。

だからといって、麻子が飲みにいくのは「男」を見つけるためではない。仕事で疲れた肩や腕のコリをときほぐし、リラックスするためだ。そのリラックスの過程で時々、「男」が出現する。

名前も経歴も知らない原石のままの「男」と「女」として見つけ合い、一緒に血液中のアルコール濃度を高めながら、店を出る。たいていは麻子の部屋へいく。なにしろ徒歩五、六分以内なのだから。そして心地よい、かつ安全なセックスを楽しむ。ジユエリーのデザイン同様、プリミティブでシャープなセックスが麻子は好きだ。

そして、そのあとにこそ麻子の楽しみが待っている。心地よいセックスを終えて男が帰り、ひと息ついた麻子は再び部屋を出る。徒歩四分のところに、朝までやっている旨《うま》いラーメン屋があるのだ。そこで昔なつかしいような支那《しな》ソバを食べる。心地よいセックスのあとの一杯のラーメンは、心身の細胞に染《し》みわたって、格別においしい。セックスからラーメンへ。このコースを完走できた時ほどひとり暮らしの解放感と充足感を満喫できるひとときはない。

その夜、ダッフルコートのフードを首に押しあてバーをめざして歩き出した麻子は、ひどく空腹であることに気付いた。そういえば忙しさにかまけて、遅めの昼食としてゆうべのシチューの残りとイギリスパンのトーストを食べたきりだった。そう気付くと、空腹はますますひどくなる。

麻子は行き先を変更して、ラーメン屋をめざした。とりあえず何かお腹《なか》に入れておかなければ、お酒を飲んでもすぐに酔ってしまう。お酒は酔うためというより、リラックスするために飲むのだから、そのヒマもなく酔ってしまうのは嫌だ。

ラーメン屋はかなり混んでいた。いつもはもっと遅くにくるので、カウンターに坐《すわ》れるけれど、今夜は無理。仕方なくテーブル席に坐り、メニューの一番最初に書かれている「当店自慢・昔なつかしい支那ソバ」を注文した。

それと同時に、「お客さん、ご相席おねがいしまーす」と店員に声をかけられて、振り返った。麻子と同じような紺色のダッフルコートを着た男が「いいですか?」と、きいた。「どうぞ」、麻子はこたえた。男もひとりらしい。年齢は麻子と同じ位か少し年下、たぶん三十代前半だろう。麻子はさりげなく素早く観察した。

麻子と男は四人掛けテーブルの対角線の席に坐って、支那ソバの到着を待った。

男が灰皿を引き寄せながらきいた。「いいですか?」「どうぞ」。男の手がマルボロの封を切り、煙草《たばこ》を取り出す。麻子はテーブルに肘《ひじ》をつき、男をそっと盗み見る。きれいな指をしている。麻子は指のきれいな男が好きだ。

男の吸うマルボロの煙が麻子の方になびいてくる。男のきれいな手が紫煙を追い払った。麻子は「ありがとう」の意をこめて、微笑《ほほえ》んでみせる。本当は煙草の煙なんて平《へ》っちゃらなんだけれど。

支那ソバがふたつ、運ばれてきた。男も同じものを注文していたらしい。細めのちぢれ麺《めん》に透きとおった醬油《しょうゆ》味のスープ、脂身《あぶらみ》の少ないチャーシューが二枚、支那竹とほうれん草と鳴戸と焼き海苔《のり》と長ネギの入った、オーソドックスにしてすこぶる旨いラーメンだ。

二人は同時にプラスチック製の箸《はし》入れに手を伸ばした。そこで初めて顔を見合わせて微笑み合い、男は自分が取り出した箸を麻子に、麻子もお返しに箸を差し出した。

箸を割って食べ始める。男はまず麵をすすり、次にチャーシューを食べ、スープを飲む。また麵に戻り、次は支那竹と、きわめて均等に食べていく。ところが麻子にはそれが出来ない。まず具を食べてしまってからでないと、安心して麵にいきつけない。麵が一番好きなのだ。それなら麵から平らげてしまえばいいじゃないかとも思うのだけれど、その勇気もない。私って案外、迷い性なのかな、などと愚にもつかない屈託を抱えながら、麻子はいつも支那ソバを楽しんでいる。

男はスープの一滴も残さず食べ終わると、またマルボロを取り出した。麻子はいつもならスープを全部飲んでしまうのだけれど、今夜はなぜかそうしなかった。

二人ともダッフルコートを着たままだったので、汗ばんでいる。脱ごうかな、とも思うけれど、あとはお勘定をして出るだけだ。それよりも、このまま男と別れてしまうのはちょっともったいないな。そんなことをあれこれ考え、ダッフルコートの着脱を迷っていると、男がきいた。

「ビール、たのもうかと思うんですけど、よろしかったらひと口、いかがですか？」

「え？　じゃ……ひと口だけ」

二人はもう一度顔を見合わせて微笑み合ってから、同時にダッフルコートを脱いだ。ビールの中瓶が運ばれてくる。男が二つのコップに注ぐ。五センチほどの泡を作るきれいな注ぎ方だ。支那ソバとダッフルコートで火照《ほて》った喉《のど》と体に、冷たいビールが気持いい。

「ここの支那ソバ、旨いですよね」

「なかなかですよね、さっぱりしてて」

「よく、くるんですか？」

「時々。運動をしたあとなんかに……」

「夜中のジョギングとか？」

「ええ、まあ、そんなとこかしら」

「もう一本、ビール、どうですか？」

「じゃ……ひと口だけ」

　二本目のビールが終わるころにはさすがにお腹がきつくなってしまった。スープを全部飲んじゃわなくてよかった。でも、もうビールは飲めないな、と思い始めた時、男が財布を取り出した。麻子も慌《あわ》てて財布を取り出す。

「いいですよ。僕がビール、付き合ってもらったんですから」

「そんな。支那ソバだって食べているし」

「いいですって」

　結局、男が勘定を済ませた。

　店を出ると、風はいっそう冷たくなっている。帰りはどっちの方向ですか？　と、男の指がきき、こっちの方向です、と、麻子の指がこたえた。こっちの方に二人で歩き出した。

「近くですか？」

「ものの三、四分」

「いいですね」

「遠いんですか？」

「ええ。でも、友人の事務所が近くに」

ものの三、四分なんだから、もうじき着いちゃうじゃない、と麻子が思った時、男が言った。

「どこかで、もう一杯、いかがですか？」

「え？　じゃ……一杯だけ」

「このあたりはお詳しそうだから、どこか連れてってください」

麻子はレパートリーの中から、一軒をえらんだ。焦茶色《こげちゃいろ》の板壁造りのパブ風バー。まだ名前も経歴も知らない原石のような二人にとって、ざっくばらんで居心地よい店のはずだ。

店への階段を降りながら、麻子の脳裏に、「セックス——→ラーメン」のシグナルが点滅した。

カウンターに並んで、男はバーボンのロック、麻子はラムのロックを注文した。ゆっくりとグラスを傾けながら、たわいもない会話を交した。最近見た映画のこととか、本のこととか。麻子はハードなアクション映画が好きで、男は作家性の強いヨーロッパ映画が好みらしい。それでも「少林サッカー」は面白かったという感想で、意見の一致をみた。あの映画の底ぬけのバカバカしさや笑いが好きだなんて、なかなかのセンスじゃない。

支那ソバとビールのあとだからなのか、いつもと酔い方がちがう。気だるいのだ。たとえて言うなら、服を一枚着たままお風呂《ふろ》に入ったような。でも、それに違和感を覚えるのは最初のうちだけで、慣れてしまえば心地よくなる。

そのあと、もう一軒、立ち寄った。今度はクールな造りの薄暗いバー。大理石のカウンターも空いていたけれど、二人は背の高い丸テーブルで立ち飲みすることにした。距離が固定されているカウンター席より、こっちの方が自由に親密にできるから。

男は相変わらずバーボンロック。麻子はラムソーダに切り替えた。

「ジュエリーデザイナーですか」

「石が好きなの。まだ磨いていない原石が」

「なぜ」

「可能性。磨き方次第で非凡にも凡庸にもなるから」

「なるほど。磨き方次第でね」

真っすぐ立っているつもりなのに、ユラユラ揺れ始めている。会ったばかりの男に、昔なつかしいような親近感を抱き始めている。昔なつかしい支那ソバみたいな。

薄暗い照明の下で、男のきれいな指がグラスの氷を回している。その指はそんなことしてないで、そろそろ麻子に触れてもいいころなのに、いっこうに触れる気配はない。そのじれったさが、酔いの気だるさをいっそうつのらせる。

さらにもう一軒立ち寄った。麻子も知らない店に、あてずっぽうで入ってみた。ドアを開けた途端、ノイジーなロックが耳を圧した。それでも二人は酔ったいきおいで入ってみた。

ここでも立ち飲みで、おまけに賑《にぎ》やかな若い連中と相席だった。男は音楽というより、エコーのきいた騒音に負けないくらいの大きな声できいた。

「恋人、いるの？」

「それって、どういう意味？」

「だから、待っている男がいるかどうかってこと」

麻子はその質問にこたえる代わりに、手を伸ばして男のマルボロを一本抜きとって口にくわえ、男がライターの火を差し出すより先に、テーブルの上の燭台《しょくだい》を引き寄せて火を点《つ》けた。

店を出た二人は、大音量で疲れた耳をいたわるようにダッフルコートのフードを被《かぶ》り、手をつないで歩き出した。徒歩四、五分の距離を。

「どこ?」

「ここ」

麻子は住み慣れた中古マンションを、ダッフルコートの袖口《そでぐち》に隠れた指で指し示した。男の腕が麻子の腰を抱き寄せて、それからキスが始まった。

北風で冷えた唇の奥の熱っぽい舌が、麻子の口中に入ってくる。ウワオッ。なんて美味《おい》しい舌かしら。大きさも、温度も、湿りかげんも、その微《かす》かな味わいも。麻子は美味しい舌をもつ男も好きだ。舌はまずいけれど、セックスはいいなんて絶対ありえない。セックスが合う相手なら、キスの味も舌も美味しいものだ。

麻子も男の口中へ舌を送り込む。男は私の舌をどんな風に感じるかしら、と思っていると、男の顔が離れた。

「行っていい?」

「散らかしてるけど」

二人はまた手をつなぎ、オートロックの玄関を入ってエレベーターに乗りこんだ。麻子は七階のボタンを押す。もう一度抱き寄せられてキスされると思っていたのに、男はダッフルコートのポケットに両手を突込んで、上昇する階数表示のボタンを熱心に見上げている。あんなもの見て何が面白いのかしら。でも、どうやってエレベーター内の時間を過ごすかは個人の勝手だ。放っておこう。

麻子の部屋は広めの1LDKで、仕事場とリビングが兼用になっている。そのため原石を磨くための研磨機や作業台、種々の工具などがリビングの一隅を占め、テーブルの上には珈琲《コーヒー》カップやクッキーの食べかすが残る皿と一緒に描きかけのデザイン画が広げられている。

男は部屋に入るなり「トイレ、いいですか?」と、きいた。「どうぞ」。

麻子は男を待ちながら、キッチンの流しで手を洗った。かなり酔っている。今や服を一枚どころか三枚ぐらい着てお風呂に入っている感じ。アクビがこみあげてくる。こんな時に眠くなるなんて。麻子は水道の蛇口にユラユラと顔を近付けて水を飲んだ。

男はトイレから戻ると、麻子の傍らにきて、ゆっくりと部屋を見回した。

「いい部屋だね」

「ここが？　そうかな」

「余分な飾りのないところがいい」

「殺風景ってこと？」

「僕は家の設計をしているんだけど、無駄と分っていての無駄はあってもいいと思うけど、余分な装飾は必要ない」

「そうか。家の設計をしてるんだ」

「他人様《ひとさま》のね」

「自分の家は設計しないの？」

「残念ながらあまり向いていないらしい」

男の言う「家」というのが建築物としての家のことなのか、それとも家庭のことなのか。それをきいてみたところで楽しくなるわけでもなさそうなので、きくのは止《や》めにした。

とても穏やかだ。まるで真空状態のように音がどこかに吸い取られている。体の真ん中がユラユラ揺れている。

男が手を差しのべた。麻子は男の手を受け取って、寝室のドアを開けた。カーテンが少しだけ開いていて、真夜中になっても薄明るい不眠症の街の気配が流れ込んでいる。

二人は無言のまま、それぞれに服を脱いだ。麻子の脳裏にまた、「セックス―→ラーメン」のシグナルが点滅した。麻子はその矢印を逆さにした。

丸裸になった二人は、ベッドの両サイドから羽毛布団《ぶとん》の中にもぐり込んだ。暖房を付けていない部屋の空気はひんやりしていたので、二人はすぐさま抱き合った。

すべすべしている。麻子の体は皮膚がうすくてすべすべしていて、男の体はゴツゴツしているのにやっぱりすべすべだ。やわらかなすべすべとゴツゴツのすべすべで、だからとても重なり心地がいい。

これから始まるセックスのことを想《おも》うと、胸が高鳴ってしまう。磨き方次第で、どんな素敵なセックスにもなるだろう。そんな予感がする。今はまだ二人とも原石のまだけれど。

男の美味しい舌が麻子の耳を愛撫《あいぶ》する。それから瞼《まぶた》、頬を伝って唇に辿《たど》りつく。唇の形をそっとなぞり、口中に入ってくる。さっきよりずっと激しく、麻子の舌を求めている。

男のきれいな指が麻子の乳房に触れる。やさしく揉《も》み始める。あのきれいな指がこれから、麻子の体の隅々まで、肩も背中も尻《しり》も腹も、そしてあそこにも触れてくれるのだと想うと、麻子の中でまどろむ気だるい眠気はいっそう密度を濃くしていく。

麻子も手をのばして、男の肩を握る。美味しい舌の熱いキスはまだつづいている。麻子の乳首はもう充分に固くなっている。眼を開けて、男の眼をのぞきたいと思うのだけれど、だんだん瞼が重くなる。

男のきれいな指が麻子の背中を伝っていく。左の肩胛骨《けんこうこつ》の脇《わき》の、いちばん感じるゾーンに触れている。「そこがいいの」、と伝えたいけれど、あんまり気だるく気持よくて口も自由に動かない。

麻子の手も、男のよく引き締まった腹を通って、さらに下方へと降りていく。ああ、やっぱり。美味しい舌を持つ男なら、こっちも素敵に決まっている。だからもっと強く握ってあげたいと思うのに、手までがだんだん痺《しび》れたように重くなって動かない。

男のきれいな指は麻子のあそこに入っていて、麻子の手は男のあれを包んでいる。とても静かだ。まるで真空状態のように、すべての動きがどこかに吸い取られていく。いつのまにか美味しい舌のキスも休息している。

出会ったばかりの、名前も経歴も知らない二人なのに、今、世界中でいちばんそばにいて抱き合っている。とても心地がいい。やがて気だるい眠りが羽毛布団のように、二人の体を包んでいく。

夢の中で、麻子は「当店自慢・昔なつかしい支那ソバ」を食べている。カウンターに坐って、いつものように一人で、大好きなちぢれ麵をすすりながら、セックスとラーメンの方向性について思いをはせる。

矢印は一方からだけではなくて、逆もありなのだから、シグナルは「セックス⇅ラーメン」にしなくっちゃ。ラーメン（食欲）とセックス（性欲）の関係は、双方向に通行が可能なくらい欲ばりでタフな関係なのかもしれない。

店員が声をかけてくる。「お客さん、ご相席おねがいしまーす」。麻子は夢の中で、もう一度ゆっくりと振り返る。

マイ・ファーストワイン

さあ、明日はみんなでピクニックにいきましょう。

ママはよくとおる澄んだ声でそう言った。みんな、というのは、ママとあたしと五歳になる弟のリュージのことだ。家族三人でピクニックなんて、来月で十一歳になるあたしの生涯のなかで二度目のことだ。

一度目のときには、まだリュージは生まれていなくて、あたしは幼稚園の年長組だった。そのときも家族は三人で、今、リュージがいる場所にはパパがいた。パパの名前はトキヲ。ママの名前はツヤコ。あたしはミドリ。でも、今はリュージが加わり、トキヲはいない。

トキヲは、三年前の、桜の花びらが狂ったみたいに舞い散っていた春の夕ぐれ、ふらりと家を出ていった。あれから、いっぺんも帰ってきていない。もう二度と帰らないかもしれない。なんだかこわくて、ママにたしかめることはできないけれど、そんな予感がする。

あたしの予感はときどきテキチュウする。そろそろ信州のおばあちゃんに会いたいな、と思っていると、突然おばあちゃんがやってきたりとか、今夜のおかずはパイナップル入りの酢豚（あたしはパイナップルが苦手だけど、リュージが好物）かな、と考えていると、そのとおりだったり。

だから、パパは帰ってこないと予感するのじゃなくて、パパは帰ってくると予感すれば、テキチュウするかもしれない。でもあたしにはそう予感する能力も勇気もなくて、だからパパは今も帰らない。

ママの声は本当によくとおる澄んだ声だ。ママの声を聞いていると、晴れた初夏の日のとうめいな風や、空をゆうゆうと飛ぶ鳥を思いおこす。そんなあたしには、歌手になりたかったという若き日のママの夢がよくわかる。でもママは歌手にならなかった。

じっさい、音楽学校の声楽科でべんきょうしたこともあった。その大学生のときパパと出会い、ママがいうには運命的な大レンアイをして、パパはすでに売り出し中のミュージシャン（作曲家でキーボード奏者で、歌もうたっていたらしい）だったから、そのパパに「きみはプロの歌手には向かないね」といわれて、ママも「そうかもしれないなぁ」と思って、それまで抱きつづけてきた歌手になるという夢をダンネンした。

そのときのパパのことばが、実は、ママへのプロポーズだったということに気がついたのは、あたしがママのお腹《なか》にやどってからだった。パパはママをひとり占めしたかったのだ。ママの愛も、カラダも、とうめいな澄んだ声も。あたしはそう思う。

リュージはもちろん、ママの提案に大よろこびだった。「ピクニックピクニック」と呪文《じゅもん》のようにとなえながら、部屋じゅうをインディアンのダンスみたいな振り付けで走りまわった。

ピクニック、いったいどこにいくんだろう。あたしとリュージは考える。ディズニーランドかな。湘南《しょうなん》海岸かな。高尾山かな。それともロマンスカーにのって、箱根までいくのかな。

ちがうよ。おねえちゃん。ピクニックはコガネ山さ。

コガネ山？　それはあたしたちのマンションがある町から、バスで三つ目の、大きな公園にある人造の山のことだ。そんなとこにわざわざピクニックにいくわけないだろ、バーカ、と、あたしはリュージの意見を否定する。

コガネ山だコガネ山だ。

リュージは一度いいだしたら、なかなかあとにひかない。ガンコなとこはママ似で、カタクナなとこはパパに似ている。そういうヒトたちにかこまれて育ったので、あたしはおのずとユージューフダンになってしまった。あっちのいうこともわかる、こっちがいうこともそのとおりだ。ママとパパにはそれができない。できなかった。

でも、コガネ山のことはゆずれない。だってママが、バスで三つ目のところへいくのにピクニックなんていわないことくらい、もう十年生きてきたあたしにはわかる。

バター入りのホットココアを飲みながら、リュージを相手にだらだらしていると、ママがそばにやってきた。

ねぇ、ちょっと出かけようよ。明日のピクニックの準備をするの。

ピクニックの準備というからには、食料品を買いこんだり、磁石や地図を買ったり、ひょっとして新しいスニーカーなんか買ってくれたりするのかな。

あたしとリュージは大いそぎでダッフルコートを着こみ、ママのあとを追いかけた。

ママはいつものように、サラサラした長い髪をうしろでしばり、お化粧なんてなにもしていない。していなくても、ママはきれいだ。スタイルもいい。近所のオクさんたちに「お子さんを二人も生んだのに、いいわねぇ。ほっそり痩《や》せてらして」、といわれるたび、ママはニンマリ笑っている。

実はママは、ぜんぜん痩せてなんかいない。骨が細いから、手とか足首なんかがほっそりしていて、洋服を着ていると痩せて見えるのだ。そういうのを「着痩せする」というらしい。

でも、裸になると、すごい。お尻《しり》もまあるくぷっちりしていて、オッパイなんかかなりのものだ。ブラジャーでいうと、Dカップらしい。Dがどれくらいすごいのか、あたしには実感できない。「あら、日本人の平均はAか、せいぜいBくらいよ」と、ママはほこらしげにいうけれど。

あたしの胸もこのごろほんの少しだけふくらみはじめている。ときどきチクチク痛んだりもする。ちょっと心配になってママにいうと、「そりゃあオモチがふくらんでいるようなものだわ。オモチだって、ふくらみはじめは痛いのよ」、などという。

ママのいうことは、ときどきよくわからない。わからないけど、そうなのかもしれないな、という気もしてくる。

ある日、ママのことばを実験してみることにした。冷凍庫から切りモチを一枚とり出して、アミの上で焼いた。片面がコガネ色になったところで裏返す。じっと見ていると、コガネ色のオモチの表面がヒビ割れはじめた。その中から、やわらかな、ママのオッパイみたいなオモチがふくらんでくる。コガネ色の皮を押しあげて、一生けんめいふくらんでくる。あたしは思わず、自分の小さなオッパイに両手を押しあてた。

ガンバレガンバレ、チクチクチク。そしてあたしはなっとくした。オモチもふくらみはじめは痛いのよ、といったママのことばは正しかった。

ピクニックの準備のはずなのに、ママはあたしたちを美容院につれていった。そこはママのいきつけの美容院。あたしたちはいつもはママに、チョキチョキ切られているから、美容院なんてはじめてだ。

ママはトリートメントとブローをして、あたしたちの髪は、茶パツであんまりイケてない顔のおにいさんが、「おまけね」といって、カットしてくれた。やっぱりママよりずっと上手だ。あたしのクセッ毛をいかして、毛先がかろやかなダンスをしているみたいなスタイルにしてくれた。

リュージは前髪を切りそろえた、いわゆる「坊ちゃん刈り」。ママが切るとギザギザしたり短すぎたりするけれど、今日はとてもちょうどいい。それなのにリュージときたら生意気にも、鏡をのぞいて、「ここんとこ、もうちょっとカットしてくだちゃい」なんて注文をつけたりしている。

いっそうサラサラでつやつやの髪になったママは、次にあたしたちを洋服屋へつれていった。その店は、あたしが小学校に入学したとき、お祝いにいっぺんだけクマのアップリケが付いたジャンパースカートを買ってもらったことがある高級子供服の店だ。あのときはたしかパパのカードで買ってくれたんだっけ。

それにしてもピクニックなのに、どうしてこんな高級子供服店にきたりしたんだろう。なんだか不思議な気がしたけれど、店に入ったとたん、あたしはウットリしてしまった。「プチレモン」や「ニコラ」でしか見たことないような可愛《かわい》い服がズラリと並んでいる。

ママはリュージにジーンズのツナギと毛糸の帽子。あたしには茶色のコーデュロイパンツと太い毛糸であんだ紺色のセーターを買ってくれた。本当はもっと可愛い服がほしかったのに、ママが「やめときなさい。女の子が女の子っぽい服を着るとモノほしそうにみえるじゃない」と、ケッゼンといったからだ。

そのあとで、食料品店にもいった。ピクニックのお弁当はサンドイッチらしい。そのための材料と、リュージがしつこくリクエストするチョコバーとマシュマロも買った。最後にママは赤ワインを一本えらんで、そっとワゴンに入れた。

夕ごはんはかんたんにすませることにした。レトルトのホワイトシチューをあっためて、そこに蒸したブロッコリーと人参とカブを入れた。それとピリッと辛いチョリソー・ソーセージも炒《いた》めてくれた。けっこう立派な夕ごはんだ。

ママはいつも最初は「今夜はカンタンなものよ!」なんていうくせに、結局はおいしいものを作ってくれる。そういう、ぶっきらぼうみたいでやさしいママが大好きだ。

食後のほうじ茶をすすりながら、あたしとリュージはママにきく。

ねぇ、ピクニック、どこいくの？

フフフ……と笑うばかりで、ママはこたえない。

ねぇ、どこ、どこいくの。

フフフ。

ねぇってば。

フフフ。

ガンコなママをこれ以上ツイキュウしたところで、ぜったいクチをわらないだろう。それくらいのことは、五歳のリュージにもわかるらしく、リュージは肩をそびやかしてから大きくため息をついた。

このクセ。肩をそびやかしてからため息をつくクセ。やれやれ。これ以上はなしてもムダだな。もうやめにしよう。お互い傷つけあうだけだ。あたしはパパのクセを思い出す。そしてあのときパパのそばでそうしたように、あたしはクチビルをかみしめる。

次の日は、まさにピクニックびよりのお天気だった。まだ二月なのに、お陽さまがポカポカしてきもちいい。

あたしたちは、きのうママに買ってもらった新しい服を着て、はきなれたスニーカーをはいた。ママは細いジーンズとあんず色のセーターで、オフホワイトのダウンジャケットをはおっている。すごくカッコいい。

ハムとキュウリ、ツナと玉ネギとマヨネーズ、ジャムとバターの三色サンドイッチと、タッパウエアに入れた玉子やきとほうれん草のゴマあえのお弁当はママが持ち、紅茶入りのポットはあたし、リュージのリュックサックにはチョコバーとマシュマロが入っている。完ぺきだ。

でも、いったいどこへピクニックにいくんだろう。あたしとリュージはクスクス笑いながら手をつなぎ、ママのあとからついていった。

電車にのって、のりかえて、また電車にのって。降りたのは、小田急線と千代田線がとまる代々木上原《よよぎうえはら》の駅だった。ここでピクニックなの？

あたしはママにきこうとしたけれど、ママの背中からは「きくな！」というオーラが発信されているようで、あたしは黙ったままママについて、駅前商店街をぬけて歩いていった。

あたりは静かな住宅街になっている。さすがのリュージもヘンだな？という顔をしているけれど、あたしが手をギュッと握ったので、そのまま黙って歩いている。

いくつか角をまがって、途中には歯医者さんとかバレエ教室とかエステサロンとかがあって、ママが立ち止まったのは、木立ちの庭がある一軒の家の前だった。

その家はちょっと古めの西洋館みたいな家で、門のそばに大きなモミの木がある。こんなモミの木に雪が降りつもったら、ステキなクリスマスツリーになるんだろうな。そんなことを考えていると、ママはあたしたちの手をとった。

「さあ、いくわよ」

そういって深呼吸をしてから、三人で手をつないで門を入り、玄関の方へ歩き出した。

玄関のドアはこげ茶色のぶ厚い木の扉だ。ママはドアの前に立つと、しばらくのあいだじっと、ドアの奥を透視するみたいに見つめていたけれど、あたしの手を握っていた手をはなして、チャイムをおした。

返事はない。家の中はシンとしずまりかえっている。もういち度、チャイムをおした。ドアの横にはめこまれているステンドグラスの向こうから、人影がちかづいてくる。

「どなたですか?」

くぐもった、眠たそうな男の声が聞こえた。どこかで聞いたことがある声だな……と思ったあたしは、アッと声をあげそうになった。パパの声だ。あの眠たそうな声はパパだ。

「どなたですか?」

もういち度パパの声が聞こえると、ママはいつものよくとおる澄んだ声なんかじゃなくて、低いシワガレ声でこたえた。

「宅急便、おとどけに」

鍵《かぎ》のあく音がする。あたしは緊張でカラダをかたくして見守っている。ぶ厚いドアがあいて、パジャマを着た、寝グセがついたままのモシャモシャの髪をしたパパがあらわれた。三年ぶりに会うパパだ。

パパもドアノブを握ったままかたまっている。ママはにっこり笑いかけると、いつもどおりの澄んだ声で言った。

「パパ、ピクニックにいきましょう。家族みんなで、ピクニックにいきましょう」

「お前——」

「ミドリとリュージと、三人でお弁当つくったの。パパの好きなバターとジャムのサンドイッチもあるよ」

「バカなことというなよ——どういうつもりだ」

「パパとピクニックにいきたくて、だから迎えにきたの」

パパのうしろから、ピンクのシマシマ柄のパジャマを着た女のひとがあらわれた。男の子みたいに髪が短くて、首が長くて、背も高くて、けっこう美人なおねえさんだ。

そのおねえさんが顔をしかめながらいった。

「だれ、そのひとたち」

ママとは似ても似つかないベチャッとした声だ。

「だれでもないさ」

「家族です。パパをピクニックにさそいにきました」

ママは澄んだ声でいいかえす。

「家族⁉」

「いいから。あっちへいっておいで」

パパはおねえさんを奥に送り込むと、ハダシのまま玄関におりて、あたしたちの前にやってきた。ママはあたしたちと手をつないだままパパを迎える。

「おひさしぶり。元気そうじゃない」

リュージはポカンとしてパパを見あげている。二歳で別れたリュージにパパの顔はわからない。

「いいかげんにしてくれよ。こんなことしてなにになるんだ」

「だって、あんまり天気がいいから」

「あのな、俺たちはもう――」

そういいかけたパパとあたしの眼が合った。なつかしいパパの眼があたしを見ている。でもパパは、肩をそびやかすと、それからため息をついた。やれやれ。これ以上はなしてもムダだな。もうやめにしよう。

それでもあたしは、あのときみたいにクチビルをかんだりはせず、つよくパパを見つめている。パパ、一緒にピクニックにいこうよ。みんなでパパを迎えにきたんだよ。コトバにできない思いをこめて見つめていたけれど、やがて、パパは眼を閉じた。まるであたしとパパのあいだにブラインドを降ろすみたいに、トキヲは眼を閉じた。

パパのうしろ姿がドアの向こうに消えていく。握っていたママの手が冷たくなっている。それでもママはいつもの澄んだ声で元気にいった。

「さあ、ピクニックにいきましょう」

あたしたちはドアに背中を向けると、しっかりと手をつなぎあって歩き出した。

さっきの電車にまたのって、のりかえて、いつもの駅で降りた。そこから回数券をつかってバスにのり、うちのある停留所をすぎて三つ目の停留所でバスを降りた。コガネ山だ。

どうやらリュージの予感はテキチュウしてしまった。ママがつれていってくれたのはコガネ山だった。標高十メートルくらいの人造の山だけれど、まわりには木がいっぱい植わっているし、花だんには花も咲いているし、ベンチもブランコも噴水もある。

ママは陽あたりのいい芝生をえらんでビニールシートをしき、お弁当をひろげた。リュージはママがさしだすヌレナプキンで手をふくのも待ちきれず、サンドイッチにかぶりつく。ママとあたしもサンドイッチやほうれん草のゴマあえや玉子やきをたべはじめる。ポットの中の紅茶はダージリンだ。

ママはワインオープナーを取りだして、ワインをあけている。紙コップも二つ取りだして、そのひとつをあたしにつきだした。

「ミドリものみなさい」

「ワインを？　いやだよ」

「いいから、のみなさい」

ママは紙コップにほんの少しだけワインを注ぐ。あたしは用心ぶかく、ひとくちだけのんでみる。すっぱいような、にがいようなヘンな味がして、のみこんだノドのあたりが熱くなる。

ママはワインをコップになみなみと注ぎ、グビグビのんでいる。

「ママ、ワイン、おいしくないよ」

「大人になればおいしくなるの」

「いやだ。ならない」

「なるの」

「ならない」

「なるの」

突然、ママがあたしの手を取って抱きよせた。Dカップのオッパイに、あたしの頭はうずもれる。あったかいママの匂《にお》い。ひとくちだけのんだワインが、あたしのカラダもあったかくしている。

リュージが歓声をあげてあたしの背中にしがみつく。ママは二人の子供をしっかり胸に抱きしめる。

ポタリと、しずくがおちてきた。

あたしはそっとママの顔を見上げる。ポタリ、ポタリ。しずくはしょっぱい味がする。ポタリ、ポタリ、ポタリ。しずくはあたしの頬や鼻のあたまをぬらして、クチビルの中に流れこむ。

ワインのすっぱいようなにがいような味と、ママのしずくのしょっぱい味がまざりあって、それがあたしのファーストワインの味だった。

メーキング・ファミリー

新作映画のプリントが輸入されると、由香子《ゆかこ》は配給会社の連中と一緒に、保税試写室というおよそ味気のない部屋でその映画を見る。まだ修整も字幕も付けられていない。もしボカシが必要とされる箇所があれば（たとえば過激な性描写とか、むき出しの性器とか）、そこで修整が話し合われる。

これを見る前に、由香子には英語版の字幕台本が渡されている。それを参考にして日本語の字幕（科白《せりふ》）を作るのが由香子の仕事だ。ちょっと奇妙なのは、由香子が字幕を担当する映画は生粋のフランス映画なのに、あらかじめ渡されるのはたいてい英語版台本なのだ。映画の世界でも英語を中心にマーケットが作られ、商売がなされているというわけ。その後、テープにおとしたものを受け取り、科白を練る。フランス人が演じるフランス語の映画を見ながら、英語版台本とストップウォッチ片手に日本語の科白を作る。なんてまどろっこしいんだろう。

その日、由香子は配給会社で仕上げた字幕スーパーの最終チェックを受け、OKをもらった。由香子の字幕は評判がいい。大学の仏文科を出たあと、一年間、ソルボンヌの語学科に通ってフランス語に磨きをかけたこともあるけれど、もともと映画が好きなのだ。シナリオライターになりたいと思ったこともある。ことばの勘がいい。字幕を作るという作業はただ科白を翻訳するだけではなくて、それを言う人間の気持をワシ摑《づか》みにして的確に表現することなのだから。

銀座にある配給会社の地下駐車場をダークグリーンのゴルフでぬけ出た由香子は、お濠端《ほりばた》から六本木通りを走り、骨董《こっとう》通りへと向かった。仕事をひとつ片付けたあとは、まっすぐ家には戻らず、いつもの珈琲《コーヒー》店でひとりきりの時間を過ごすことにしている。ささやかな休息。そのあとは幼稚園から近くに住む姑《しゅうとめ》の家へ寄っているひとり息子の学《まなぶ》を迎えにいき、あとは母親と主婦の仕事で手いっぱいになる。

六本木通りから骨董通りへ入り、じきの路地を左折したところにその珈琲店はある。隣には樹木が生い繁《しげ》った小さな公園があって、店も客が六、七人も入ればいっぱいになるくらい小さい。でも、たいてい客は少ない。いても一人か二人、静かな大人の客だ。

車を公園前の路上に停めて（駐車違反のチェックをされても、店から見えるのですぐ飛び出せる）、店のドアをあけた。ドアに付けられた小さなカウベルが鳴り、店内には香ばしい匂《にお》いが充《み》ちている。ご主人は銀髪の、たぶん六十代位の物静かな紳士。何回通っても親しげな態度を取らないのが気持いい。

由香子はいつも通り、窓辺のテーブル席に座った。今日のおすすめの一杯をオーダーして、コップの冷たい水で喉《のど》を潤《うるお》すと、バッグから本を取り出した。読みたいと思いながら、なかなか読めずにいた本だ。

子供はひとりだし、夫の帰宅もたいてい遅いのに、どうしてこんなに自分のための時間が無いんだろう。

由香子と夫・浩市《こういち》と学が住んでいるのは、有栖川《ありすがわ》公園に近い４ＬＤＫの広々としたマンション。浩市はヨーロッパから家具雑貨とワインを輸入していて、取引先の外国人の客を前ぶれもなしにつれてくることがある。そんな時にもきちんともてなさなくてはならない。浩市はフランス料理を希望する。姑にも週に二、三回、食事を届ける。こちらは和食。学には野菜中心のプリミティブな料理を心がけている。三種類の食事をつねに準備しておくことはなかなか忙しい。おまけに、各々《おのおの》の部屋と玄関に、美しい花を絶やさず活《い》けておくのも由香子の役目だ。

字幕の仕事はそんな家事と育児の合間をぬってやらなくてはならない。浩市も姑も、由香子が働くことを快く思っていない。わざわざ働くこともないだろ。そうですとも。たしかに由香子の生活は何不自由なく充たされている。広いマンション、姑が住む実家もいずれ夫のものになる。由香子専用の車も買い与えられているし、学もK幼稚舎に通わせている。

その日のおすすめはマンダリンだった。匙《さじ》一杯の砂糖をとかして、ゆっくり口に含む。ほの苦い甘みが口中に広がっていく。やわらかな音色のピアノ曲が聞こえている。シューマンの「森の情景・予言の鳥」。二杯目の珈琲を飲み終えた由香子は本から視線を上げ、路地へと向ける。午下《ひる》がりの穏やかな木漏れ陽が揺れている。

不意に、脈絡もなく胸の奥が疼《うず》いてくる。そっと本を閉じて、お腹《なか》に押しあてる。幸福な主婦である筈《はず》の由香子には、まだ、誰にも話していない秘密がある。

その時だった。

ガラス窓の向こうを、一組の母子《おやこ》連れが通りすぎた。女は赤ん坊をのせたベビーキャリーを押し、もう一方の手で四、五歳の男の子の手をひいている。女も店の方を見て、二人の視線が合った。同時に由香子は「アッ」と小さく声を上げていた。大急ぎで店のドアをあけて路地へとび出した。女もちょうど振り返って、由香子の方を向いたところだった。二人は同時に互いを呼び合った。

「ユッカ！」

「オタマ！」

女は中学・高校を一緒に過ごした珠美《たまみ》だった。二人は駆け寄り、瞬時に互いを観察していた。高校卒業以来会っていないのだから（いろいろ事情があったのだ）、十五年ぶり。三十三歳という微妙な年齢になった二人は互いを素早く、注意深く観察した。

由香子は昔のままの美貌《びぼう》に磨きがかかり、細面の顔にはナチュラルな、けれど丁寧な化粧が施されている。珠美は相変わらずのキュートなファニーフェイスで、化粧気はまるでない。髪も男の子のように短くしている。二人は昔のままの面影を互いの中に認め合い、安堵《あんど》した。

「久しぶりだねぇ。どうしてた？」

「どうしたもこうしたも、いろいろだよ」

話したいことは山ほどある。でも二人とも時間がなかった。由香子はそろそろ学を迎えにいかなくてはならないし、珠美も店の準備があるという。

「店？」

「この近くでバーみたいなのをやっているの」

「オタマが？」

「だからいろいろあったんだって」

訊《き》きたいことだって山ほどある。でも今日のところは我慢して、次に会うことを約束した。

由香子と珠美は中学・高校を通じていちばんの仲よしだった。大親友といってもいい。部活動も一緒だったし（写真部）、学校の行き帰りもたいてい一緒。もうひとつ一緒だったのが好きになった男子。生徒会副会長の山本直樹くんに二人とも密《ひそ》かな恋心を抱いていた。告白しあったわけではないけれど、互いの気持には勘づいていた。だからすごく窮屈な初恋だった。ユッカはオタマの、オタマはユッカの幸福を祈りたいのだけれど、負けたくもなかった。

やがて二人は失恋した。山本くんには他に好きな女子がいたのだ。二人は失恋をしたことに安堵した。これでもうライバルにならずにすむ。この密かな失恋は、二人の娘の友情に微妙なシコリを残したかもしれない。互いがいちばん大切という思いと、互いにだけは負けたくないという思い。

十日後、二人はランチの約束をした。夜の時間は自由にならないけれど、昼ならなんとかなる。

鏡に向かった由香子はいつもより念入りに化粧をした。胸もドキドキしている。なんだかデートに出かけるみたい。そういえばもう何年もデートなんかしていない。浩市とたまに出かけることがあっても、それは彼の仕事の付き合いのためだ。そのことをもう淋《さみ》しいとも思わない。

初めて浩市と出会ったのは留学中のパリだった。そのときはお互い付き合っている人がいたけれど、帰国して再び出会って恋に落ちた。本当に夢中な恋だった。浩市は裕福な家の生まれだったので、由香子は、「玉の輿《たまのこし》婚」と羨《うらや》ましがられた。そんなことはどうでもよくて、浩市と一緒にいられればそれだけで幸せだった。あれから八年。いったいいつから由香子の気持は冷え冷えとしてしまったのだろう。

由香子は鏡の中の無表情な自分を見つめる。浩市は由香子の中の冷えに気付いていない。だから、秘密にも気付かない。

待ち合わせたレストランは星条旗通りにあるイタリアン。白を基調にしたすっきりした店内で、オープンキッチンになっている。

二人は壁際《かべぎわ》のテーブルに向き合って座った。ちょっと緊張している。由香子はフェレッティの服にプラダのバッグと靴。珠美は洗い晒《ざら》したジーンズに淡いブルー系のチェックのシャツを着ている。化粧気はない。二人はまずメニューを見て、オーダーを決める。前菜二種とパスタ、デザートのBコースにする。一杯だけという制限付きで白のグラスワインも注文した。

話したいことも訊きたいことも山ほどある。でも何から話したらいいのか由香子が迷っていると、珠美が昔のままの明晰《めいせき》な口調で切り出した。

「ユッカのことは大体知ってるんだ。うちの店に春っぺが時々来て、話してくれるから。春っぺ、覚えてるでしょ？」

春っぺも二人のクラスメイトだった。とても社交的な女子で、今でも由香子に電話をかけてくるし、クラスメイトたちと一緒に会ったこともある。でも。由香子が話すより先に、さして親しくもない春っぺから珠美があれこれ聞いていたことがなんだかつまらなかった。

「ユッカ、すごく幸せな結婚なんだってね。ハンサムでお金持ちのご主人と可愛《かわい》い坊やと。マンションも最上階でとっても見晴らしがいいんでしょ？」

「まあね」

「映画の字幕を作る仕事もしてるっていうし、さすがユッカだ。すごいねぇ」

「すごくなんてない。全然、すごくない」

人生の外枠だけを埋められて、由香子はことばに窮してしまう。珠美に伝えたいのは外枠なんかじゃない、内側のことなのに。

「私のこと、報告するね」

珠美が空白の十五年間のことについて報告をはじめた。明晰な口調で、要領よく。

「高校を卒業する少し前に、うちの父が亡《な》くなったことはユッカも知ってるよね」

由香子は大きく頷《うなず》く。二人が疎遠《そえん》になったそもそもの始まりは珠美の父親の死だった。あとにはかなりの借金が残っていて、珠美は大学進学を断念した。そのころから珠美は、由香子にも会いたがらなくなった。由香子は淋しかったけれど、そんな珠美の気持を痛い程分っているつもりだった。やがて由香子は大学生活の忙しさと楽しさにかまけて、珠美とはいつしか疎遠になっていった。

「私、デパートで働いてたんだよ。地下の食料品売場。惣菜《そうざい》とかの試食をすすめてたの」

「そうだったの？　教えてくれたら、たくさん買いにいったのに」

それには答えず、珠美は白い歯を見せて笑った。

そのころ、珠美は山野辺淳《じゅん》と出会った。レストランバーの厨房《ちゅうぼう》で働く若者で、いつか自分の店を持ちたいという夢を抱いていた。二人はたちまち恋をして、同棲《どうせい》を始めた。そして、自分たちの店を持つことを決めた。言い出したのは珠美だった。大好きな淳の夢を叶《かな》えたい。そのための苦労ならどんなことだってできる。すでに苦労はたくさんしていたのだから。

二人は僅《わず》かな貯金とかき集めた借金で小さな店を始めた。屋台に毛がはえたような店だった。二人で智恵《ちえ》をしぼり、料理を考え、少しでも客に喜んでもらえそうなシングルモルトウィスキーやワインを揃《そろ》え、自己流のカクテルも作った。「朝まで旨《うま》いものが食べられるバー、年中無休」のコンセプトが当たって、店は大いに繁盛《はんじょう》した。とりわけ珠美が作る様々なピクルスが好評だった。色とりどりのピクルスを漬け込んだガラス瓶は店のディスプレーにも使われて、店の名物になった。

三年程で借金が返せて僅かながら貯《たくわ》えもできた。淳は予想以上に商才があったし、珠美が作るピクルスも五十種をこえていた。

二人はもう少し大きな店をひらくことにした。南青山に掘り出しものの物件も見つかった。店名は珠美からとって「タマ—その壱《いち》」とした。淳には二号店、三号店の野望が生まれていた。珠美は嬉《うれ》しかった。その店が軌道にのったころ、珠美は妊娠した。少しの迷いもなく出産を決意。臨月になっても店を手伝い、ピクルスを作りつづけた。

「その子が、このあいだつれてた坊や？」

「ううん、長男。あのときは次男と長女」

「じゃ……三人、いるの？」

「今のところはね」

二人は話に熱中しながらもアンティパスト二種を食べ終えていた。鹿肉《しかにく》のカルパッチョとズッキーニのトマト煮。珠美はナプキンで口許《くちもと》を拭《ぬぐ》い、報告をつづける。

「タマ―その壱」も大いに繁盛して、「タマ―その弐《に》」をひらいた。子供も二人になり、珠美は接客に出ることは少なくなっていたけれど、厨房と経理はあずかっていた。背中におんぶしてきた赤ん坊に泣かれて、路地の暗がりで子守唄《こもりうた》を聞かせたこともある。それも珠美にとっては楽しい思い出だ。

パスタが運ばれてくる。珠美は鶏《とり》レバーとブロッコリーのスパゲティ、由香子はポルチーニ茸《だけ》のリゾット。二人は熱々を口に運びながら、十五年の空白を埋めるのに熱中する。

「タマ―その参《さん》」をひらいたのが一年前。長女を出産して間もなくのころだった。それから程なくして、珠美は淳にこう告げられた。

「好きな女ができたから、別れてほしい」

思いもかけない展開に、由香子は喉をつまらせる。ひとくち水を飲んでから、抗議の声をあげた。

「ひどい。ひどすぎる。オタマ、まさかそんな我儘《わがまま》なこと受け入れたりしないよね?」

珠美は白い歯を見せて静かに笑った。

「イヤだって騒いでみたところでしょうがないじゃない。人が誰かを好きになってしまったり、性欲を催したりするのって、止められっこないもん。だから、きちんと離婚してあげたの」

珠美は「タマ」の共同経営者でありつづけることとピクルスを店が使いつづけることを条件に、離婚に応じた。

由香子は何も言えずにリゾットを口に含む。ポルチーニ茸の風味がきつすぎるのは、きっと乾燥茸を使っているからだわ。そう思いながら由香子は、自分の冷たさを反省する。こんな大事なときに、茸《きのこ》がどうだっていいじゃない。そして次は自分の秘密を打ちあけなくてはと思う。まだ誰にも、浩市にさえ話していない秘密について。

そのことばを発しようとしたとき、由香子は思わず顔をしかめた。反射的にお腹に手をあてた。眼の前の珠美も同じようにお腹に手をあてて顔をしかめている。二人は、顔をあげて、見つめあった。

それから互いの眼の奥にあるものを感じ取った。体を近づけると、手を伸ばして互いのお腹に押しあてた。新しい生命の動く気配がした。

「いつ？　いつなの？　予定日」

「三月。桜が咲くころ」

「私も」

「じゃあ、五ヶ月か。同じだね」

二人は深々と深呼吸をして微笑《ほほえ》み合うと、椅子《いす》の背にゆったりともたれかかった。

「オタマ、もう新しい恋人ができたんだ。すごいね」

「ううん。これ、淳くんの子供だよ」

「でも……、離婚したんじゃなかったの？」

「したよ。だけどそんなの紙っきれのことだもん。私が好きなのは淳くんだけ。セックスしたいのも淳くんだけ。だから淳くんとセックスして淳くんの子供を産む。ひとはこんな私をだらしない女っていうかもしれないけど、私にとってはそれがいちばん正直な生き方だから。分ってもらえないかもしれないけど。私は私の家族が作りたいの。余分なものなんて入れないで、本当に好きなものだけで家族を作りたいの」

由香子の中に高校生のころの珠美が蘇《よみがえ》ってくる。頑固で勝気なくせに泣き虫だったオタマ。曲がったことが何より嫌いな正義漢だったオタマ。そんな珠美が懐《なつ》かしく、いとおしかった。

「ユッカと私、あのころはなんでも一緒だったけど、今は遠く離れちゃったね。私は四人の子持ちのヤモメオバサンだし、ユッカは優雅な——」

「オタマ。私も、離婚しようと思っているの」

由香子は初めてその言葉を口にする。

「ユッカが?」

珠美は信じられないように由香子を見る。

由香子が離婚を考えはじめてもう二年以上になる。理由をきかれてもうまく説明なんてできないけれど、もっと自分らしい人生を生きたいと願ったのだ。何不自由のない生活は人生の外枠を充たしてくれるけれど、内側はまた別のことだ。今のままでは自分らしく生きている手応《てごた》えがない。自分を生きている実感がない。仕事だってもっと自由にしたい。本も読みたい。映画に深くかかわりたい。

それでもその思いを実行するにはなかなか勇気が持てなかった。その勇気をつかみ取るために、由香子は密かなる企《たくら》みをした。もうひとり子供を孕《はら》むことにしたのだ。離婚のために妊娠するなんて不埒《ふらち》もいいとこだと言われるかもしれない。でもそれが、由香子の精一杯の選択だった。

学と二人では一本の線しか結べない。何かあったら綱引きになってしまう。でももうひとり子供がいたら、綱は六つの手に握られて、三本になる。三角形が作られる。一本の線よりずっとタフな形だ。

珠美はデザートの柿《かき》のシャーベットを舐《な》めながら、感慨深げに聞いている。

「ユッカと私、ずいぶん離れちゃったと思っていたけど、もしかしたら、一緒だね」

「うん。一緒だよ」

二人は声を出して笑い合う。しみじみと互いを見つめ合う。

「ね、ユッカ。まだ時間ある？ そしたらちょっとうちへ寄って、私のピクルスの味見してほしいな」

「ピクルスか。いいね。いこいこ」

「ピクルスって面白いんだよ。奥が深いの。どんなものでも作れちゃうんだから。野菜はもちろんのこと、果物でも、魚でも、肉でも、玉子でも。――人間の気持もピクルスにして保存できたらいいのにね」

珠美は淳のことを言っている。由香子は自分の気持のことを考える。かつて浩市に夢中だったころの思いをピクルスにできたらよかったのに。でも人間の気持はピクルスにできない。刻々と変化していくことを止められない。

カモミールティを飲み干してから割りかんで勘定を済ませて、店を出た。街路には黄色く色づいた銀杏《いちょう》の葉が乾いた音を立て、秋の陽ざしの中で舞っている。

二人はなかなか美味《おい》しかったランチと新しい生命の胎動で充ち足りたお腹に手をやって、ゆっくりと歩き出す。もう充分に満腹の筈《はず》なのに、ピクルスならまだいくらでも食べられそうだ。

秘密のレッスン

ママは凄《すご》い。仕事ができて、強くて、いつでもどこでも生き生きしてて元気で、お喋《しゃべ》りも上手でけっこう美人でセンスもいい。非のうちどころがない。うちのママは世界一！　かもしれないと綾乃《あやの》は思う。

でも、そう思う気持の片隅で、ちょっぴり疲れも感じてしまう。

たしかに綾乃は母親の祥子《しょうこ》を凄いと思い尊敬もしているけれど、同時に恐れてもいる。もっと正直にいえば、疎《うと》ましさのようなものさえ感じてしまう。もしかしたら、そういう相反する複雑な感情というのは、母娘ふたりの暮らしで思春期を育てられた娘の多くが抱くものなのかもしれない。ただ、それが綾乃は少々強烈なのだ。祥子の個性が強烈なぶんだけ。

綾乃は祥子のように強くないし、無口で引っ込み思案だ。けっこう美人でもない。顔立ちがどうのというより、綾乃の顔にはアトピー性皮膚炎によるブツブツがいっぱいなのだ。アトピー性皮膚炎の原因はまだはっきりとは解明されていないけれど、ストレスも要因のひとつなのは確かだ。

　綾乃の顔にブツブツができ始めたのは小学四年生のころだった。だから綾乃のアトピー歴はもう十五年近くになる。

　その前の年、綾乃が九歳の時に父が亡くなった。飲酒運転による事故だった。父は大好きなブルゴーニュワインをかなり飲んでから運転して、ガードレールに激突した。

　綾乃は父が大好きだった。憧《あこが》れだった父は有能なチェリストで、父が練習をしていると幼い綾乃はいつも父の足もとに潜り込んで、チェロの音色に耳を澄ませた。低く震えるようなチェロの震動が床を伝って綾乃の小さな身体《からだ》にも伝わり、それだけで綾乃は絶対的な幸福に包まれた。

　そんな幼い綾乃に負けないくらい、祥子もまた夫に憧れ、絶対的な愛を捧げていた。

　父と母がどのようにして結ばれたのか、綾乃はたびたび祥子から聞かされた。

　祥子が父と出会ったのは、大学を出て三年目、アート系の雑誌を出す出版社の編集部で働いているころだった。父はすでに高名なチェリストで、家庭もあった。年齢も四十になっていた。でも祥子はその父に激しく恋をした。最初は片恋だったけれど、
　そんなことにはおかまいなしに強く激しく恋した。

祥子の恋心がどれくらい強く激しかったのか、あるいはユニークだったのかについてのエピソードも、綾乃はくり返し聞かされた。とりわけ父が死んで間もないころはお酒を飲んで酔いどれると、祥子はきまって綾乃をつかまえて同じ話をくり返した。

それは祥子いわく「奇襲作戦」。どんなに会ってほしいと頼んでも、まだ子供だからという理由で相手にしてくれない父に焦《こが》れて、祥子はこの作戦を思いついた。

たとえば父が家を出て、車を運転して路地を曲がった途端、道の真ん中に祥子がニッコリと笑って立っている。父は吃驚《びっくり》しながらも放っておけず車に乗せる。こうして祥子は父とふたりきりの時間を手に入れる。

あるいは空港。海外での演奏旅行を終えて戻ってきた父がゲートを出てきた途端、花束を手にした祥子がニッコリとあらわれる。どこにでも、父が行くところに前触れもなく突然あらわれて吃驚させるのだ。

そんなことがいつも出来たのは、祥子が働く雑誌に父がエッセイを書いていて、その原稿取りを任されていたからだ。そうやって父の行く手めがけて奇襲をかけ、父の心に印象を刻みつけていった。

もうひとつ凄い奇襲作戦がある。

祥子の片恋が通じて男女の付き合いになると、父は妻子のもとを出て、友人の家の離れを借りてひとり暮らしを始めた。だからといって祥子と一緒になるつもりがあるのか定かではない。定かでないから祥子は焦《じ》れて、塀を越えた。そう、祥子は父に会いたい一心で父がいる家の塀によじのぼり、塀伝いに離れのそばまで行き、明りの灯った窓めがけて小石を投げたのだ。そうまでして会いに来た若い娘の情熱を、四十にもなった男が拒める筈《はず》がない。

こうして祥子は父を手に入れて結婚した。

綾乃はそんな情熱的な奇襲作戦の話を聞かされるたび、母である祥子にはかなわないと思い、うちのめされた。

もうひとつ綾乃が祥子にかなわないのが料理。

祥子は料理の名人だ。上手である以上にエネルギッシュでタフなのだ。僅《わず》かな時間で手際《てぎわ》よく幾つもの料理をパッパッと作り、趣味のいいアンティークの大皿に盛りつけてパッと出す。誰もが思わず身をのり出したくなるような勢いのある料理だ。祥子はその料理で父の友人たちをもてなして、父によろこばれていた。

それに比べて綾乃の料理はノロマだ。ゆっくりと時間をかけて、何回も何十回も味見をしながら作る料理。たとえば牛スネ肉と幾種類もの野菜を細かく刻んで、じっくり味見をくり返して作るシチューなんかが綾乃にはむいている。それだって祥子の夕フでエネルギッシュな料理にはかなわないけれど。

父が死んで激しく落ち込んでいた祥子は、じき立ち直ると新しい仕事を始めた。アンティークの家具や調度品、食器などを扱う店だ。なぜそんな店を始めたのかといえば、父の趣味がアンティークの蒐集《しゅうしゅう》だったから。父は生まれながらの高等遊民《ディレッタント》で、若いころからアンティークの品々を集めていた。だから綾乃が生まれた家にも、八ヶ岳の麓《ふもと》にあった山荘にも、アンティークがあふれていた。

それらのものを父の思い出につながるというだけで抱え込んでいても意味がない。それよりも未来に向けて活用すべきだ、という祥子の合理的思考によって店は始められた。思いついてから開店まで三ヶ月という超スピードだった。

綾乃は内心、反対だった。父が大事にしていたもので商売をするなんて。たったひとりでガードレールに激突して死んでしまった父が可哀相《かわいそう》で仕方なかった。

でも祥子は、父の死についてこう言った。「パパの死は幸福だったのよ。だって愛するものばかりと一緒だったじゃない」。たしかに父は大好きなブルゴーニュワインを飲み、大好きなアンティークカーに大事なチェロを積み込み、これも大好きなスピードを出しすぎて激突したのだ。

そう思うたびに綾乃は泣きたくなる。父の愛するものの中に自分は入らなかったのだろうか。どうして自分も一緒に積み込んでくれなかったのだろう。

アンティークの店を始めた祥子は、どういう風の吹きまわしなのか、綾乃の教育についても熱心になった。それまでも綾乃はヴァイオリンを習っていたけれど、お嬢さんのお稽古《けいこ》ごとにすぎなかった。そのヴァイオリンを辞めて、チェロを習えというのだ。父の娘なのだから少しは才能を受け継いでいる筈だ、というのが祥子の考えだった。

綾乃の希望などひとつも受け入れられないまま、一流音楽大学の先生のもとへ通わされることになった。ヴァイオリンではなく大きなチェロのケースを抱えて。

そのころからだった、綾乃の薄桃色の頰やおでこにブツブツができ始めたのは。

どんなに練習しても、せいぜいちゃんと弾けるようになるだけ。それ以上ではなかった。

父の才能は綾乃には受け継がれていなかったのだ。祥子は気がむくと綾乃の部屋にやってきてチェロを弾かせ、何も感想を言わずに部屋を出ていった。失望したからにちがいない。そのたび綾乃のブツブツは数を増していった。

このようにして綾乃は窮屈な思いに縛られながら中学高校と進み、大学受験を考える年頃になっていた。祥子の仕事はますます忙しく、綾乃のレッスンをチェックする時間もなくなった。けれど、綾乃が音大のチェロ科を受験することを当然と考えていた。

でもそのころ綾乃には、ひとつの夢が生まれていた。女優になりたいわけではなくて、芝居の世界へ進みたいと思うようになっていた。祥子には内緒だけれど、芝居作りに係わる仕事がしたかったのだ。それで、綾乃はあるオーディションに応募した。大好きな小劇団がスタッフやキャストを募集してオーディションを開くというのを知って、応募してみたのだ。

そのことが祥子に知られてしまった。激しく叱責《しっせき》されたのと同時に、綾乃はさらなる屈辱を味わった。

祥子は綾乃が劇団のオーディションに応募したのを知ると、ただちに劇団に手をまわして綾乃の応募を取り消してしまったのだ。

綾乃がめずらしく抵抗すると、祥子は自分の前に綾乃を立たせてしばらく眺めてから、ため息と一緒にメンソール煙草の煙を吐き出しながらこう言った。「おバカさんね、綾乃ちゃんは。あなたが女優になんてなれっこないでしょ、そんなブッブツの顔をしていて」

綾乃は祥子から投げつけられた言葉を受けとめながら、微笑《わら》ってみせた。そうすることしかできなかったのだ。でも上手には微笑えなくて、ブツブツの頬がひきつっていた。

この時から、綾乃の頬のブツブツは首や胸のあたりにまで拡《ひろ》がっていった。

祥子の思惑どおり、綾乃は音大のチェロ科に入学した、第一希望に指定されていた一流の音大ではなくて、比較的入りやすい私立の音大ではあったけれど。そうできなければ家を出ていくように、しかも一切の仕送りも援助も断ち切ると言われたから。無能力でノロマで引っ込み思案で独立するだけの勇気もない綾乃には、他の選択などなかった。

音大でも綾乃は目立たない生徒だった。でも時間を見つけては、大好きな小劇団の芝居を見に出かけた。祥子には内緒のまま。

祥子の店ではアンティークの小物やアクセサリーのレプリカを作ったところそれが当たって、地方にも支店を開くことになった。そんな祥子の活躍を綾乃は心から喜んだ。だって仕事が忙しければ、自分に向けるエネルギーが減少してくれるだろうから。事実、祥子の干渉は少なくなっていった。もちろん忙しいからであると同時に、いくら期待をかけてみたところでチェロの腕もいっこうに上達しない綾乃に幻滅したのかもしれない。綾乃はそう解釈して、それでいいと思っていた。

こうして綾乃は祥子とひとつ屋根の下で暮らしながら、というより養ってもらいながら、めったに顔を合わせることもないままひっそりと自分の生活を積み重ねていった。好きな本を読んだり、父の演奏を録音したCDを聴いたり、もちろん自分のチェロの練習もして。

そして養ってもらっていることへのお礼として、一週間に一度、家の掃除をした。手早い祥子なら一、二時間で終えてしまうところを、じっくりゆっくり時間をかけてていねいに掃除した。

それから自分のために食事を作った。大鍋でいろんな野菜や肉をぐつぐつ煮込んで、何回も何十回も味見をして、そんなシチューを作って小分けにして冷凍しておけば一週間は食いつなげる。もし祥子がお腹を空《す》かして帰ってくるようなことがあれば食べさせてあげようと思っていたけれど、そういう機会はなかった。祥子は付き合いで外食することが多かったし、たとえ空腹で帰ってきたとしても自分で手早く作って食べてしまうから。綾乃のノロマな煮込み料理を食べさせてあげるヒマなどなかった。

だからといって母娘の交流がまるでなかったわけではない。数ヶ月に一度、あるいは半年に一度くらいの割合でそれは突然にやってくる。祥子の過密スケジュールに突然の空きができてしまった時だ。そんな時にはせっかくの予約を取り消すのがもったいないという理由で、綾乃は高級なレストランや料亭に呼び出された。そこにふさわしいお洒落《しゃれ》な服なんて持っていなかったけれど、祥子に叱《しか》られないように精一杯の身支度をして出かけた。ブツブツは相変らず治っていないからお化粧はできなかったけれど。

たいていは静かな個室で祥子とふたりきりの食事をした。母娘なのにとても緊張してしまう。祥子はワインや日本酒を気持よさそうに飲み、運ばれてくる料理にいちいち的確な感想を浴びせながら次々と平らげていく。タフでエネルギッシュな食べっぷりだ。綾乃もがんばって食べるのだけれど、祥子の食欲にも舌の鋭さにもとうていかなわなかった。

そうやって食べながらも、祥子のお喋りは止まることがない。綾乃の近況を簡単に聞くと、あとはたいてい仕事の話と自分のプライベート、つまり最近付き合っている男のことなどを話してくれる。特に聞きたいわけではないけれど、祥子が話すのだから聞かないわけにはいかない。

たとえば祥子が四十五歳になったバースデーの時の話。その日は綾乃も小さなケーキを用意して待っていたけれど、祥子は帰らなかった。付き合っている男と過ごしていたらしい。祥子いわく「まったく驚いたわ。彼ったらどんなプレゼントをくれたと思う？」

そんなことを訊《き》かれたって分るわけがない。

「ホテルのスイートを取ったからって呼ばれたの。行ってみたらどうよ、部屋中に赤いバラがいっぱい飾ってあるじゃない。まったくいい年をして少年みたいなことをしてくれちゃって」

祥子はそう言って嬉《うれ》しそうに笑ってから、声をひそめてつづけた。「でもね、彼と一緒になるつもりなんかないわ。男ってどうしてああ単純なのかしら。何回か寝たぐらいで、なんで老後を一緒に過ごして家事のひとつもできない男の面倒を見なくちゃならないのよ」

祥子は肩をすくめて笑う。綾乃も黙って微笑ってみせる。今ではもう頬をひきつらせることもなく上手に微笑ってみせることができる。それから祥子はため息と一緒に煙を吐き出しながら、いつも決まって同じことを言う。「どの男もパパにはかなわない。足もとにもおよばないわ」

そんなこと当たりまえじゃないかと綾乃は腹立たしく思う。それなのになぜ祥子は次々男と付き合ったり、それをいちいち綾乃に報告したりするのだろう。綾乃を一人前の娘として認めていないから？　ノロマで引っ込み思案の綾乃を刺激したいから？

あるいはひとり娘の綾乃にだけは正直でいたいのだろうか。綾乃には祥子の気持が分らない。分らないまま黙って微笑ってみせる。

大学を卒業した綾乃は家を出たいと思った。一大決心をしてそのことを祥子に伝えると、反対されるにちがいないという予想に反してあっさりと認めてくれた。「いいわよ。綾乃ちゃんをいつまでも私の手もとに置いておけないもの」。祥子の言葉を聞きながら、自分はとうとう見捨てられたのだと感じた。それでいい。綾乃は安堵《あんど》さえした。

ひとり暮らしをするにあたって、まずチェロと決別した。そうしなければ新しい人生を始められないと思ったからだ。アルバイトで食いつなぐ生活は苦しかったけれど、初めて自分自身で生きる自由を味わうことができた。いつのまにかブツブツも消えかけていた。

祥子の仕事はますます忙しくなっていた。アンティークのレプリカが通販雑誌でも大当たりしたのだ。祥子は時々雑誌にも登場する人気者で、ますます若く美しかった。

綾乃にはそんな祥子を手助けすることなんて出来ないけれど、月に一度の掃除はつづけていた。月に一度、天気のよい日に家へ行き、ていねいにじっくり掃除をする。

最後に庭に咲いている花を切って、父が大好きだったアンティークの花びんに飾る。祥子もこの花びんだけは今も大事にしているらしい。この月に一度の掃除と花だけが、離ればなれの母娘のつながりになっている。

雨ばかりつづいて、なかなか掃除に行けずにいたけれど、ようやく青空が見えた。綾乃はアルバイトを一日だけ休んで家に向った。ちょうど昨日、牛バラと野菜のシチューを作ったばっかりだったので、タッパウエアに入れて持っていくことにした。ひとり暮らしの日々を重ねて、少しは料理の腕も上がったので祥子に食べてほしかったのだ。きつい感想を浴びせられるかもしれないけれど。それでもいいと思えるくらい、綾乃も少しだけ強くなっている。

祥子は留守で、家には男がいた。祥子が今、付き合っている男だ。

一度だけ、この男の話を聞かされたことがある。たった一度だけなのに、その時の話を綾乃はよく覚えている。祥子の様子がいつもと少しちがっていたから。肩をそびやかして笑ったりはしなかったから。もしかしたら、祥子が本気でその男を好きになったのかもしれないと思った。どうでもいいことなのに、綾乃の胸はざわついた。

男は掃除の邪魔になっては申しわけないと言って、奥の部屋に引っ込んでくれた。お陰でいつも通り、ゆっくりじっくり掃除ができる。祥子の話によれば、男は祥子より十歳年下の四十代。アンティーク関係の仕事をしているらしい。ふたりは仕事つながりというわけだ。でも四十代にしては若々しくて感じもわるくない。どうでもいいことだけど、と綾乃は思う。

掃除が終わり花を飾り終えたころには陽が陰り始めていた。祥子は仕事で地方に出かけているらしい。それならば帰ろうと思っていると、「お腹、空かない？」と、男がいきなりきいてきた。何と答えればいいか迷っていると、「何か食べようよ。でも僕は料理がまるでできない。いつも祥子さんが作ってくれるんだ。君もできるんだろ？　何か簡単に作ってよ」

冗談じゃない。私が簡単に料理を作れるとでも思っているのか。それよりなんで母が付き合っている男に料理を作らなければならないんだ。そう思って憤慨していると、冷蔵庫をのぞいていた男が綾乃の持参したタッパウエアを見つけて声を上げた。「おっ、いいものがあったぞ。シチューだ。これを食べよう」

こうして綾乃は初めて会ったばかりの男と、夕食を共にすることになった。シチューと冷蔵庫にあった野菜で作ったサラダと、男が走って買いに行ったバゲットと赤ワイン。シンプルだけれど無駄のない夕食だ。

男はアンティークの話などしながら、おいしそうにワインを飲んでいる。かなり強そうだ。たぶんこの男と祥子は気が合うだろうなどと思いながら、綾乃は黙って男の話を聞いている。聞きながらなんだかおかしくなってそっと微笑った時、いきなり男の手がのびて綾乃の鼻をつまんだ。

驚いて眼を閉じた途端、忘れていた記憶が蘇《よみがえ》った。幼いころ、父と遊んでいると、不意に鼻をつままれたことがあった。同じことを今、この男にされている。男は四十代で綾乃は二十五歳。ちょうど父と母が出会ったころの年齢だ。

綾乃が眼を開けるより先に、男に唇を奪われた。綾乃はそのまま男の唇を受けとめる。だって男の唇がとってもおいしかったから。男の唇のおいしさが分るくらい、綾乃にだって経験はある。祥子には内緒だけれど、綾乃はけっこう男にもてるのだ。ブツブツもあったし美人でもないけれど、黙って微笑いながら、話を聞いてくれる若い娘は少ないから、男に愛されるのだ。ベッドの中でも綾乃は大事にされて、ゆっくりじっくり秘密のレッスンを重ねてきた。もう、アトピーのブツブツに悩む少女ではない。二十五歳の成熟した女だ。

男の口中からはシチューとブルゴーニュワインの匂いがする。男の腕が綾乃の細い腰を抱き寄せて、舌が綾乃の舌を求めている。綾乃はそのままおいしい男の舌を飲み込んでしまいたかったけれど、ギリギリのところで男の身体を突きはなした。

数日後、祥子から呼び出しがかかった。

もしかしたら男とのキスのことがバレてしまったのかもしれない。かつて秘そかに応募したオーディションのことがバレてしまったように。でも、だとしたら、男が祥子に告げぐちしたのだろうか？　どうでもいいや。綾乃はたしかに男とキスをして、その唇をおいしいと感じてしまったのだから。祥子に叱られることにも、見捨てられることにも、綾乃は慣れている。

鍵《かぎ》を開けて家に入っていくと、リビングのソファにうずくまるようにして祥子がいた。

綾乃がきたことに気付いて顔を上げると、思いもかけずその目を泣きはらしていた。

いったい何があったの？

いつものタフでエネルギッシュな祥子からは想像もできない、気弱になった少女のような声で祥子が言った。「彼がいなくなっちゃったの」

え？　どういうこと？

「理由をいくら聞いても教えてくれないの。ただ、もう別れよう、別れた方がいいって。そしてあのひと、外国へ行っちゃったの。もう終わりだわ」

どうやら男は綾乃とのキスのことは話していないらしい。それならばなぜ男は祥子のもとを去っていったのだろう。綾乃には分らない。分る筈がない。だって綾乃は男のことを何も知らないのだから。たった一度だけキスをして、その唇のおいしさを知っているだけなのだから。本当にそれだけのことだ。綾乃にとって男の存在は、それ以上でもそれ以下でもない。

問題は祥子の方だ。見たこともないくらい傷付いた祥子をどうやって慰めればいいいのだろう。ただ黙って微笑ってみたところで仕様がない。どうしてあげればいいのだろう。

そうだ、あったかいシチューを作ってあげよう。

綾乃はそう思いつく。ゆっくりじっくり時間はかかってしまうけれど、今の祥子なら待っていてくれるにちがいない。

タフでエネルギッシュで非のうちどころのない世界一のママ。パパの心を強引に勝ちとって自分を生んでくれたママ。そんな祥子への尊敬と憐憫《れんびん》と愛《いと》おしさをこめて、ゆっくりじっくり、無器用でノロマなシチューを作ってあげよう。

きもちいいのが好き

毎月の第三土曜日、和可子《わかこ》と咲江《さきえ》と万里《まり》の三人は顔を合わせよう、と、決めている。

三人は同じ中学・高校を通じての親友で、たとえオトコと会わない日々、あるいはオトコがいないから会えない日々があったとしても、三人で会わない日々がつづいた方が淋《さみ》しくなってしまう。それくらい仲がいい、というか、家族以上に近しい存在、分身のようなものかもしれない。

それでも月に一回のスケジュールを確保することは簡単ではない。三人ともかなり忙しく仕事をしているし、プライベートな事情だってあるから、暇な時間というものがなかなかとれない。睡眠時間さえ不足して肌が荒れることもしばしばだ。年齢的にもちょうどそういう忙しい季節なのかもしれない。

和可子は神宮前でブティックを経営している。体は大きいくせに店は小さいけれど、趣味のいい一点物の輸入服やハンドバッグ、アクセサリーなども置いているので、ずいぶん顧客もついている。それらの服やアクセサリーは和可子が年に二回、自分でパリやミラノやヴェネチアに出かけて仕入れている。年の離れていた夫はすでに亡《な》くなっていて、二人の子供を彼女の母親の手を借りながら育てている。

咲江はアンティークの着物や反物を売りながら、その端布《はぎれ》で袋物やちょっとした小物も自分でデザインして作っている。手先が器用なのだ。離婚歴二回のバツ2ながら子供はなく、その代りオトコが切れたことがないくらいの情熱家。根津に近い古い一軒家を借りて、古着の倉庫兼、店兼、住居としている。

万里は雑誌の編集プロダクションで、ライター兼、編集者として働いている。二十代までは大手証券会社に勤めていたのだけれど、株の売買という虚業に嫌気がさし(バブルの最後の絶頂期だったが)、一念発起、通信教育で編集の勉強をして、三十代になってから職業替えをしたというがんばり屋だ。中学の時に父を亡くして以来、二人暮しだった母親も三年前に亡くなり、今は独身というより独居、せいせいとした孤独の身の上である。

この仲よし三人組は今年、揃《そろ》って厄年を迎える。もちろん、女の厄年である三十三はとっくの昔に過ぎ去って、男の厄年といわれる四十二歳になる。男の厄なら関係ないじゃないかと思われるかもしれないが、その決め方は、男は山へ柴《しば》刈りに、女は家の近くの川で洗濯していたころのものであって、今や、そろそろ更年期障害も始まる女たちにとってこそ厄年だ。

厄年というのは正確には、数えでいうものであるから、彼女たちは満年齢でいえば四十一歳。まぁ、あまり違いはないけれど。去年、三人で集まったとき、来年襲いくる厄年について「大辞林」を紐解《ひもと》いた。

「①災難に遭うことが多いので気をつけるべきだといわれる年。男は数え年の二五・四二・六〇歳。女は一九・三三歳という。陰陽《おんよう》道で説かれたものをいう。②災厄の多い年。年忌《い》み。」

いずれにしても縁起のよくない、何かが起こりそうな気配の年、ということだ。

今では女というより、男の如《ごと》く世間と渡り合っている三人は、ただ漫然と襲いくる厄年を待つのではなくて、その対策を練ることにした。自分という存在をあずけて「おあとよろしくおねがいしまーす」などと、甘えられるオトコはいないし（いたとしても、そんな図々《ずうずう》しい甘えなんてできない）、身を寄せていれば外の嵐《あらし》から守ってくれそうな安全な家庭も持ち合わせていない三人としては、まず自分という存在をもっと、さらに、丈夫で見場《みば》もよく、頼りがいあるものにしようということになった。

精神的なことについては各々《おのおの》ががんばるしかないけれど、せめて身体的なことは三人一緒に大事にしよう。

そのための方法として、まずダイエット。三人ともとりたてて太っているわけではないのだけれど、それでも下腹部や太モモ、二の腕のあたりに余分な肉が増え、顔のラインもシャープさを欠きつつある。なにも若く見せたいために余分な肉を恐怖するのではなくて、余分な肉は身体《からだ》だけでなく、確実に精神をも鈍くさせる。しかし三人とも大の料理好きの食いしん坊なので、食事制限はつらい。だからといってジムに通う時間はなかなかとれないし、面倒くさくもある。せめて寝る前の十分ほどで、効率のいいストレッチをしながら、野菜中心の料理を作り、どうにか現状を維持しようとつとめている。

もうひとつ、見場をよくするための方法として、三人はエステを始めた。なんとこの三人、四十年も生きてきたのにエステサロンに足を踏み入れたことがないのだ。そんなことをしなくても、まだオトコの一人や二人誘い込む自信（勇気！）があるのかもしれないけれど、それ以上に、エステだとかメイクだとかネイルだとかにうっとうしさを覚えてしまうのだ。

たとえばネイル。爪《つめ》を長く伸ばすことも、キラキラした飾りものを付けたりぶ厚くマニキュアを塗ったりすることも、慣れてしまえば平気なのかもしれないけれど、料理好きの女としてはやはり爪は短い方がいい。ひき肉をかきまぜるのも、サラダの野菜をささっとまぜるのも、青菜にゴマだれをなじませるのも、やはり箸《はし》より手がいい。それには爪は短い方がいい。

なんだか古風な物言いの女のようだけれど、古風なのは料理のやり方だけで、彼女たちの人間性までが古風というわけではない。というより、指を自分の意のままに動かすには長い爪など邪魔だ、ということだ。マニキュアも、世界と自分との間に余分な壁をつくるようで好きになれない。裸のままの爪をつけた手の方が、子供を抱きしめても、オトコの体を愛撫《あいぶ》しても、直接に感じることができてきもちいい。

エステティシャンのゴトーさんは、和可子のブティックにやってくるお客さんのひとりだった。服をえらびながらのお喋《しゃべ》りのなかで、ゴトーさんがエステティシャンであること、それも出張専門のエステティシャンであることを知った和可子は、さっそく他の二人に報告して、三人でゴトーさんの出張エステを受けることにした。一人のためだけに出張してもらうのは申しわけないけれど、三人集まれば料金もそれなりになる。そのエステを口実に三人集まることもできる。そしてなによりゴトーさんも今年で厄年を迎えることが三人の心を動かした。

エステは一ヶ月前に予約をして（なにしろゴトーさんのエステは人気があるので）、

万里のマンションで行われる。和可子のところは受験勉強中の子供がいるし、咲江の家は下町の方にあるので少々遠い。交通の便もよろしくない。それで下北沢の近くにある万里のマンションが出張エステの場所になった。

午後一時から、まず万里が顔のエステを受ける。クレンジングをしてから角質取りのピーリング、マッサージをしてパック、最後にしっとり整えて、約一時間。そのころに咲江がきて、同じく一時間のフェイシャルエステ。最後に駆け込んでくるのが和可子で、和可子は顔の他に手のエステもやるので約一時間四十分。

万里の部屋は五階建てマンションの最上階の角部屋で、陽あたり良好。お陽さまさえ出ていればポカポカと心地よい。マイナスイオンの霧が出てくる（らしい）加湿器をつけ、フジコ・ヘミングが弾くピアノ曲のCDをかけながらエステを受けていると、うっとり眠くなる。

三人はエステを実際にやってみてはじめて、世の女たちがエステにのめりこむ気持が分かるような気がした。どんな時でも何をしていても、仕事のことやスケジュール、子供のことなどが片時も心の隅から離れない忙しい季節（厄年）を送る三人にとって、このエステのひとときは、なーんにも考えない、ただ空っぽの物体になれる、心身ともにリラックスできる脱力状態の天国だ。

ゴトーさんは地方の短大を出たあと、叔母さんが住んでいるベルギーへいき、六年間を過ごしたのだという。ヨーロッパでは昔からハーブや薬草の研究がなされているから、ゴトーさんは語学の勉強をするかたわら、そんなハーブを使ったエステの技術を学んだ。その地で知り合った日本人のご主人と結婚して帰国、しばらくは専業主婦をしていたけれど、三人の子供（！）も少しは手が離れてきたし、お義母《かあ》さんが留守番ぐらいはしてくれるので、またエステを始めた。

だからといってヨーロッパ仕込みの経歴を売りものにしてエステサロンを開いたり、エステの講師になる気などさらさらなくて、それよりはひとりずつ心をこめてゆっくりやりたいという思いから、出張エステの道をえらんだ。フェイシャル一時間で五千円。ハンドを入れて八千円。出張費も交通費も込みだから、とても良心的。ゴトーさんは、お金をもうけることより、この仕事が好きなのにちがいない。

エステというのは手を通して、深く触れ合うこと。だからその手の持ち主を好きになれなければ、そんな人の手で触れられたくもないと思っている三人も、ゴトーさんのやさしくしなやかでつよい手のファンになった。

今日は久しぶりのエステだ。年末年始のバタバタがつづいて三人とも時間がとれなくなり、和可子は家族中で風邪をひいてしまったりで、二回もキャンセルしてしまった。恒例の年末豪華寄せ鍋《なべ》会も流れたから、三人で会うのも久しぶり。

だからゴトーさんのやさしくつよい手に触ってもらうのも嬉《うれ》しいけれど、三人で会えると思うとワクワクする。三人とも口には出さないけれど同じ思いだ。そんな自分たちの心持ちに微苦笑してしまう。若い恋人にでも会うならともかく、もうかれこれ三十年になる付き合いの女三人が会うのにこんなにときめくなんて。

同じようにオトコがオトコ同士で会うときにも、こんな風にときめきを感じるものだろうか。たぶん、感じないだろうな、オトコたちは。女たちほど人生を楽しんでいるようには思えない。だから、友に会っても、伝えたい喜びもせつなさも発見も驚きも、あまり持ち合わせていない。仕事や家庭や世間へのグチは抱えきれないほど持ち合わせているらしいけれど。

万里は午前中に掃除と洗濯をすませてから軽いブランチ（この日は玉子とじうどんとコマツ菜のからし和え）を食べ、柔軟体操で腹ごなしをしてから、エステのための準備をする。陽あたりのいいリビングのじゅうたんの上に厚手のバスタオルを敷き、ドーナツ型枕《まくら》を置き、タオルも数枚用意する。大きめの蒸し器も準備する。パックのあと顔を蒸すタオルを作るためである。

お茶も準備する。エステを始める前や、終わったあと、喉《のど》をうるおすためだ。三人とも好みがはっきりしていて、和可子にはアールグレイの紅茶、咲江は凍頂《ドンディン》ウーロン茶、万里は煎茶《せんちゃ》。各々の茶葉を入れた茶筒を並べておく。ゴトーさんは三人のように好みをいわないけれど、凍頂ウーロン茶が好みのようだ。その他に、ダイエットとリラックス効果のある万里自身のブレンドによるハーブティも、大ぶりのガラスポットで作って冷ましておく。そして各々のお茶に似合うポットやカップも用意して、あとはヤカンに良質の水を入れてガスコンロに弱火でかけておく。

つまむものとしては干しアンズ、和歌山県の谷井農園から取り寄せたみかん、最近、万里のマンションの近くに開店したケーキ屋のビスケット（クッキーよりやわらかで素朴なかんじ）がやたら美味《おい》しいので、それも少しだけ並べておく。あとは各々がつまみたいものや、つまませたいものを持参する筈《はず》だ。ダイエットの範ちゅうを超えない程度のものから選んで。

午後一時五分前、時間に正確なゴトーさんがやってくる。マイナスイオンの霧で部屋はしっとり、タオルを入れた蒸し器からはいつでも取り出せるように微《かす》かな湯気が立ちのぼっている。ゴトーさんも三人の女も意味のない時候のあいさつをしたりするのが苦手だから、ただ眼を合わせて「こんにちは。お久しぶり。よろしく」と微笑《ほほえ》み合ったあとはすぐにお気に入りのCDをかけ、エステが始まる。

ああ、なんていいきもち。年末から蓄積された淀《よど》みのようなものが、ゴトーさんの手に誘われて溶け出していく。この快感をちゃんと味わっていたいから眠りたくなどないのに、眠気が押し寄せてくる。眠りたくない、でも眠りそう。そのせめぎ合いも、ああ、なんていいきもち。

蒸しタオルが外されて、次第に覚醒《かくせい》し始めたころ、咲江がやってきた。おいしい焼き海苔《のり》と干しシイタケが手に入ったからと、持参。お茶請けにはならないけれど、料理好きで食いしん坊の女たちにとってはなによりだ。その一時間後、和可子が、彼女にいわせれば日本一旨《うま》い広島県竹鶴《たけつる》酒造のにごりの新酒を取り寄せたからと、人数分の四本持って参上。お酒も好きな一同にとって、これもなによりの手土産だ。

和可子が顔と手のエステを受けているあいだ、万里と咲江はのんびりCDを聴きながら、残照が染め始めたカーペットに体を横たえ、好きなお茶を飲み、アンズやビスケットをつまんで過ごした。

エステが終わり、ゴトーさんが一杯だけ凍頂ウーロン茶を飲んで（すぐに帰って、三人の子供と夫とお義母さんの夕食を作る！）帰ってしまうと、三人は晩ごはんをどうしようかと相談した。出かけるのもかったるいので、万里の冷蔵庫にあるもので工夫することに決まった。

豆腐と昆布だけのシンプル湯豆腐。但《ただ》し、オカカはきちんと削り器で本枯れ節を削る。いんげんと豚バラのショウガ風味甘辛煮。春菊の磯《いそ》（海苔のこと）和《あ》え。きのこのホイル焼き。

質素だがおいしそうなおかずを並べ、和可子推薦のにごり酒をぐい呑《の》みに注いだと き、咲江がこぼれるような笑みを浮かべて居ずまいをただすと、こう言った。

「あたし、妊娠しちゃったの」

和可子と万里は殆《ほとん》ど同時に、口に含んだばかりのにごり酒を吹き出してしまった。

「妊娠？　咲江が⁉」

「四ヶ月だって。生理がないからもうあがったのかなと思ったら、赤ちゃんだって」

「だれ。相手、だれなの」

名前を聞いたところで和可子にも万里にも分かる筈がない。なにしろ咲江の相手は途切れることなく次々変化するから。それに三人は、いちいち相手の男を紹介し合う趣味も持ち合わせていないから。そこで二人は必要最小限の大切なことだけを質問した。

「本気で好きなの？　いい奴《やつ》なの？」

「少なくとも、彼の種で妊娠したことに後悔はない」

それだけきけば充分だ。あとは二人が咲江のために何をしてあげられるか、それが大切だ。そのことも質問した。

「あたしたちにいちばん、何してほしい？」

「子育て。子育ての手伝い」

そりゃそうだよねえ。出産はいっときの力仕事だけど、子育ての時間は長くて大変だもの。独居でいちばん身軽な万里は、仕事のスケジュールを考えるより真剣に、子育てのための時間のやりくりについて思案する。和可子も少しでも手伝ってやりたいと思案している。咲江自身も好きな仕事を辞めずに子育てをしたいと思案している。

今でも忙しい三人が時間を捻出《ねんしゅつ》するのは容易ではない。それでもやってみるしかない。

子育て経験者の和可子はコブシでテーブルを叩《たた》いて宣言する。

「よーし。三人で協力すれば何とかなるって」

万里もコブシでそれにこたえる。

「そうだよね。三人いれば何とかなるよね」

そう言ってから、三人は顔を見合わせて吹き出してしまう。なんで三人なのよ。もう一人、オトコもいるんじゃない？　相手のオトコが。そう言って笑いながら、三人は三人の力で、他者の力を借りずに赤ちゃんを育ててみたいと暗黙の了解のうちに思案している。

「咲江、眼の中に入れても痛くないくらいかわいがってやるからね」

「それをいうのなら、眼の中に入れてかわいがってやってよ」

その晩、三人はにごり酒を三本空け、まだお腹《なか》が空《す》いているのでうどんを茹《ゆ》でて釜《かま》あげにして、幸福で充《み》ち足りた一夜を過ごした。

次のエステの日。万里の仕事机には「出産への準備」とか「赤ちゃんの安全な育て方」などの本が積まれている。いろいろ研究しているのだ。咲江のエステが始まり、万里は煎茶をすすりながら育児書のページをめくる。

和可子もやってきた。咲江はパックの最中で、眼の上に化粧水を含ませた四角いコットンをのせている。皆が揃《そろ》ったのを耳で聴きとった咲江は、小さく深呼吸をするとこう言った。

「あたし、流産しちゃったの」

和可子も万里もゴトーさんも、一瞬、かたまってしまう。イオン加湿器の蒸気の音と、CDからピアソラのタンゴだけが聞こえている。セクシーで情熱的な曲だ。咲江がさっきより低い声でもういち度言った。

「あたし、流産しちゃったの」

こんな時、何てこたえればいいんだろう。慰めるのも励ますのもわざとらしい。どんなに近しくてもコトバに窮してしまう。

「ごめんね」

咲江の声が、微《かす》かにふるえている。

ゴトーさんの手が再び動き出して、咲江のパックの顔は蒸しタオルで覆《おお》われた。和可子が促すように万里の尻《しり》を叩く。万里はつい促されて、バカなことを口ばしる。

「あたしさ、本気で眼の中に入れてかわいがってやろうと思ってたのに」

和可子もいっそうバカなことを口ばしる。

「あたしなんか口の中に入れてやってもいい、って思ってたんだから」

「それって、食べちゃうってこと？」

「バカ」

タオルがとかれ、コットンも眼の上から外された。咲江は眼をつむったまま話をつづける。

「面白いんだよ、相手のオトコ。子供ができた途端、結婚しようって言い出したの。それまではそんな素振りもなかったのに。びっくりだよ」

「それで、咲江、何てこたえたの」

「もちろん、ノーサンキュー。どうして子供ができたことで、相手の男の人生までひきうけなくちゃいけないの？　あたしさ、赤ちゃんができて感じたの。子供は未来につながっているけど、男は、どんなに好きでも過去にしかつながらないって」

和可子たちも無言のままうなずいている。咲江はバスタオルの上から体を起こすと、三人に向ってニッコリと笑いかけた。

「赤ちゃんは消えちゃったけど、その赤ちゃんのおかげで、もういちどあたしも未来につながることができるって感じられた。それってすごくきもちのいいことだった。妊娠してよかったよ。オトコとは別れたけど。だってさ、子供ができたから結婚するのが当然みたいなのって、短絡的すぎだよね……ちょっと坊や、いったい何をおそわってきたの、私だって私だって、疲れるわ」

山口百恵《ももえ》の「プレイバックＰａｒｔ２」だ。

和可子も万里もゴトーさんまで一緒になって歌い出す。そういう世代なのだ。

「ちょっと待って、プレイバックプレイバック。今のコトバ、プレイバック」

「よーし。今夜は焼き肉だぜ」

和可子が唐突に声をあげる。万里も負けじと声をあげる。

「うちの冷蔵庫、今日は空っぽだからね。焼き肉だ焼き肉だ」

「ダイエットなんて、どっかとんでけー」

「今のコトバ、プレイバックプレイバック」

三人とゴトーさんは思いきり声をあげて、山口百恵のつづきを歌った。

その晩、三人が食べた焼き肉は、上カルビ五人前、上ロース二人前、タン塩三人前、レバー二人前。そのあとから冷めん、クッパ、石焼きビビンバ……。ジンロも二本が空になり、それでも三人は元気よくデザートまで平らげて、冷たい夜風の中、腕を組んで帰っていった。未来につながる喜びを取り戻した彼女たちには、厄年だって尻尾《しっぽ》をまいて逃げ出していくにちがいない。

おクスリ治療クロニクル

私はこの街で治療師をしている。

整体、指圧、鍼灸《しんきゅう》、マッサージ等々、世の中にはずいぶんいろんな治療法がある。私の治療法はそれらの要素を少しずつ抱き込んではいるものの、そのどれでもない。私独自の治療法だ。本来、治療というのは独自なものであるはずだ、と、私は思っている。もちろんあるレベルの技術や知識は必要だけれど、その先のもっと深い領域に踏み込んでいくのは、治療師自身の資質や感性なのだから。

そもそも治療師になりたい、なろうなどと思ったことはいち度もない。いつのまにかなってしまった。自分からこの仕事を選んだというより、仕事の方から選ばれてしまったという感じ。大袈裟《おおげさ》にいえば運命のごときものに導かれたのかもしれない。じゃあそれがどんな運命なのかと聞かれても、翻弄《ほんろう》された側の私には判《わか》らない。判らないけれども、もしも運命のごときものがあったとしたら、それはたぶん、私の「弱い体」だったと思う。善《よ》きにつけ悪《あ》しきにつけ、私はこの「弱い体」にひきずられて三十数年を生きぬいてきた。この体は私にとって一番近しく、またうっとうしい相棒だ。

運命の始まりは、私が「出産」された時からだった。

まずなにより、ひどい難産だったらしい。そのとき母は腎臓《じんぞう》を傷《いた》めていて体力がなかったところにもってきて、私が逆子だった。足が出て、胴体が出て、あとひと息の頭でつかえてしまった。母もぐったりなら私もぐったりで、ようやく生まれてきた私のおでこには、孫悟空の金輪《かなわ》のような跡がくっきり残っていた。産声《うぶごえ》も弱々しく、オッパイもあまり飲みたがらなかったという。

十時間にも及ぶ難産の間、祖母は病院の中庭にある大きな欅《けやき》の木に、私の無事誕生を祈ってお百度参りをしてくれていた。この大正生まれの祖母こそが、私の運命の最初のページをひらいたひとである。

ぐったりした逆子で生まれた私は、ぐったりした赤ん坊だった。相変らず食は細く、すぐに発熱して自家中毒（自律神経の不安定な子供に、くり返し起こりやすい周期性嘔吐症《おうと》）をくり返した。そのたびに祖母は痩《や》せた背中に私をおんぶして、近くの老医者のもとに駆け込んだ。私は堅いベッドの上で無理矢理に口をこじあけられ、スプーンで、サメの肝臓から作られる肝油を飲まされた。だから私の最初の味の記憶は、母のオッパイでもやわらかな離乳食でもなくて、あのスプーンの冷たい金属性の感触と強烈に生臭いトロリとした肝油だった。

三ヶ月遅れで生まれた隣りの子供が裸足《はだし》で庭を走りまわるようになっても、私はおぼつかないヨチヨチ歩きが精一杯で、日がな一日、竹で編んだ丸いカゴの中に坐《すわ》り、じっと世界を見つめてばかりいた。

最初の異変に気付いたのは祖母だった。すぐにおんぶされて病院へいくと、右足の膝《ひざ》に水がたまっていることが判った。しかしまだ幼いので治療法はなくて、とりあえずマッサージなどがよいときいた祖母は、そのときから祖母流のマッサージに没頭した。それは同時に、祖母の中にある潜在能力の開花でもあった。

祖母の手にはすばらしい「力」があった。祖母の手が近づくと、そこが、まるで親鳥にエサをはこばれたヒナのように活気づく。私を溺愛《できあい》する祖母は時間のゆるすかぎり私のそばに坐って、右の膝に手を当てたり、少し離れたところから手を細かく震わせたりしてくれた。そうしてもらうと膝はポワンと暖かくなり、とても気持よかった。

父も母も、そんな祖母の治療を相手にせず、歩けないわけじゃなし、もう少し大きくなったら病院で治療してもらえばいいんだから、と、取り合わなかった。祖母は

「そりゃそうだねえ」といいながら、いっこうに祖母流マッサージを止《や》めようとはしなかった。そしてマッサージをしながら、不思議な話をきかせてくれた。

祖母は子供のころ、手の指の先から「疳《かん》の虫」が出たという。「カンのムシ?」「細くてヒョロヒョロした、絹糸みたいな虫さ」

祖母の話によれば、昔、お祭りのときの境内などに、「疳の虫」を呼び出す祈とう師のような女のひとがいたらしい。赤い着物を着ていて、呪文《じゅもん》のようなことばを唱えると、まだ小さかった祖母の指先からヒョロヒョロと細い虫が出てきたのだという。

「おばあちゃん、あたしもカンのムシ、出る?」

「ああ、出るさ、お前なら」

私は祖母にいわれたように手を洗い、日本手拭《てぬぐ》いでよく拭《ふ》いて(タオルだとケバが指についてしまうのでダメ)、両手を陽ざしの中にかざした。「そーれ出ろ、そーれ出ろ」、祖母は呪文を唱え、私はじっと両手を見つめていたけれど、だんだん眩《まぶ》しくなって、ついに何も見えなくなってしまった。

私が神秘的なものごとにつよくひかれるようになったのは、この祖母の存在が大きかったと思う。祖母流のマッサージを始めて一年が経《た》ったころには、私の右膝はすっかり軽くなり、水も消えていった。

それからも祖母は体の弱い私を案じて、ヘビの骨を粉末にしたものやら、霊山の松の木から採った松葉を漬け込んだ水やら、中国帰りの知人から分けてもらったという赤い小さな粒々を持って帰り、「お母さんたちには内緒だよ」といって、こっそり飲ませてくれた。

大好きだった祖母は私が小学校へ上がるとじきに亡《な》くなった。このときはじめて、「喪失」や「哀《かな》しみ」が体を震わせるほど痛いものだということを、実感として味わった。

すっかり落ちこんでいた私を救ってくれたのは、近所に越してきたとても美人のオバサンだった。私はこのオバサンにピアノを習うことになった。オバサンはいつもあでやかな色柄のトロンとした着物を着ていて、細い首には赤い透明な石の首飾りを付けていて、ご主人はいるけれど子供はいなくて、広い庭には蓮《はす》の花が咲く池やバラのアーチがあって、私はピアノのお稽古《けいこ》が終るといつも、その庭に面したテラスのテーブルでおやつをごちそうになった。

うちでは食べたことがないくらいおいしいケーキ、モンブランとかミルフィーユとかも嬉《うれ》しかったけれど、オバサンがきれいな色の宝石箱からそっと取り出す、色とりどりの小さな丸いものにも心ひかれた。それらはクスリだった。オバサンは私の体が弱いことを母からきいていて、いつもクスリを飲ませてくれた。

「この黄色いのがビタミンC。こっちの茶色は造血剤。ポパイのクスリよ。こっちのだいだい色はビタミンE。こっちのみどり色は……」

焦茶色《こげちゃいろ》のテーブルの上に幾粒ものクスリがおはじきのように転がっていく。オバサンの分と、私の分。二人はイタズラ好きの子供のような眼を合わせてジャンケンをすると、クスリのおはじきを始める。ひと粒を指ではじいて、別のひと粒に当たったら、その粒を口に入れる。だから、ビタミンEがつづいてしまったり、ビタミンCが飲めないこともあった。

それでも私は、オバサンの白くて細い指が色とりどりのクスリの間をひらひらと躍るのを見るのが好きだった。私たちはクスリを口に入れてもすぐに水を飲んだりせず、糖衣の甘いさとうの味が溶けるのを楽しんで、それからおもむろに水を口に含んだ。どうしてあんな危険な遊びに、オバサンは子供の私を誘ったりしたのだろう。子供だから心おきなくできたのかもしれない。そしてオバサンはたぶん、私がその遊びを断わらないことを見抜いていたのだ。

私はオバサンが疲れた顔や淋《さみ》しい顔をしていると、祖母がしてくれたように、オバサンのつらいところに手を当てたり、少し離して手を震わせたりしてあげた。そんなときのオバサンは、ぼんやり遠くを見るような、幸福そうな眼をしていた。

小学校の卒業式が近付いたころ、オバサンも亡くなった。服毒自殺だった。それを知ったとき、私の口の中にはあの色とりどりのクスリの甘い味が蘇《よみがえ》ってきて、少しだけ哀しい気持をやわらげてくれた。

中学生になると、体の弱い私だけれど、人並みに初恋も経験した。相手は、きれいな首すじと長いまつ毛で、片方の肩をピクンピクンと上げるチック症のマサヒコくんという少年だった。

私たちは同じ美術部だったので、部活をさぼっては、学校の近くにあるマサヒコくんの家にしけこんだ。マサヒコくん家《ち》は両親とも働いていて留守がちだったので、しけこみやすかった。ちゃんと門からは入らずに、山茶花《さざんか》の垣根の隙間《すきま》からもぐり込んで、犬に吠《ほ》えられながら裏庭を走り、マサヒコくんの部屋に飛び込んだ。

マサヒコくんの部屋には勉強机とオーディオセットの他に、ガラス製のポットやビーカーがいくつも並んでいて、理科の実験室みたいだった。それらのポットやビーカに水を入れ、電気コンロで沸かして、これもガラス製の入れ物に入ったさまざまな薬草の葉っぱで、お茶を入れてくれた。今でいうところのハーブティ。マサヒコくんの叔母さんがドイツのミュンヘンに住んでいて、その近くに「ハーブ天国（クロイター・パラディース）」という薬草専門の老舗《しにせ》があって、叔母さんは里帰りするたびにその店の薬草をお土産に持ってきてくれるのだという。マサヒコくんは叔母さんのお土産をきっかけにして薬草に興味を持ち、近くの公園や野原に出かけて草や木の葉を採り、薬草図鑑に照らしながらハーブティを作るようになったらしい。ピクンピクンと片方の肩を上げながら。

それらの薬草茶はどれもあまりおいしくなかった。私が思わず顔をしかめると、マサヒコくんは「良薬は口ににがしっていうだろ」などと、生意気な顔付きで言った。体によい薬というのは口ににがいけれど、がまんして飲みなさいという戒《いまし》めのことばだ。

しかし本当にそうなのだろうか。私にはいい薬といけない薬の区別がよく判らない。オバサンがおはじき遊びをしていた色とりどりのクスリ、あの甘いクスリはいけない薬だったのだろうか。

マサヒコくんとはさまざまな薬草茶の味と効能を体験しながら、ファーストキッスも体験した。

ファーストだからといって、純情というだけのものでもなかった。最初のうちは唇と唇をそっと合わせていたけれど、じきに私たちの唇や舌は物足りなくなって、次には互いの顔をなめ合ったり、耳たぶを吸ったり、また齧《かじ》ったり、首すじに赤い跡を残しながらだんだん下の方へ降りていった。

そんな私たちのキッスはいつもオヘソのあたりで行き止まりだった。それ以上はどうすればいいのか判らなかった。本当は判っていたけれど、先にすすむだけの勇気がなかったのだ。私たちは互いの唇と舌で濡《ぬ》らされ冷えていく体を寄せ合って、にがい薬草茶を飲みつづけた。

中学三年の二学期も終りに近づいたころ、マサヒコくんは父親の転勤で外国へいってしまった。会えなくなると、あんなににがかったはずの薬草茶の味がなぜかとても懐《なつ》かしかったけれど、キッスの味の方はどうもうまく思い出せなかった。そんなマサヒコくんが別れぎわにくれた「ボクの薬草覚え書き」、あれは今も私の手もとにあって、役立ってくれている。

高校時代は私の人生の中でもっとも体調も不安定で、アンニュイな季節だった。夕ぐれになるときまって微熱が出て、髪の毛の先っちょもなんだかムズムズして枝毛になり、気分もけだるかった。女の子たちにとってあのころは、皮膚の内側と外側の折り合いがうまくつけられない、そんな気むずかしい季節なのかもしれない。

大学時代の私のメインテーマは、痛みとの闘いだった。頭痛、肩のコリと痛み、腰痛、生理痛、神経性胃炎。痛み止めの薬はもはや手離せない必需品だった。そんなとき、祖母がしてくれたように痛みの箇所に手を当てればよかったのかもしれないけれど、そんなことも思いつけないくらい、あのころの私は体も心も弱まっていた。

そんな絶不調の中だというのに、私はマサヒコくん以来二度目の恋をして、セックスも体験した。

あのころの私のセックスは、効能のつよい薬草茶のように、ひとときの昂奮《こうふん》や快感を与えてはくれるのだけれど、とりたててそれ以上のものでもなかった。むしろ行為が終ったあとにはそこはかとない空虚のようなものが残存して、私はいつも相手に気取られないように小さなため息をついたものだ。

しかし、それも結局は、相手と深く係わることを怯《おび》えてしまう、私の「弱い体」のせいだったのかもしれない。

そんなにも体の弱い私だったから、就職については半ばあきらめていた。ところがほんの気まぐれで受けてみた大手広告代理店の就職試験に受かってしまった。あとからきいたのだけれど、ああいう会社では、有能な人材と見合うだけの、有能ではない、ダメな人材も取り入れるらしい。エリートだけよりも、そこにダメやアホを混ぜ込んだ方が、エリートの能力をより肥えさせることができるという、植物の上手な育て方のようなものだったのかもしれない。もちろん、私の役割は、混ぜられるダメの人材確保のためだった。

入社四年目、人生の転機がおとずれた。交通事故に巻き込まれてしまったのだ。私の乗っていたタクシーにバカでかいアメ車が衝突して、私はひどいムチ打ち症を患《わずら》うことになった。

幾つもの病院を廻され、レントゲンを撮られまくり、首を吊《つ》られたり、伸ばされたり、コルセットをはめられたりしてみたけれど、いっこう首はよくならなかった。

そんなとき、ふとした縁で、ある治療師を紹介された。ケルトの血をひくアイルランド生まれのB氏。遠い国からやってきたB氏がこの街で治療師をするようになったのも、もしかしたら、運命のごときものに導かれたからなのかもしれない。

白金台にあるB氏の治療室をおとずれた私は、思わず涙ぐみそうになってしまった。初めて立つ場所なのに、なぜかとても懐かしいのだ。白いシーツにくるまれた細身の木製のベッドがひとつ、まわりの床にはピンクや紫や緑や乳白色の石――ひと抱えほどもある大きな石や手のひらの中に隠れてしまいそうな小さな石が幾つも並べられていて、空気は穏やかに澄んでいる。私はそのひっそりとした空気の中に、祖母や美人のオバサンやマサヒコくんたちの気配を嗅《か》ぎとって、それで懐かしかったのだ。
首をしめつけていたコルセットを外して、ベッドの上に仰向《あおむ》けになった。ブルーと
グレーが混ざりあった深い湖のようなB氏の双眸《ひとみ》が私の顔をのぞき込み、大きく暖か
な手が私の首にそっと触れた。するとあたりに漂っていた祖母たちの気配はいっそう
濃密になって、私はあわい眠りの淵《ふち》へと誘われていった。
治療が終ると、B氏が少々たどたどしい日本語で語りかけてきた。
「気分、どうですか？　あなたの、痛むところが治ったら、そのときは、ワタシの治
療を受けるのではなく、ワタシの治療を受けとるために、ここへきませんか？」
B氏は自分の治療法を私に伝授しようと言ってくれたのだ。その突然で無謀な申し
出に、私は少しのためらいもなく頷《うなず》いていた。
大手広告代理店をなんの未練もなく辞めた私は、週二回、B氏の治療法を受けとる
ために治療室へ通った。それから三年、B氏の治療法をまん中にして、祖母の手のひ
らや、オバサンの色とりどりのクスリを愛《め》でる自由さ、マサヒコくんの「ボクの薬草
覚え書き」なんかも取り入れて、私らしい治療法を見つけていった。もちろん今もま
だ発見のプロセスで、より深い領域への探求はこれからもずっとつづくだろう。
気がつくと、私はこの街で治療師になっていた。幸福なことに、私の治療法はたく

さんの人に喜ばれている。私は患者のつらい箇所や傷むところに手を当てたり、少し離して手を震わせたり、時には水晶やクジャク石やホタル石を使ったり、特製のパワーオイルをすり込んだり。

そんな治療のなかで大切なのは、私が「媒体」になることだ。宇宙の大いなる気配、気持のいい光や風を私という「媒体」に集め、そして患者に渡していく。そのために、私は透明であろうとする。どうやって透明になる？　それは希《ねが》うこと。透明でありたいとつよく思うこと。無機質なビルやコンクリートに覆《おお》われたこの街にだって、光や風はちゃんと通りすぎているのだから。それらを集めるための透明な媒体になること。ひとつだけ矛盾がある。私自身そう思うわけではないのだけれど、時おり、矛盾として指摘される。それは私の体が弱い、ということだ。他者のつらいところを治す治療師だというのに、私自身の体が弱いということ。

私はそんな人たちに反論したりしない。ただ静かに、私という「媒体」に集められた光や風をそっと送り込む。そして心の中のことばでこう囁《ささや》きかける。健康も不健康も、どちらもあなたという体や心に宿る状態なのだから、そのどちらも受け入れてほしい。どちらも大切にしてほしい。

そんな私の治療法は、ただ健康だけをめざすのではなくて、不健康さえも受け入れる強靭《きょうじん》さをつちかうことを目的とする。生きていることのよろこびやたのしさは、ひと色だけではないのだから。健康であることだけがすべてではない。不健康な時でしか味わうことのできない密《ひそ》やかな甘さもいとおしさもある。そんな私たちの多様性はきっと、私たちの可能性でもあるのだから。それらを認めあってこそ、世界は豊かになっていく。

夕ぐれどき、微熱をはらんだ私は、マサヒコくんの「ボクの薬草覚え書き」に従ってお茶を入れる。ソファに体を横たえて、小さな角砂糖をひと粒、口に入れる。やさしい甘さが口中に染《し》みていくのをたのしみながら、祖母がそうしてくれたように、そっと体に手をあてる。

この静謐《せいひつ》とした至福のひととき、私は私を導いてくれたこの「弱い体」を、決して手放したくないと思う。

冬の夜寒の片恋鍋

木枯らしの吹く季節になると、誰だって鍋《なべ》料理が恋しくなる。弥生《やよい》も例外ではない。今夜はどんな鍋を食べようか、そう考えただけで胸の奥からやんわりと温かな湯気が立ちのぼってきて、凍《こご》えた身体《からだ》も温《ぬく》まってくる。

でもこの鍋料理について、弥生にはちょっと変わった趣味がある。趣味というより、習性のようなものかもしれない。弥生が誰かに惚《ほ》れたとする。するとその好きになった相手とどんな鍋を食べようか、鍋の具材や調理法についてあれこれ工夫したり、想像をめぐらせたりするのがなによりの愉《たの》しみなのだ。相手の男にどうやって……好きと言わせるかとか、キスを奪わせるかなどという作戦なんかより、二人でつつく鍋のことを想像する方がよっぽど燃える。興奮する。

弥生がそんなにも鍋好きになったそもそものきっかけは、彼女がまだ幼稚園児のころだった。その日も冷たい木枯らしがピュウピュウ吹いていて、母親が編んでくれた毛糸のマフラーと手袋とズロースで防寒装備をした弥生が幼稚園から帰ってくると、チャボが消えていた。チャボというのは、そのころ弥生一家が飼っていた老ニワトリで、とりわけ弥生はチャボを可愛《かわい》がっていた。チャボは弥生の家にもらわれてきた時からすでに老いていて、そのころにはめっきり動きも鈍くなり、まるで置物のようにじっとしていることが多くなっていた。それでも弥生がエサをあげに小さなニワトリ小屋に入っていくと、シワガレた声で「グッグッグ」と鳴いてくれた。

そのチャボが消えていたのだ。空っぽになったニワトリ小屋にはチャボのものらしき数枚の羽が散らばっていて、弥生は何か不穏な空気を感じ取った。大急ぎで勝手口から家の中へ駆け込むと、台所には母親と近所のおばさんと、もうひとり時々やってきては庭の手入れなどをしてくれる何でも屋のおじさんがいて、ガスコンロにかけられた大鍋からはグツグツと湯気が上がっていた。

チャボはどうしたの？　そう訊《き》きたいのだけれど、何か予感のようなものがあって訊けずにいる弥生に、母親がこう言った。「チャボはね、死んじゃったの。老衰よ。すっかり年を取っていたから仕方がないわ」「チャボは何処《どこ》にいるの？」母親は黙ったまま首を横に振ると、囁《ささや》くようにこう言った。「だからね、今夜はチャボを食べるのよ」

その晩、弥生と両親と近所のおばさんも加わって、グツグツ湯気を上げる大鍋でチャボの水炊《みずた》きを食べた。最初のうち、弥生はチャボが可哀相《かわいそう》で食べられずにいたけれど、そんな弥生の口中に、近所のおばさんは「ホレ」と言って無理矢理のように肉の一片を放り込んだ。チャボの肉はゴムのように硬かった。噛《か》んでも噛んでもゴムのようで、そのあまりに味のない哀《かな》しいような感触は、ひっそりと老衰で死んでいったチャボにふさわしかった。

このチャボの水炊き鍋の一件以来、弥生は鳥肉も鍋料理も大好きになってしまった。どうして好きになったのか、その不思議なからくりは分からないけれど、たぶん強烈な体験というのはそれからのその人の嗜好《しこう》を決定してしまうこともあるのだ。

弥生は母親にねだっては鳥の水炊きや鳥ひき肉のつくね鍋、骨付き鳥モモ肉のミルク煮スープ鍋、まだ子供のくせに玉ネギをたっぷり入れた鳥のモツ鍋なんかも作ってもらった。たまたま父親も鳥好きの鍋好きで、とりわけモツが好物だったから、父と幼い娘は二人してモツ鍋をつついては舌つづみを打ったものだ。そんな弥生を見て母親は、「嫌ぁねえ、子供のくせにシブイんだから」と、楽しそうに笑っていた。

親子三人、本当によく鍋をつつく家族だった。鳥系の鍋はもちろん、ねぎま鍋やお揚げと水菜のハリハリ鍋、シンプルに豆腐だけの湯豆腐などなど。ふつうなら寄せ鍋がいちばんよく登場しそうなのだけれど、父親が代々の江戸っ子だったのでいろんな具が混ざり合うのを好まず、具材は二種類までのスッキリした風味の鍋が好まれた。大きな背中のやさしい父親と働きもので明るい母親と、三人で鍋をつつく時の弥生は本当に幸せだった。絶対的な安堵《あんど》とでもいうべき心持ちが温かな湯気と混ざり合って、弥生はその一家団らんのひとときがずっと続くことを信じて疑わなかった。

でも、そうはいかなかった。

弥生が中学生になった年の冬、父親が突然の心筋梗塞《こうそく》で亡くなった。借金も残さない代わりに蓄えも殆《ほとん》どなくて、それでも小さいながら持ち家があったので、あとは母娘の生活費と弥生の学費さえなんとかなればやっていけそうだった。母親はそれまで働いたことなど一度もなかったのに、メソメソした顔を見せることもなく、ひとり娘の弥生をうしろ手に庇《かば》うようにして次なる人生に向かって歩き出した。

つつましい生活費と弥生の学費を稼ぐために母親が始めたのは、編み物教室だった。それまでも家族が着るセーターの類《たぐ》いはすべて母親の手作りだったし、友人知人に頼まれればプレゼントすることもあったけれど、その技術を思いきって商売にしたのだ。週三回の編み物教室の他に、新聞記者だった父親が書斎にしていた部屋をアトリエ風にして、手編み作品の展示販売も始めた。なかなか逞《たくま》しい母親でもあったのだ。

母親の編み物教室は思ったよりも以上の人気で、週三回がじき週五回になった。作品もけっこうよく売れた。母親は俄然《がぜん》忙しくなり、時間があればセーターやショールを、夏場にはレース編みの作品まで作っていた。それでも家事はいっさい手ぬきをしなかった。夕食を出来あいのおかずや店屋物で済ませることもなかった。そうは言っても栄養バランスを考えて何品ものおかずを作るだけの余裕がないこともあったから、そんな時には鍋料理が重宝した。父親が生きていたころには食卓に置かれることが殆どなかった寄せ鍋の登場が多くなっていった。

母親の作る寄せ鍋はなかなか豪快だった。父親が好んだ具材二種類までのスッキリ鍋に従うことなく、というよりいつまでも思い出の味に縛られることなく、美味《おい》しいと思える具材をどんどん入れてしまうのだ。ダシは昔通り昆布とカツオ節で取るものの、そこに鳥肉や白身魚、海老《えび》、ハマグリ、野菜は白菜やきのこ類、大根、にんじん、青菜、長ネギ、春菊まで入ることもあった。

弥生としては父親と二人してつついた鳥のモツ鍋やハリハリ鍋が恋しかったけれど、忙しい合間をぬって栄養のことを考えて作ってくれる母親の気持を思い、豪勢な寄せ鍋を心して食べたものだ。でも母娘二人では食べきれる筈《はず》もなく、鍋に残った寄せ鍋の具材や濃厚な汁は、スッキリ鍋に比べるとなぜだか疲れて淋《さみ》しげにさえ見えてしまった。

弥生は現在、テキスタイル・デザイナーとして働いている。その仕事を選んだのも母親の存在がきっかけだった。中学生のころから忙しい母親の手助けがしたくて簡単なマフラーや膝掛《ひざか》けは編んでいたし、母親が作品を作る時には毛糸の配色やデザインを相談されることもあって、いつのまにかテキスタイル・デザインをやりたいと思うようになっていったのだ。

高校三年の時、その思いを母親に話すと、母親は一通の通帳を取り出してきてこう言った。「あなたのために貯《た》めておいたものだから、これで美大にでも行って好きな勉強をしなさい」。母親はいつのまにこんな蓄えをしてくれていたのだろう。弥生は胸がいっぱいになったけれど、美大へは行かなかった。もっと現実的な道を選んだのだ。デザインの専門学校へ行き、一日でも早く社会へ出て、母親の負担を軽くしたいと希《ねが》ったのだ。

二年間、デザインスクールでテキスタイル・デザインを学び、弥生は就職した。運がよいことに、デザインスクールの先輩が仲間たちとテキスタイルの会社を創設して、そこに入れてもらえたのだ。その会社は新しい発想と技術で独自の布を作ろうという会社。年代物の古い布はどんどん少なくなり消滅していくわけだから、新しい発想と技術で新しい日本的な布を作る、というのがコンセプトだった。例えば鳥の羽根や和紙、植物や加工した鉱物などを布に織り込んだ、斬新《ざんしん》だけれどとても日本的なテイストの布を開発して、作っていた。

もうひとつ弥生がこの会社に魅力を感じたのは、デザインをするだけの会社にとどまらず、ユーザーに手渡しするためのブティックを持っているということ。だからこの会社のデザイナーは交替でブティックの売り子もする。そうすることで、ユーザーの反応を肌で感じることができ、それをデザインに活《い》かせるのだ。

弥生は社会人として幸福なスタートを切った。母親も喜んでくれた。そして初めての給料日、弥生は母親が好きなチーズケーキを買って家路を急いだ。でも、初給料を母親に渡すことはできなかった。

家に帰ると、寄せ鍋用の鍋と豪勢な具材を載せた大皿が卓袱台《ちゃぶだい》に置かれていて、その傍らで母親がうつ伏せに倒れていた。クモ膜下出血だった。弥生が発見した時にはすでに手遅れだった。父親も母親もひとりっ子同士だったから親戚《しんせき》付き合いも殆どなくて、弥生は学生時代の友人と近所の人達に助けられて母親の葬儀を済ませた。その時世話になった友人たちとの精進落としには寄せ鍋を食べた。母親が最後に弥生のために用意してくれていた鍋だからそれにしたのだ。

あれからもう八年近くになる。両親と暮らしていた家を処分して、隅田川のほとりでひとり暮らしを始めてからも五年。来年はもう三十歳だ。

弥生はマンションの部屋の窓を開けて、眼下に流れる隅田川に眼をやる。会社から帰ってくると、まずこうやって窓を開けて川を見てしまう。流れる水を見ていると、なんだか懐《なつ》かしいような淋しいような思いがこみ上げてくる。このやるせない思いが空腹感と混ざり合うと、無性に鍋料理が恋しくなる。そうなのだ、鍋料理にはやるせなさがよく似合う。賑《にぎ》やかに仲間達とつつく鍋や家族団らんの鍋もいいけれど、やっぱり鍋には片恋の切なさこそがふさわしい。

弥生がそう思うようになったのは、母親が亡くなって、そのあとに初めて深い恋を知ってからだ。それまでもボーイフレンドやちょっとした恋人ぐらいの付き合いの男はいたけれど、身も心も捧《ささ》げるようにして付き合ったのは初めてだった。

その相手は弥生より五歳年上で、映画の制作会社で働いていた。何故《なぜ》その男に惚れたかといえば、父親と同じように大きな背中だったことと、ふとした時の面差しが父親に似ていたから。つまり弥生はかなりのファザー・コンプレックスだったのだ。ただひとつ父親とその男が違っていたのは、男が相当に我がままだったこと。でも、もしかしたらそのことがいちばん、弥生がその男にひかれていった要因だったのかもしれない。

知り合ってじき、同棲《どうせい》を始めた。同棲というより、男が自分の都合のいい時に弥生のところへやってくるのだ。ひと晩で帰ることもあれば、二、三週間居続けることもある。当時はまだ両親が残してくれた家に住んでいたから、男のひとりくらい転がり込んできても大丈夫だった。

でもそうなると弥生の性分からして、男を放っておけず気をつかってしまう。仕事をしていても男が家に来ているのではないかとか、お腹《なか》を空《す》かせて待っているのではないかと気になって仕方がない。だから以前よりも仕事に身が入らなくなってしまった。でも、それでもいいと思っていた。本気で好きになれば相手の男以外のことなど眼に入らなくなるものだ。弥生は自分にそう言いきかせてどんどん恋の深みにはまっていった。

出来るだけ早く仕事を終わらせた弥生は近所のスーパーや商店街で買物をして、男が待っているかもしれない部屋へと急ぐ。電話をしてみても、男はその時の気分次第で出てくれないこともある。帰ってみなくては来ているかどうかさえ分からない。もし来ると約束していても、それが何時なのか分からない。前もって時間を決めるという手間を面倒くさがるのだ。だからいつ来ても大丈夫なように、食事と風呂の準備はしておく。働いている女にとってそれらの労力や気遣いは決して簡単ではないのだけれど、当時の弥生にはその疲労さえ恋を実感できるようで嬉しかった。

用意しておく食事は寄せ鍋が多かった。男の食の好みが今いちつかめなかったので、とりあえず栄養バランスも見ためもいい寄せ鍋を作るのだ。でも男はやってこなくて、寄せ鍋がそのまま残ってしまうこともしばしばあった。豪勢な具材と濃厚な汁は、ひとりで片づけようとすると、手に負えないくらいの疲労と淋しさをもたらすものだ。それでも勿体《もったい》ないから弥生は幾度にも分けて寄せ鍋を片づけ、そのたびに自分自身の疲労と淋しさを淀《よど》ませていった。まるで残った寄せ鍋の濃厚な汁のように。

あんなにも刺激的でさえあった男の我がままも、二年が過ぎるころには重苦しいだけの色あせたものになっていった。思い返してみると、男と一緒に寄せ鍋をつついたことなど数えるくらいしかなかった。その幸福である筈のひとときでさえ、弥生は疲労を感じていた。男は食べることにあまり興味がないらしく、どんなに豪勢な具材を並べても喜んでくれる様子はないし、おいしそうに食べてもくれなかった。そんな男のために弥生は各々の具材の煮えどきを見計らって皿に取ってやったり、次の具材を鍋に入れてやったりをくり返して、鍋が終るころにはぐったりと疲れてしまう。自分がいったい何をどれだけ食べたのか思い出せないくらいだった。

ある日、その日は男が地方ロケに出かけていて絶対に来ないことが分かっていたので、弥生は久しぶりにかつて父親と食べたスッキリ鍋を作ってみることにした。昆布とカツオ節で取った澄んだダシ汁に、お揚げと水菜だけをさっと入れたハリハリ鍋。作る手間も簡単だし、具材の各々の味や香りがくっきり感じ取れるし、なによりも疲れないし。鍋に残ったダシ汁に冷やごはんを入れておじやを作り、それをすっかり食べ終わった時、弥生は男と別れる決心をした。

これからは寄せ鍋を作るのは止《や》めにしよう。相手に媚《こ》びることなく、自分が食べたいと思う具材を二種類だけ選んで、スッキリ鍋を作ることにしよう。

初めての深い恋に別れを告げた弥生は幼いころからの住み慣れた家を出て、隅田川沿いのマンションに移り住んだ。あれ以来、寄せ鍋を作ることはなくなったけれど、だからといって男に惚れなくなったわけではない。もともと淋しがり屋だから、つい惚れてしまうこともあるのだけれど、一緒に鍋をつつくまでにはなかなかなれないのだ。そこまで好きになれる男がいないということもあるし、また恋に落ちて振りまわされて傷付くのは嫌だという思いもある。いずれにしても鍋と男と恋情は弥生にとって切っても切れないものらしい。

誰かに惚れて、その相手と実際には鍋をつくことがなくても、もしつつくとしたらどんな具材のどんな鍋がいいだろうという空想にふけるようになったのも、初めての恋が終わってしばらくしたころからだった。窓の下を流れる隅田川のせいもあったかもしれない。川の流れは人の心に郷愁を呼ぶ。郷愁は空腹と混ざり合うと鍋への恋しさを呼ぶ。

好きになった相手と、たとえそれが片恋であったとしても、というより片恋の方が空想をかき立てるには刺激的なのだけれど、どんな鍋を作って食べてやろうかとあれこれ思うのは本当に愉しい。歩き慣れた道を歩いていても、季節ごとの樹々《きぎ》の色や風の匂いに触発されて、新しい具材の組み合わせによるスッキリ鍋を思いつくこともある。たとえば隅田川の流れが陽光を浴びて春めいてきたなら、今夜はホタルイカと田《た》芹《せり》の小鍋仕立てで一杯やろうかとか。

あるいは秘そかに入手した相手の食に関する好き嫌いから想像することもある。サンマが好物の男だとしたら、湯豆腐にサンマのブツ切りを入れた鍋にしてみたらどうかとか。この鍋など生臭そうに思われるけれど、決してそんなことはない。新鮮なサンマを使えばちっとも臭くなんかない。肝を取り出して醬油《しょうゆ》ダレに混ぜ込んでもいいし、さっぱりと大根おろしにポン酢と七味唐辛子で食べてもいい。

　髪の毛が薄くなりつつあることを心配している相手なら、豚肉とワカメたっぷりの鍋なんかどうだろう。昆布ダシを入れた鍋で、まずは豚の肩ロースあたりの肉を薄く切ってもらってシャブシャブにする。豚の風味がダシに染《し》みこんできたら、次はびっくりするくらいたくさん戻しておいたワカメをシャブシャブする。あとは豚でもワカメでも、好きな方を好きなだけシャブシャブして食べていく。タレと薬味はその時の気分次第だ。

　空想の中で惚れた男と向き合いながら、ひとりで鍋をつつくというのもなかなかオツなものだ。これはこれで鍋の楽しみ方のひとつである、と弥生は思っている。恋は実らせるばかりが楽しいのではなくて、実らないからこその切なさや、実るか実らないか判然としない微妙な……あわいのじれったさなんかも恋の醍醐味《だいごみ》のうちだ。鍋を楽しむために失《な》くしてならないものは、誰かを恋うる思いなのだ。その切なさやるせなさを失くしてしまったら、鍋はただのゴッタ煮になってしまう。

　弥生は今夜もひとつ恋を始末した。その相手とは仕事で知り合って、まだ二人きりでお茶の一杯も飲んだことはないけれど、今夜、会社の仲間たちも交えての飲み会があったのだ。弥生は空想鍋の相手として、男をジロジロ観察していた。うん、悪くないな、背中も大きくてがっちりしている。

勘定は男が立て替えて払うことになった。男はレジの前に立ち財布から数枚のお札を取り出した。新品のお札だ。男はそれで払おうとしてふと手を止めると、新品のお札を財布に戻し、その代わりに古びたヨレヨレのお札を取り出して勘定を済ませた。

ただそれだけのことだった。誰だって新品のお札とヨレヨレの古いお札があったら、古いお札を出すかもしれない。でも弥生は、その時の男の、一瞬迷った顔に宿った何かに興ざめしてしまったのだ。ただなんとなくというだけで、その理由を説明することなんて出来そうにない。でも、取り立てて理由なんかなくても捨ててしまえるのが、片恋の自由さでもあるのだ。

弥生は窓辺に腰かけて、黒々と流れる夜の隅田川をのぞき込む。木枯らしは肌に突き刺さるほどの冷たさだ。飲み会では食べ損なってしまったから、お腹が空いている。鍋でも作ろうか。明日から週末だから、今夜はたっぷり時間がある。でも、空想鍋の相手は始末したばかりだし、こんな夜寒《よざむ》に空想の片恋相手もいない鍋じゃ寒すぎる。

そう思った弥生は、心の中にある秘密の小箱を開ける。その中にはまだ惚れるというほどではないけれど、もしかしたらそのうち惚れるかもしれない片恋のタネみたいな男たちがファイルされている。そのひとりを取り出して、彼とつつく鍋をあれこれ想像して作り始める。

今夜の鍋は鳥ひきのつくね団子と芯取菜《しんとりな》の小鍋立て。ひき肉にはみじん切りした長ネギとショウガ汁とニンニクをすったものも少し入れて味付けをして、練っていく。秘密の小箱から取り出した、いつか片恋するかもしれない男を思いながら、練っていく。冷蔵庫から取り出したばかりのひき肉は、指先がジンジン痛いくらいに冷たくて、弥生は不覚にも涙がこぼれそうになってしまう。

蓋《ふた》を取ったヤカンの中では熱燗《あつかん》の徳利《とっくり》がコトコトと揺れている。片恋の相手を思いながらの空想鍋もいいけれど、やっぱり、この凍えた指をのばせば触れることのできる相手と温かなスッキリ鍋をつついてみたいよなぁ。

北の恋人（スノーマン）

北国の街・函館《はこだて》にやってきて、もうじき一年になる。

それまでずっと東京暮らしだったから、冬の寒さは深々《しんしん》と身にしみた。雪に閉ざされるわけではない。太平洋と日本海に挟まれた半島のような地形をしているという地理的条件から、雪はあまり降らない。その代わりに風がつよい。一年中、風が吹きぬけている。この街は風の街だ。

私がこの街に住みつけるかもしれないと思えたのは、そんな風のせいだったのかもしれない。古くからロシアをはじめとする西洋との交流を持ち、街には西洋館や教会が多く、かつては栄えたけれど、今は人口も減ってひっそりとしている。そんな街を吹きぬける風にはサラサラとした距離感のようなものがあって、その感触が私を和ませる。

この街へやってくる少し前に、ひとつの恋を失った。

幾つもあった中のひとつではなくて、初めての、たったひとつと思いつめた恋。相手は会社の取引先の上司で、家庭があった。だから一緒になりたいと願ったことなどなかった筈《はず》なのに、やりきれないほどの淋《さみ》しさばかりを抱えてしまった。

そんな風に思い返してみると、絵に描いたような不倫の恋だったかもしれないけれど、自分ではそう思わなかったし、思いたくなかった。でも、誰かを愛するということに、特別や例外などないのかもしれない。私のたったひとつの恋は、六年近い年月の末に、ありきたりの形で終った。

ちょうどそのころ、私が勤務している大手企業グループのホテルが函館に新しいホテルをオープンさせて、社員の募集がかけられた。私は自ら転勤を希望、採用された。新しい職場での仕事は、フロントに立つこともあるけれど、女子従業員たちの束ねのようなことを任された。まだ（もう？）三十四歳の自分には荷が重いように思えたけれど、なんとかこなしている。

ワンルームマンションの一室を借りた。ホテルには従業員用の寮も設備されているものの、それではあまりに窮屈すぎる。仕事を終えたあとくらい、ひとりの自由な時間が欲しい。

そのマンションに部屋を決めたのは、路面電車の停留所に近いからだった。私がこの街を好きになったもうひとつの理由が、この路面電車だ。風の吹きぬけるひっそりとした街を路面電車が走りぬけていく。乗るのはもちろん、眺めているだけでも好き。もともとラッシュアワーの混雑がなにより苦手な私にとって、路面電車での通勤はとても快適だ。

朝の陽ざしを浴びて走るのも気持いいけれど、夜、仕事を終えたあとの停留所で待っていると、闇《やみ》の向うから滲《にじ》んだような灯りが見えてくる。やがてリンリンリンとベルの音が聞こえ、車輪の軋《きし》むような音をつれて路面電車がやってくる。それを見るたび、体の奥の方から懐《なつ》かしいようないとおしい思いがこみあげてきて、もしももう一度恋ができたとしたら、その人が路面電車に乗って会いにきてくれるのを待っていたい。

休日には路面電車に乗って買物にいく。駅前の朝市は観光客相手で値段も高いから、中島廉売《れんばい》という土地の人が買物をする小さな市場へいく。トタン作りのような小さな店が軒を並べていて、ここでは朝市や自由市場の半額ほどで新鮮な海産物や農産物を買うことができる。ひとり暮らしの、夕食を作らないこともある私のような客が買う量は本当に少ない。それでも口に入れるものは、その土地の新鮮なものにしたいから、この小さな市場にやってくる。幾度か通ううちに馴染《なじ》みの店もできて、鮭《さけ》のひと切れ、タラコのひと腹、大根の半分なんかでも分けてくれてありがたい。

買物がない休日でも、路面電車には乗る。行くあてがあるわけではないから、思いつきの停留所で降りたち、あとは徒歩であてずっぽうに路地をいき、街を散策する。観光名所をめぐるよりずっと、気ままな路地歩きの方が性に合う。

そんな路面電車と徒歩による街散策のなかで、あの店に出会った。店に出会ったというより、シノザキくんに。その店は、「ロマ」という名前のジャズ喫茶。そんな古めかしい呼び方が似合う店だ。

夏が終りに近づくころだった。休日の街散策にも少し慣れてきた私のお気に入りスポットに、函館公園があった。函館山を見上げる場所にあるものの、とりたてて人気の観光名所ではないから、桜の季節や連休でもないかぎり、いつ行っても園内は空《す》いている。広々とした敷地に人影が少ないことも気に入ったし、園内には市立図書館と市立博物館もある。お気に入りはそれだけではない。公園の片隅に、小さな遊園地があるのだ。

この遊園地というのが、昔めいている、とでもいえばいいのだろうが、ハッキリいってショボクレている。そこがいいのだけれど。乗り物は今はやりの機種なんて一台もなくて、地味なメリーゴーランドやコーヒーカップ、新幹線と名付けられた電気仕掛けの汽車など、全部で十種もない乗り物のどれもが時代遅れの雰囲気をかもし出している。この遊園地の目玉が観覧車で、これが見たこともないくらい小《ち》っぽけなのだ。おまけに遊園地のある場所は公園内でも低くなっているエリアだから、小っぽけな観覧車に乗ってみたところで景色が楽しめるわけでもなく、せいぜいあたりの樹木や塀の向うに連なる民家の屋根が見渡せるくらい。その効率の悪さというか、商売っ気のなさが好ましく可愛《かわい》いのだ。

その日も人気《ひとけ》の希薄な園内をぶらぶら散策したあと、遊園地に寄ってみた。本当はショボクレた観覧車に乗ってみたいのだけれど、さすがにいい年をしたオンナがひとりで、他に客もいない観覧車の係員を呼びつけて乗せてもらうのも気がひける。だからまだ一度も乗ったことがない。勇気がないのだ。

いつもなら公園の正面口から入り、そこから出て帰るのだけれど、そのときはふと気まぐれな気分に誘われてみたくなるような夏の夕暮れで、遊園地の裏手にある出入用の金網の戸を押して外に出た。樹木が濃く影を落とす路地をほんの数メートル行ったところに「ロマ」があった。

木製の扉に、「JAZZ・COFFEE・FOOD」と手書きされた、これも木製の楕円《だえん》形の看板が掛けられている。見知らぬ店にひとりで入るなんて苦手だから、私はちょっとためらったけれど、おいしい珈琲《コーヒー》を飲みたい気分でもあった。思いきって、少しだけ、扉を開けた。掠《かす》れたようなジャズの音色とともに、香ばしい珈琲の匂《にお》いが鼻先をくすぐった。この香りなら、きっとおいしい珈琲にちがいない。そう確信した私は、扉の隙間《すきま》から店の中へと体をすべり込ませた。

天井も壁も焦茶色《こげちゃいろ》の木材で作られていて、山小屋のような造りの店だった。壁ぎわの天井までつづく棚にはかなりの年代物らしいレコード盤が、変色した紙袋に入れられたままぎっしりと並べられていて、他にも、趣味に一貫性がありそうな本や雑誌が置かれている。小さなカウンターとテーブル席が五つの店内に、客が二人。バラバラな席に坐《すわ》って、文庫本を読んだり煙草《たばこ》をふかしながら珈琲を飲んだりしている。このとき流れていた曲は、あとになって教えてもらったのだけれど、ブリジット・フォンテーヌの「ラジオのように」。クールで乾いていて、そのくせナイーブな女性ヴォーカルだ。

どこに坐ればいいのか迷っていると、カウンターの奥から、若い男の子がカレーライスを運んできた。それがシノザキくん。一見、大学生のように見えるけれど、本当は二十四歳。カウンター席の客の前にカレーライスを置くと、私の方へやってきた。「いらっしゃいませ」。静かな声の持ち主だ。どこに坐ればいいのかしら、という私の表情をすぐに読みとってくれて、「こちらでいかがですか」と、窓辺のテーブル席をすすめてくれた。

いちばん落ちつけそうな席。私はその席に坐り、珈琲を注文した。「濃いめがいいですか？　それとも」「ふつうでいいです」「僕のふつうは、たぶん濃いめですけど」。そう言って、清潔な笑顔をみせた。

シノザキくんは白い木綿の長袖《ながそで》シャツを着ていた。それから度々顔を合わせるようになるのだけれど、彼はいつも白いシャツで、季節が深まるにつれて、細畝《ほそうね》のコーデュロイになり、フランネルになり、冬にはその上にざっくりと編まれた白いセーターを着る。シノザキくんには白いシャツがよく似合う。サラサラと額にかかる前髪も、茶色とグレーを混ぜたような淡い眼の色も、汗っぽくない皮膚の感じも。シノザキくんのまわりにはいつも、この街特有のサラサラとした距離感のある風が吹いているようだ。

私は窓辺の席で冷たいコップの水を飲みながら、出窓の向うに眼をやった。小さな遊園地のショボクレた観覧車が見えていて、嬉《うれ》しくなった。相変わらず乗客はいなくて、止まったままだ。それからテーブルの上のメニューを見た。カレーが三種。すごく辛いインドカレー、スパイシーなタイカレー、その日の気まぐれ野菜カレー。パスタも三種。アサリのボンゴレ、乾燥トマト入りアラビアータ、その日の気まぐれパスタ。舌《タン》シチューとポテトサラダとクロックムッシュ。全《すべ》てに小さなサラダ付き。品数は多くないけれど、なんとなくホッとするような、小さな遊園地のそばの店にふさわしいメニューだと思った。

次の休日にも「ロマ」に出かけた。

あいにくの雨ふりで午後四時という半端《はんぱ》な時間帯だったので、客は私だけ。キース・ジャレットが流れていた。私はカウンター席をすすめられ、ふつうだけど濃いめの珈琲をたのんだ。シノザキくんがカウンターの中で、ドリップ式でいれてくれる。この店にきたのはまだ二回目だというのに、ずっと以前から知っていたような気がする。たぶん、店にもシノザキくんにも、距離感がありながら他者を拒まないやわらかさがあるからだ。

珈琲を二杯飲むあいだに、店について少しだけ知識を得た。オーナーは店の二階に住んでいて、翻訳の仕事をしているらしい。六〇年代のヒッピー的生活をひきずっていて、ラム酒に詳しくて、料理がやたら上手で、この店の料理もすべてオーナーが作っている。料理に使われている野菜は、オーナーの元恋人が畑を耕し作っているのだという。

そんな話を聞いていると、ドスドスと天井の方から足音がひびき、カウンターの奥から、熊《くま》のぬいぐるみのようにずんぐりと太った、ヒゲ面《づら》の愛くるしいオジサンがあらわれた。レコードの棚に突進すると、その中の一枚をぬき出し、「いや、失敬失敬、どうぞごゆっくり」と言いながら、またドスドスと階段をのぼっていった。彼がもとヒッピーのオーナーだ。シノザキくんは何も言わず、ただ楽しそうに笑っている。

休日だけじゃなくて、仕事が終ってからも時々、「ロマ」に立ち寄るようになった。そんなときには、カレーかパスタか舌シチューを食べ（それしかないけれど）、珈琲を飲み、そのあとでラムソーダを一、二杯飲むこともある。定番コースだけれど少しも飽きることがない。夜の時間はけっこう混んでいて、シノザキくんと話すこともない。それでも居心地がよくて、つい立ち寄ってしまう。

街を吹きぬける風が痛いくらい冷たくなっていた。今夜は初雪になるかもしれない。そんな寒い晩なのに、「ロマ」へきてしまった。その日、職場で、かつての恋人の噂《うわさ》を耳にした。奥さんが病気で亡《な》くなったらしい。私はそのことに関してどのような感情であれ、感情を持ちたくなかったから、足早にその場を離れ、仕事に没頭して、退社時間を待って路面電車にとび乗った。

風に氷の粒子がまぶされているのかと感じるくらい寒い夜なのに、店は思いの外、客が入っていた。そんな寒い夜だからこそ、皆もやってきたのかもしれない。私はあまり食欲がなかったので、最初からラムソーダをたのんだ。二杯目を飲んでいると、シノザキくんが私の前にそっとポテトサラダを置いてくれた。何も言わずに。今夜はいつもより賑《にぎ》やかなディキシーランドジャズがかかっている。三杯目のラムソーダを飲んでいると、シノザキくんがカウンターの向うに立った。「今夜は飲みたい気分ですか」「たまにはね」「酔いたい気分？」「――たまにはね」

こんな時、たわいないお喋《しゃべ》りができれば気持もやわらぐのだろうけど、あいにく私はそういうお喋りが苦手だ。シノザキくんはいつもの通り、静かながら手際《てぎわ》よく、お酒を作って運んでいる。そして少しでも手があくと、私の前にきてくれる。「ロマって店の名前、どういう意味だか知ってますか？」たぶん、気をつかって話しかけてくれるのだ。「いちど聞きたいと思っていたの。どういう意味？」「ロマというのは、放浪者っていう意味です」「放浪者」「そう、流浪《るろう》の民。うちのオーナーらしいでしょう。なんてったって、オーナーは六〇年代のフラワーチルドレンだったから」

あの時代、私の知らない六〇年代のフラワーチルドレン。ヒッピーたち。社会や政治や大人たちの欺瞞《ぎまん》に対して怒り、反抗し、ひとりひとり個別であると知りながら、皆でつながろうとした人たち。花の首飾りを編もうとした人たち。でも――、私たちには、私にはもう、そんな花の首飾りを編むことはできないだろう。街の中でロマになることも。

十時きっかりに、オーナーがドスドスという足音をつれてあらわれた。交代の時間なのだ。開店の十二時から夜の十時までをシノザキくんが任されていて、そのあとはオーナーが、客のいる限り夜中すぎでも明け方までも相手をするらしい。交代といっても客が多いときには、そのまま手伝って残ることも多いのだけれど、その夜のシノザキくんはすぐにカウンターの奥へいってしまった。しばらくするとカーキ色のダウンジャケットをはおってあらわれて、私に声をかけた。「どこか、飲みに行きませんか」。思いがけない呼びかけに私が口ごもっていると、オーナーが大きな声でハッパをかけてくれた。「ソレ、行ってこい行ってこい」

シノザキくんがつれていってくれるのだから、西洋館か倉庫を改造したオシャレなバーかなと思っていたら、函館駅近くの路地にある居酒屋だった。「ここ、肴《さかな》がどれもうまいんです」、そう言って格子戸《こうしど》をあけると、六人掛けのカウンターだけの小さな店だった。私たちは最後の二席に腰をおろした。七十歳位のおばあちゃんがひとりで切りもりをしている。シノザキくんは常連らしく、何も言わないうちに突き出しの皿が並んだ。里芋の煮ころがし、ほうれん草と舞茸《まいたけ》のお浸し、氷頭《ひず》なます。お浸しをひとくち食べた私は思わず舌鼓《したつづみ》をうってしまった。「おいしい！」「でしょ？」食欲などなかった筈《はず》なのに、私はたちまち三皿ともきれいにしてしまった。そのあとはトリのつくね団子と蕪《かぶ》の小鍋《こなべ》、アジのたたきなどで熱燗《あつかん》を飲んだ。

こんな店で肩を並べて飲んでいても、シノザキくんのまわりにはサラサラとした風が吹いている。もっとシノザキくんについて、いろんなことを聞きたいとも思ったけれど、やめておいた。私だって、あれこれ聞かれればうっとうしい。それより、シノザキくんはどうして私を誘ってくれたりしたのだろう。食欲がないのをあわれんでくれた？　それとも飲み足りない顔をしていたのだろうか。いい年をして若者に心配させるなんてちょっと恥しいけれど。ま、いいか。湯気に包まれて飲んだりつまんだりしているうちに、体も心もあったかになっていた。

二人で熱燗を六本飲んだけれど、今夜は酔いそうにない。シノザキくんもかなり強いらしく、全然酔っていない。私のマンションはシノザキくんの帰り道の途中だというので、タクシーで落としてもらうことにした。

タクシーの車窓の向うを雪が舞いはじめている。「寒い筈よね」「寒い筈ですよね」。タクシーを降りた私が今夜のお礼を言おうとして振り返ると、シノザキくんも降りて、私の傍らに立っていた。

シノザキくんの手が私の背中に触れた。私たちは無言のままマンションに入り、エレベーターに乗った。鍵《かぎ》をあけて部屋に入り、まずヒーターのスイッチを入れてから、シノザキくんの方を向いた。私たちは互いに近付き、シノザキくんの指が私の首からストールを解き、私はシノザキくんの白いセーターの下に手を差し入れた。互いの息が頬にかかって、あたたかい。各々《おのおの》自分で服を脱ぎ、下着だけになった途端、二人で声を上げてしまった。「寒《さ》ぶ――っ」。それから手を取り合って、ベッドにとび込んだ。

思っていた通り、すごく気持のいいセックスだった。静かでなめらかで無駄なものがなくて。シノザキくんが私の中に入ってきても、他者が侵入してきたという違和感がない。私がそうしてほしいと思うことを、シノザキくんはすぐに察知してそうしてくれる。まだ若いのに、すごく勘がいい。充《み》たされるというより、もっと、シノザキくんと私との区別が無くなってしまいそうなセックスだった。

私たちはベッドの中に並んで横たわり、窓の外では雪が降りしきっている。私は闇《やみ》の中に降る雪を見つめながら、ポツリと言った。「ありがとう」。それがベッドに入ってから私がはじめて発したことば。「どういたしまして」。それがシノザキくんの最初のことば。「ねぇシノザキくん」、私は調子にのってことばをつづける。「もしも、またセックスがしたくなったら、相手、してくれる?」「いいですよ、もちろん」「ありがとう」「どういたしまして」「もうひとつお願いがあるんだけど、いい？」「どうぞ。僕にできることなら」「あの遊園地のショボクレた観覧車、いつかあれに一緒に乗ってほしいな」「いいですよ、もちろん」「ありがとう」「どういたしまして」

それからも度々、私とシノザキくんは「ロマ」で顔を合わせた。でも、二人きりになることも体を触れ合わせることもない。あの夜のことは、初雪とともに舞い降りた僥倖《ぎょうこう》だった。ゆきずりの情事でも、ありきたりの恋でもなく、偶然に得る幸せ、という意味の僥倖。私はそう認識している。

それなのに時々、やりきれないほどの淋しさにつかまって、シノザキくんに助けを求めたくなる。でも、シノザキくんをそんな身勝手の巻き添えにはしたくないから、そんな時、私は路面電車に乗る。ガタンゴトンと揺られながら、淋しさから逃げたり忘れようとするのではなくて、淋しさを抱きしめようとする。淋しさのカケラを拾い集めて、花の首飾りを編もうとする。なかなか上手にはできないけれど。

今夜も「ロマ」に行けば、シノザキくんがやさしい笑顔で迎えてくれるだろう。今夜はどんなジャズが流れているだろう。窓辺の席に坐り、シノザキくんがいれてくれるふつうだけど濃いめの珈琲を飲み、オーナーが作った今日の気まぐれパスタ（サーモンとマッシュルームのクリームパスタとか）を食べながら、私は思うだろう。

淋しいという感情も抱きしめていれば、氷の塊が溶けていくように、やがて静かでやさしい水となって体や心の細胞を潤《うる》おしてくれる。そんな術《すべ》を、この北国の街で教わった。

それでも、本当に、淋しくてたまらなくなったら、その時はシノザキくんに伝えよう。シノザキくんはきっと応《こた》えてくれるだろう。私を静かになめらかに抱いてくれるだろう。観覧車にだって乗ってくれるだろう。いいですよ、もちろん、僕にできることなら。もしかして、シノザキくんにとって、私とショボクレた観覧車は同じようなものなのか⁉――ま、いいか。でも、そうしてほしいと願ったとき、きっと応えてくれると思える約束があることは心づよい。密《ひそ》やかなお守りのようなものだから。

サラサラとした距離感のある風が吹き抜けるこの街で、シノザキくんの約束に励まされながら、私は、少しずつ癒《いや》されはじめている。

賜物（たまもの）

ある日、突然、石がやってきた。

その日は長くて冷たい梅雨のあとにようやくやってきた短い夏の終焉《しゅうえん》を思わせるような、肌寒い雨が三日も降りつづいている日曜日だった。

木次《きすぎ》マチ子はまだベッドの中にもぐっていた。雨が降りはじめた最初の夜から、そろそろ夏用のタオルケットだけでは明け方になると薄ら寒くて風邪をひきそうだな、と思いつつも、つい面倒くさくて、まだタオルケット一枚で押し通している。だから玄関のチャイムが鳴らされても、すぐにはタオルケットが体にからみついていて身動きできないし、それを振りほどいてまで起き上がるには眠りの密度も深すぎる。

二度目のチャイムが鳴り、どうにかからみついたタオルケットの隙間《すきま》から頭と片腕だけ伸ばして枕辺《まくらべ》の目覚まし時計を引き寄せると、なんと八時過ぎだった。

一瞬、あッ、遅刻するぞ、と身構えたけれど、そのあとすぐに日曜日であることを思い出して、小さく舌打ちをした。冗談じゃない。せっかくの休日だというのに、こんな朝っぱらから玄関のチャイムを鳴らすとはなんて失礼な奴《やつ》だ。マチ子は会社の忘年会の景品でもらったピカチュウの目覚まし時計を放り投げると、再びタオルケットの中にミノ虫のようにもぐり込んだ。

マチ子にとって週休の二日、土曜と日曜の朝寝は貴重な娯楽である。ギリギリとはいえ、まだ二十代の尻尾《しっぽ》をつかんでいる若い女の娯楽が休日の朝寝というのもいささか味気無いけれど、マチ子の毎日はそれ以上に味気無い。

月曜日から金曜日までは、朝七時半に起きて、食パン一枚と紙パックのコーヒー牛乳かジュースを飲み、飯田橋の方にある文房具メーカーの会社に出勤して、経理部の事務机の前に坐《すわ》り、次々に持ち込まれる伝票や計算書の整理をする。昼休みにはコンビニで買ってきた弁当か菓子パンを同じ事務机の前で黙々と食べるか、たまに屋上へいくこともある。そして退社時間まで単調な仕事をつづけ、定刻通り退社する。

ミノ虫のマチ子が次に目を覚ますと、午《ひる》近くになっていた。ゆうべは夜中の三時すぎまで漫然とテレビを見ていたけれど、それでも充分すぎるほどの睡眠時間を満喫した。こんなによく眠れたのも雨が降っているからだ。天気が良い休日には耳障《みみざわ》りな近所の子供たちのわめき声や犬の鳴き声も、雨の水分が吸い取ってくれる。

マチ子はそれからまだしばらくタオルケットの中でうつらうつらしていたけれど、尿意に促されてタオルケットのミノから這《は》い出した。トイレを済ませ、冷蔵庫からコーヒー牛乳を取り出そうとした時、チャイムのことを思い出して玄関にいった。宅急便なら不在連絡票が入っている筈《はず》だけれど見当たらない。何かの間違いだったのかな、と思いつつも一応ドアを開けてのぞいてみると、玄関の前の廊下に大きな四角い包みが置かれていた。

はてな。マチ子はそのインディゴブルーの包装紙に包まれ銀色のリボンが掛けられた、約五十センチ四方の包みを見て首をかしげた。最初に思ったのは、やっぱりこれは何かの間違いだということ。こんなに大きくて洒落《しゃれ》た包みが自分に届けられる筈がない。そんなことをしてくれそうな恋人も男友達もいないし、数少ない女友達にだっている筈がない。田舎のことも考えてみたが、時々送られてくるものといえば、還暦になった母が裏の畑で作っている野菜や米などで、それもダンボールに入れられガムテープが貼《は》られている。

マチ子は間違いを確かめるべく包みの宛《あ》て名を見た。しかし包みにはお届け伝票も、その他の宛て先や差出し人を示すものは何も付けられていない。のっぺらぼうの包みだ。これでは間違いかどうかも分らない。マチ子は今朝二度目の舌打ちをした。こうなったら包みを開けて確かめるしかない。中に、何か手掛かりがあるかもしれない。マチ子はやれやれとため息をつきながら包みを持ち上げようとして、思わず前かがみにつんのめってしまった。

包みがやたら重かったのだ。とても持ち上げられそうにない。仕方なく、包みをひきずるようにして、ようやく部屋の中へ運び入れた。

一体、何が入っているんだろう。銀色のリボンをときかけたマチ子は、ひょっとして爆弾！　と思いつき、思わずのけぞったけれど、すぐに「バカだね、あんたなんかに爆弾送りつけて誰が得するっちゅうの」と思い至り、リボンときを続行した。青い包装紙をはがすと、白い箱があらわれた。デコレーションケーキの箱みたいに上蓋《うわぶた》が深く被《かぶ》っている。その上蓋をそっと持ち上げると、箱の中には「石」がひとつ入っていた。

マチ子は吸い寄せられるように顔を近付けると、手で触るより先に、匂《にお》いを嗅《か》いでいた。ふだんのマチ子なら食べ物の匂いでさえ殆《ほとん》ど気にとめないくらい嗅覚《きゅうかく》には無頓着《むとんちゃく》だし、第一、石に匂いがある筈もない。それなのに思わず匂いを嗅いでいた。微《かす》かな匂いのようなものを感じるのだけれど、それがどんな匂いなのか表現するコトバをマチ子は持ち合わせていない。ただぼんやりと、子供のころに踏み入った田舎の深い森を思い出しただけだった。

その石は、直径三十センチ以上はあるやや楕円《だえん》形の丸い石で、表面は何の変哲もない灰色だった。それにしても宛て先も差出し人も分らなくては返しようがない。だからといってこのまま置いておくのも邪魔くさい。いっそ捨ててしまおうか。でも石は生ゴミなのか不燃ゴミなのかよく分らないし、アパートの階下にはゴミチェックにうるさいババアが住んでいるし、こっそり捨てようにもこんな重い石を担《かつ》いで階段を降りたりしたらギックリ腰になるかもしれない。あれこれシミュレーションしてみたものの、とりあえず部屋に置いておくことにした。

静かな石の傍らに坐って煙草《たばこ》を吸っていると、久しぶりに力仕事をしたせいなのか、マチ子は空腹をおぼえてコンビニへと出かけた。休日の食事の殆どは近所のコンビニとパン屋でまかなうことにしている。休日じゃなくても似たようなものだけれど。

今年は冷夏だったから、夏のあいだでもおでんを売っていたけれど、殺された東電OLが売春した帰りにいつも食べていたのがコンビニのおでんと知ってからは、食指が動かなくなった。マチ子は適当な弁当とオニギリと紙パックのコーヒー牛乳とフルーツゼリーとカップラーメン数個と、無駄金遣いと知りながらもやたらぶ厚い女性誌も一冊買い込んで部屋に戻った。

雨で湿ったジャージーのままベッドに背をもたせかけ、テレビのスイッチを入れて弁当を食べ始めた。眼は漫然とテレビに向けたまま、箸《はし》がつまんだものを自動的に口に運ぶ。咀《そ》シャクする。飲み込む。すべて殆ど無意識の行為なので、食べ終わった時にはもう、何を食べていたのか思い出せない。思い出せないくらいありきたりの弁当だからこそ、気も遣わず安心して食べられるのかもしれない。

マチ子はそんなコンビニ弁当や菓子パンの日々に少しの不満も感じていない。食事は空腹を満たすことができれば、それでいいとさえ思っている。ひとり暮らしの女にとって食事の時間ほど面倒くさくて空虚なものはない。いっそ人間から、空腹感とか食欲が無くなってしまえばいいのに。あるいは宇宙食のように、必要最小限の栄養素がカプセルになったものを飲み込めばいいとか。

だからひとり暮らしの女のくせに、三品も四品もおかずを作ってチンタラ食べていると自慢たらしくいう女の話を聞くと、阿呆《あほ》くさくなる。そいつはよほど食い意地がはっているか、それともひとりでいても自意識過剰なのか、まぁそんなとこだろうとマチ子は思う。

箸がつまんだ柔らかいモノを咀シャクする。柔らかいわりにはずいぶん嚙《か》みごたえがあるこいつの正体は何だろう。タコか？　イカか？　嚙めば嚙むほど味は消えていき、正体はいっそう判然としない。味が失《う》せた柔らか固いモノを咀シャクするマチ子は、ふと視線のようなものを感じて振り返った。

眼の先にあるのは、壁に掛けられた先月のままになっている信用金庫のカレンダーと、あの石だけだ。視線を送ってくるようなものがある筈もない。マチ子は再びテレビを見ながら咀シャクをはじめたが、やはり視線を感じる。もういちど振り返って、石を見た。視線は確かに石から発せられている。バカバカしいと思うけれど。

マチ子がじっと石を睨《にら》みつけると、石の視線（そんなものがあればの話だが）は瞼《まぶた》を閉じるように消えていく。マチ子が再びテレビの方に向き直ると、石はそっと瞼を開く。サッと振り返る。パッと閉じる。そんなことを数回くり返してから、マチ子は石のそばにいった。

手を伸ばして、石の視線のあたりにそっと触れた。さっき匂いは嗅いでみたけれど、触れるのは初めて。ひんやり冷たかった。石だから当たりまえだけれど。マチ子は自分のしていることがバカバカしくなって、今日三度目の舌打ちをしながらゲンコツで石をぶった。すると信じられないことに、石が微かに震えた。

マチ子は息をつめるように石を見つめながら、もう一度ぶった。石は震える代りに、視線を上げてマチ子を見つめ返した。さすがにマチ子は気色が悪くなり、ベッドの上に丸めたままのタオルケットを引きずり降ろすと、石の上からすっぽりと被せた。

雨はシトシト降りつづいている。

石とのやりとりに疲れたマチ子は窓辺にもたれて煙草を吸いながら、窓ガラスを伝う雨の雫《しずく》を眺めるうちに、去年、自殺未遂した会社の先輩ＯＬが言っていたコトバをふと思い出した。その先輩は自称、神経性の心臓疾患で、雨の日には空気中の水分の量が増えて酸素が減ってしまうから、息がしづらくなって死にそうになるの、陰気な声でそう呟《つぶや》いていた。そういえば先輩が手首を切ったのも雨の日曜日だったっけ。失敗してしまったけれど。

晩ごはんはオニギリとカップラーメンで済ませることにした。読み終えたぶ厚い女性誌を枕にしてテレビを見ているうちに、面倒くさくなってしまったのだ。

いつものようにベッドに背をもたせかけ、マンネリでちっとも面白くもないテレビのバラエティやドラマを漫然と見ながらオニギリを頰ばったマチ子は、なんだか石のことが気になって仕方なかった。タオルケットを被せてあるのだから見られる心配はないのだけれど、なにしろ相手はヘンな石だからタオルケットを透かしてのぞき見しているかもしれない。そんなバカバカしい妄想を振り切れないマチ子は、今日四度目の舌打ちをしながら卓袱台《ちゃぶだい》の前に坐り直すと、たとえ、石に見られても恥しくないように、箸がつまむものをちゃんと見ながら口に運んだ。カップラーメンの中にはコーンとワカメとネギと薄いチャーシューが一枚入っているのを確認した。確認したからといってどうということはないのだけれど、いつもよりいくぶん行儀のよい晩ごはんだった。

お風呂《ふろ》に入り、眠ろうとして、ハタと困った。タオルケットを石に取られたままだ。別に石が取ったわけじゃないし、取り戻そうと思えば簡単なのだけれど、そうすると石の視線が自由になってジロジロ見られてしまうかもしれない。寝顔を見られるのなんて付き合っている男にでもイヤなのに、石になんて見られてたまるか。マチ子は仕方なく押し入れから毛布を引っぱり出した。石に取られなくても、タオルケット一枚ではそろそろ肌寒さが身に染《し》みていたのだ。面倒くさがりのマチ子にとってはちょうどよいタイミングの寝具の衣替えだった。

夜中、眼がさめたので、石を見た。石はタオルケットを被されたまま、闇《やみ》の中で静かにしている。マチ子はそんな石の様子がなんだか可笑《おか》しくて、ちょっと微笑《わら》ってしまう。真夜中に眼ざめて、微笑《ほほえ》みを浮かべながら再び眠るなんてもう何年もなかったことだ。

闇の中で、石がゆっくりと呼吸をするように発光している。クリスタルグリーンの光で闇を染め、闇に溶け込んで。夢の中でそんな石の光の呼吸を感じながらマチ子は、これは夢なんだからと呟く。そしてやわらかな微笑みを浮かべたままいっそう深い眠りに落ちていく。

次の朝、ピカチュウの目覚まし時計の助けも借りずに、いつもより一時間も早く眼がさめてしまった。カーテンを開けると、眩《まぶ》しいくらいの快晴だ。窓も開け放ち、澄みきった朝の光と風を招き入れる。大きく伸びをしながら振り返ると、石はまだタオルケットを被ったままだ。マチ子がクスクス笑いながらタオルケットを外してやると、石も気持よさそうに——さすがに伸びまではしなかったけれど。

でも、本当の受取り人か差出し人が早く見つかるといいのに。尋《たず》ね人のチラシでも作って、近所の電柱や掲示板に貼ってやろうかな。『石をお探しの方、ご連絡下さい。当方、直径約三十センチ、楕円形の石を預かっています』。たった一晩、ひとつ屋根の下で過ごしただけなのに、マチ子は石に親近感のようなものを抱きはじめていた。

いつも通り、紙パックのコーヒー牛乳をストローで飲みながらトーストを焼こうとして、ふと手を止めた。食パンがまだ四枚残っている。せっかく一時間も早く起きてしまったのだから、この食パンでサンドイッチの弁当でも作ってみるか。弁当を作るなんて会社に入ってから一度もしたことがない。

冷蔵庫を開けて、サンドイッチの具になりそうなものを物色したけれど、少々古びたキュウリが一本と黒ずんだバナナが二本あるだけだ。仕方がないから、そのキュウリを薄切りにして、一枚のパンにはマーガリンを塗り、マヨネーズもあったのでもう一枚のパンにはマヨネーズを塗って、キュウリを挟みサンドイッチにした。思っていたよりおいしそうに出来たので、石にもVサインを送ってやった。

その日の昼は経理の事務机の前から離れて、屋上へいった。あちこちにヒビが入り、うす汚れた貯水タンクがあるだけの殺風景なビルの屋上に社員の姿はない。みんな近くのレストランとかカフェテリアとか公園にでも出かけているのだろう。マチ子は金網の下のでっぱりに腰をおろし、紙コップに入れてきたインスタントコーヒーを脇《わき》に置き、膝《ひざ》にハンカチーフを拡《ひろ》げてタッパウエアの蓋を開けた。

青くさいようなキュウリの匂いが立ちのぼる。朝に作ったばかりのまだ柔らかなサンドイッチを手にとってゆっくり咀シャクしながら、空を見上げた。ハトが数羽、気持よさそうにまっ青な秋の空の下を飛んでいる。事務机の前で冷たい弁当を食べるより、こっちの方がずっといいな。コーヒーをすすりながら、マチ子はだいぶ前にテレビで見た南の島の小さな村の夕暮れを思い出す。

その村にはこんな風習がある。夕暮れになると、村人たちが手作りの竹籠《たけかご》にハトを入れて、村の広場に集まってくる。そしていっせいに籠を開けてハトを飛び立たせる。茜色《あかねいろ》に染まった夕空をハトの群れが悠々と飛んでいく。そのハトたちの胸には竹で作った「風笛」が付けられているから、ハトが風を切って進むたび、笛は風をはらんでヒュルルヒュルルと鳴り渡る。

マチ子はキュウリサンドの最後のひと切れを頰ばりながら、遠い村の風笛を聞いたような気がした。

ピカチュウ要らずの早起きは次の日も、その次の日も、休日でさえもつづいた。だから手作りの弁当も作りつづけている。さすがにキュウリサンドだけでは飽きてしまうから、レシピもそれなりに増えていった。キュウリとハムのサンドイッチ、キュウリとトマトとスライスチーズのサンドイッチ、刻んだキュウリと茹《ゆ》で玉子をマヨネーズで和《あ》えたサンドイッチ（そんなにキュウリが好きなのか！）。サンドイッチがこんなにもおいしく、奥深いものであることにマチ子はこれまで気付かずにいた。

晩ごはんは相変わらずコンビニ弁当やレトルト食品が主流ではあったけれど、それでも退社後にファミリーレストランやパチンコで時間を潰《つぶ》すことは少なくなった。いそいそと家路を急いでいたりもする。あの石のせいだ。石が待っていると思うと、なんだか放っておけない。

部屋に帰って明かりを付けると、母が送ってくれた手作りの座布団《ざぶとん》の上で石が待っている。マチ子はチンで温めたレトルト食品と弁当を卓袱台に並べて、自分も座布団に坐って食べはじめる。卓袱台の向こう側には石が坐っている。テレビは相変わらず付けているけれど、くだらない番組に文句を言ったり、やる気のない政治家に悪態をついたりする時、思わず石に相槌《あいづち》を求めていたりする。我ながらバカバカしい行為だとは思うのだけれど、でも、軽薄な人間と寡黙《かもく》な石と、どちらが本当の信頼に値するのか、よく分からなくなってしまう。それって、孤独な女すぎる?

もしもこの石が「美女と野獣」のクライマックスみたいに、寡黙で誠実でやさしい男に変身してくれたりしたら凄《すご》く素敵なのだけれど、自分も美女じゃないのだから、そんな夢のような奇跡は起こり得る筈もないと思うマチ子なのであった。

週末の金曜日。マチ子の部屋に石がやってきてそろそろ三週間になる。明日からの休日には部屋を掃除するつもりだから、ついでに石もシャワーで洗ってやろうかな。水飛沫《しぶき》を浴びて濡《ぬ》れた石が陽ざしの中でキラキラ輝く様子を想像しながら、マチ子は部屋のドアを開けた。明かりを付け、石が待っている壁ぎわに眼をやった。今朝までそこに居た石が消えている。石が坐っていた座布団はそのままなのに、石だけが消えている。

マチ子は心臓が止まってしまうくらい驚いて、石を探した。部屋じゅう、といったところで六畳と四畳半の台所だけの狭い部屋だけれど、それでも隈《くま》無く部屋じゅうを探した。風呂場も洗面所もベランダも押し入れも、最後には流しの下の棚やタッパウエアの中までチェックした。そんな小さい所に石が入れるわけはないのだけれど、なにしろヘンな石だから、ひょっとして隠れていたりするんじゃないかと思って探してみたのだ。

探しながら気が付くと、マチ子は泣きべそをかいていた。たかが迷い子のように転がり込んできた見知らぬ石をひとつ失《な》くしただけなのに、マチ子の頬に涙が止まらない。

でも、石は何処《どこ》にも見付けられず、探し疲れて、マチ子は石が坐っていた座布団に腰を落とした。壁にもたれてぼんやりしていたら、同じ経理部にいるトリビア（無駄な知識）の泉と呼ばれている後輩OLからきいた話をふと思い出した。

「先輩の田舎って、島根県の奥出雲《いずも》地方でしたよね？」「そうだけど、それがどうかした？」「あのあたりの森とかって『もののけ姫』の舞台のイメージのひとつになってたって、知ってました？」

知らなかったよ、全然。退屈だの不便だのとばかり思っていたあの田舎が、「もののけ姫」の舞台のイメージになってたなんて。よその人にとってはトリビアな話かもしれないけれど、そこに生まれ育ったマチ子にとってはワクワクするような驚きだった。それなのに、そんな驚きさえも、単調で味気無い日々の中で忘れかけてしまっていた。

マチ子はベッドの上から、毛布と二枚重ねで使っているタオルケットを引き寄せると、石を包んでやったように自分の体に巻きつけた。そうやって眼を閉じると、石と初めて会ったとき、最初に嗅いだ微かな石の匂いが蘇《よみがえ》ってくる。その微かな匂いが、田舎の深い森の記憶をつれてくる。

子供のころ、両手いっぱいに採った木の実やきのこ。山菜や小さな花々。山奥の川で釣り上げた銀色の魚。それらのすべてを抱いていた森の光や風や土や樹々《きぎ》の匂い。そして、そんな森がくれたものたちで、母さんが作ってくれた素朴で懐《なつ》かしいオフクロ料理の数々。

マチ子はタオルケットにくるまりながら、明日の晩ごはんにはきのこの煮物を作ってみようかな、と考える。お米もちゃんと炊《た》いて。もうずいぶん長いあいだまともな料理なんて作っていないし、母さんみたいに上手には作れっこないけれど。でも、もしもちょっとだけ上手に作れたら、いつか作れるようになったなら、その時にはあのヘンな石は戻ってきてくれるかもしれない。

そんな密《ひそ》やかな期待を抱いたマチ子はタオルケットのミノを脱ぎ捨てると、とりあえず今夜の晩ごはんであるコンビニ弁当を食べようとして手を止めた。今夜はせめてお茶ぐらい、ちゃんと急須《きゅうす》と茶葉を使って、香ばしいほうじ茶でもいれてみようか。

闖入者《ちんにゅうしゃ》

女もひとり暮らしを長くつづけていると、そんじょそこいらの男で手を打とうという気持がどんどん失《う》せてくる。

そんじょそこいらでなければ手を打つのかときかれたら、そりゃぁ、やさしくて気づかいがあって、話していて面白く、見ためもそれなりによく、稼ぎもほどほどにあり、健康で、なによりうっとうしいものを背負っていない、そんな男がいればもちろんすぐにも手を打とうというものだが、生憎《あいにく》、その様な好条件の男はめったに出現してくれない。だからといって、そんじょそこいらで手を打とうという気持にはやはり、なかなかなれない今日此《こ》のごろである。

昨年、マンションを購入した。

それまでは、大学時代のアパートからワンルームマンションへと賃貸生活をつづけてきたのだが、三十代も残り僅《わず》かとなり、ここいらでひとつ自分の城でも持ってみるかという気概がこみ上げてきて、決心した。元来、ブランド物にも高級レストランにも取りたてての興味はなかったから、頭金にするくらいの貯《たくわ》えは充分にできていた。会社から帰ると毎日のようにパソコンに向かってインターネットで検索をつづけ、ようやくこれならと思える出物のマンションを見つけて購入を決めた。

都心からは少し離れているものの、2LDKのゆったりとした間取りで、窓からの眺めも陽あたりも良好。会社への交通の便もまあまあ。近くには公営のプールやレンタルビデオショップの「TSUTAYA」があるし、ぶらぶらと数分も歩けば多摩川の川べりにたどりつく。

つまり、今のところ、このひとり暮らしがなかなか快適なのだ。会社にいるときには自由になる時間など殆《ほとん》どないのだから、家に帰ってきて、なにもかも、時間も空間もすべて自分の思いどおりに使えるというのはこのうえなく気分がいい。

とりわけ休日。好きなだけ寝坊をして、窓のカーテンを開け放ち、まぶしい陽ざしをたっぷりと浴びる。雨が降っていれば、窓ガラスを伝う雨のしずくにしばし見入ってみる。これもマンション購入時に思いきって買ったローズオレンジのシルクのガウンをはおり、コーヒーをいれる。インスタントだけれど。大きめのカップにたっぷりと注いだコーヒーを飲みながら、テレビのスイッチを入れる、でも、音量は消して、その代りに好きなＣＤの曲をかける。テレビなんかに眼と耳と両方をあげたりはしない。

それからソファに寝そべって、体内の血のめぐりがよくなるのを待つ。あとは好きなときに好きなものを食べ、ゆっくりとお風呂《ふろ》に入ったり、散歩をしたり、ビデオを見たり、もちろん掃除や洗濯もしなければならないが、誰かにせかされるわけではないからグダグダとすればいい。

こんなにも勝手気ままな暮らしができる自分の城を持てたというのに、なにも気を使ったり世話をやかなければならない男など欲しくもない、ということだ。だって、面倒くさいじゃないか。自由が奪われるなんて、面白くないじゃないか。だから少なくとも、そんじょそこいらの条件の男で手を打ち、この城に入れるつもりなど毛頭ない。

そうそう、いつだったか、会社の先輩の女子社員がこんなことを言っていた。

「女もね、年をひとつ取るごとに、男に付ける条件がひとつずつ増えていくってもんなのよ」

そんなこと言ってるから、あの先輩、いまだに独身のまんまなんだよね。などと、まだ若さだけには自信のあった同僚の女子社員たちと囁《ささや》き合ったが、あの先輩の言ったことは正しかった。近ごろになって、先輩の痛々しいくらいの正直さを実感する。たしかに、年齢がひとつ加わるごとに、男に付ける注文もひとつずつ増えてしまう。年齢と注文は、正比例してしまうのだ。年齢と謙虚さは反比例していくというのに。ささやかながら自分の自由になる城など持ってしまうと、その傾向は強まるばかりだ。

タナベさんと会ったのは、鮫洲《さめず》の自動車運転免許試験場だった。会った、というより、ぶつかったといった方が正しい。

その日は四月だというのに花曇りで、肌寒かった。通常なら免許の書き替えは近くの警察署ですませられるのだが、その期限である誕生日の前後一ヶ月が過ぎてしまい（ペーパードライバーでもあるので）、鮫洲へやってきた。あちこちで待たされ、ようやく新しい免許証を手にすると、午後の一時を過ぎていた。さすがにお腹《なか》が空《す》いている。仕方なく、試験場の中にある食堂に入ることにした。

食堂は安っぽい定食屋か、昔の学食のような造りで、アルミ製のトレイと食券をカウンターに置いて、料理を受け取る。私もアルミのトレイを持ち、その上に水を入れたコップを載せて列に並ぼうとした時、前方でカレーライスを受け取った男が戻ってきて、いきなりよろけたのだ。私はあわてて身をかわして男をさけ、男はトレイから滑り落ちそうになったカレーライスの皿を見事なまでの素早さでキャッチ、難をのがれた。

このドジながら素早いオヤジがタナベさんだった。ずんぐりとした、冴《さ》えない、ヨレヨレした紺色のトレンチコートを着た、たぶん四十代後半ぐらいの中年男性。タナベさんには幾度も頭を下げて詫《わ》びられたが、いささかうっとうしくて、私はタナベさんからなるべく離れた席でトレイの上の親子丼《どん》をひっそりと食べた。

食堂を出るころにはタナベさんのことなどすっかり忘れていたというのに、帰りの電車の中で、再び出くわしてしまった。

車内は思いのほか混んでいて、ギュウギュウ押されながら中ほどまでつめこまれていくと、眼の前のシートにタナベさんが座っていた。眼が合ってしまい、仕方なく会《え》釈《しゃく》を返した。

「よかったら、どうぞ」タナベさんが席をゆずってくれた。試験場での疲れで足腰がだるくなっていた私は、その申し出をためらうことなく受け取った。シートに腰を下ろすと、眼の前にタナベさんが立っている。私は会話を拒否するように眼を閉じる。それでも電車が揺れるたび、タナベさんのずんぐりした膝頭《ひざがしら》が私の膝に押しつけられて、私はたまらなく息苦しかった。

これで終っていればどうということもなかったのだが、タナベさんとはもう一回出くわしてしまった。

毎週末の金曜日、会社の帰りに地下鉄の乗り換え駅で降りて、表参道にあるスーパーマーケットに立ち寄ることにしている。ここはやや値段は張るものの、鮮度も品数もいい。自由な休日を楽しむためのささやかな贅沢《ぜいたく》というわけだ。レトルトのハヤシライスとマカロニグラタン、大好物の納豆を三袋。玉子、牛乳、チーズ、トマト、インスタントコーヒーなどを買ってから、デザート用のケーキをみつくろっていると、タナベさんが傍らに立っていた。

さすがに知らんぷりもできずに、「先日はどうも」などと口ごもりながら会釈すると、タナベさんはずんぐりした体を私の方に寄せて、ワゴンの中の私の買物をのぞき込んだ。

「ほほう」。なにがほほうなんだ。私はちょっと嫌な気がしたので、「じゃ、お先に」と言い残して、小急ぎにレジへと向かった。支払いを済ませて自動ドアを開けようとすると、またしてもタナベさんが、スーパーの紙袋を抱えて傍らに立っている。まったく、ドジのくせに素早いオヤジだ。

週末の春宵《しゅんしょう》の街はどことなく華やぎ、賑《にぎ》わっている。私と並んでスーパーを出たタナベさんが声をかけてきた。

「お急ぎですか?」別に、急いじゃいないけど。なんと答えてあしらおうかと考えていると、「ビール、お嫌いですか?」と、きいてきた。別に、全然、嫌いじゃないけど。「この近くに旨《うま》いビールを飲ませる店があるんです。先日のお詫びに、よろしかったら、一杯だけ、お付き合い下さい」。一杯だけねぇ。「泡がなめらかで、コクがあって、実に旨いペールエール、スコットランドの生ビールを飲ませる店です」。思わず喉《のど》がゴクンと鳴ってしまう。ま、いいか。ちょうど喉も渇いていることだし。

タナベさんにつれていかれた店は、思いがけず感じのいい店だった。ロンドンの街角にあるパブのような造りで、ざっくばらんで、タナベさんが言ったとおりビールがすこぶる旨い。一杯のつもりが二杯になった。店内には陽気なケルト音楽が流れていて、あまり喋《しゃべ》らずにすむのもいい。

「ムニエル、お好きですか?」二杯目のビールのなめらかな泡を楽しんでいると、タナベさんがいきなりきいてきた。ムニエル? 名前はきいたことがあるが、その味や作り方についてのハッキリした記憶はない。

「なかなかいいタチウオがあったので、ムニエルにしようと思いまして。かなり立派な奴《やつ》だから、ふたりで食べても充分です。これにクレソンとラディッシュと、今が旬《しゅん》の山ウドで和風のサラダを作ろうかと思いまして。ドレッシングには山椒《さんしょう》の粉を入れます。あとは油揚げでも軽く炙《あぶ》って、ショウガ醬油《じょうゆ》で。いかがです？　晩めし、ご一緒しませんか？」

タナベさんのメニューの説明をきくうちに、私の口中は唾液《だえき》でいっぱいになってきた。私としては今宵《こよい》は簡単に、納豆かけごはんに海苔《のり》のふりかけ、トマトを切ってマヨネーズでもかけて、それで済ませようと思っていたわけだから、それに比べれば大したご馳走《ちそう》だ。しかし、なんで私がこのよく知りもしないずんぐりオヤジと週末の晩ごはんを共にしなければならないんだ？　それより一体どこで、その豪勢な晩ごはんを作り、どこで食べようというんだ？

「お住まいはどちらです？」あれこれ思案していた私は、ついつられて、どこどこです、と答えてしまった。「それならワタクシのところからそれほど遠くない。ご迷惑でなければこれから伺って、料理を作りますけど」

それで、タナベさんと、うちで、晩ごはんを共にすることになった。あまりにも思いがけない成りゆき、というより、呆《あき》れるような成りゆきだった。そんじょそこらの条件の男なんぞ我が城には絶対入れないぞと思っていたのに。でもまあ、このずんぐりオヤジなら城に入れてみたところでどうということもあるまい。ただの出張料理人と思えばいい。

「エプロン、貸していただけます？」タナベさんはさっそくキッチンに立つと、こうきいた。エプロン？　そんなもの、ない。エプロンなんてものを着けて料理するほど、熱心な料理を作ったことがないということかもしれない。

タナベさんは「それではけっこうです」と、片手をあげてみせると、Yシャツの袖《そで》をたくし上げて料理に取りかかった。

まな板の上に置かれたタナベさん自慢のタチウオは、本当に銀色の太刀のようにキラキラと輝いている。こんなにきれいな魚など、ふるさとの母がいた台所を出て以来、見たことがない。

タナベさんの料理の手さばきはそれはそれは見事なもので私の出る幕などあるはずもなく、適当に食器をテーブルに並べると、ソファに座ってテレビを付けた。CDをかける気分でもないから、テレビの音声は入れたままだ。キッチンからいい匂《にお》いが立ちのぼってくる。自分の家で、自分はなにもしないまま料理を待つというのがこんなにも優雅で、楽ちんであるとは知らなかった。世の男たちの多くは、こんな楽ちんを当たりまえのことのように享受《きょうじゅ》しているのだろうか。

タナベさんの料理はまさに完ぺきだった。タチウオはこんがりとバターで焼かれ、うっすらと粉を振った表面はカリッ、中身はしっとり。好みでレモンを絞ってもよいからと、半月形のレモンも添えられている。山ウドとクレソンとラディッシュのサラダは、即席で作ったドレッシングに混ぜられた山椒の粉の鮮烈な香りと相まって、まさしく春めくサラダだ。油揚げの焼きかげんもちょうどいい。うちにあった醤油がこんなにおいしかったとは。

二人してひとつ残らず食べ終ると、タナベさんはすぐに席を立ち、流しへと行った。私はせめてもとインスタントコーヒーをいれる。食器も流しもピカピカに洗い終えたタナベさんは、Yシャツの袖を下ろして席に戻ると、私のいれたコーヒーを一杯だけ飲んだ。「今夜は思いがけずに楽しい夕食でした」、そう言って深く一礼すると、ずんぐりした背中を向けて帰っていった。

私は閉められた玄関のドアの前で、ぼんやりと立ちつくしている。なんだか夢のようなひとときだった。夢といっても、甘やかなロマンチックなものではないが、それでも、日常から、ふとつれ出してくれたような不思議なひとときだった。

一日置いた日曜日、ケイタイが鳴った。タナベさんからだった。このあいだ、晩ごはんのお礼のつもりでケイタイの番号を教えたことを思い出した。

「カツオ、お好きですか?」「カツオ?　ええ」「タタキ?　それとも刺身ですか?」「どっちも好きです」「では、タタキにしてお届けします。受け取ってください」

一時間後、大ぶりのタッパウエアにカツオのタタキとたっぷりの刻み野菜を入れて、タナベさんが届けにきてくれた。ご一緒しませんか？　と、一応、誘ってみると、「今日はお届けにだけ来ました」と言って帰ってしまった。手作りのポン酢と薬味と大根おろしも添えられている。

ゆったりと充《み》ち足りた、ひとりだけの晩ごはんだった。本当においしい料理というのはいくら食べてももたれたりしないから、カツオのタタキを平らげたあと、納豆かけごはんまでペロリと食べてしまった。

そんな風にしてタナベさんは、休日のたび、おいしい料理を届けてくれたり、うちのキッチンで作ってくれたりした。たまには一緒に食べもした。そのいずれのときでもタナベさんは、料理の時間が終ると、礼儀正しく帰っていった。

季節はいつのまにかすっかり夏めいている。

私は近くの公営のプールでひと泳ぎしてから、「TSUTAYA」でアクションとミステリー映画のDVDを借り、コンビニで週刊誌と読むところなんて殆どない広告ばかりのぶ厚い女性誌を、それでも二冊も買い込んでしまった。棒付きアイスキャンデーを舐《な》めながら、眩《まぶ》しい陽ざかりの下を日傘をさしてブラブラと歩いた。

此のごろでは、休日にタナベさんからの電話がないと物足りないような気分になってしまう。なにもタナベさんの声が聞きたいわけではないし、タナベさんが作ってくれる料理をあてにしているわけでもないのだが（ちょっと、しているかも）、やっぱりタナベさんからの電話がないと、ふと物足りなさを覚えてしまう。

玄関のドアを開けていると、ケイタイが鳴った、タナベさんからだ。

「アイナメ、お好きですか?」「アイナメ?」「アブラメとも言いますが、白身の魚です。茨城県の大洗《おおあらい》で捕れたいいアイナメを見つけまして。これを薄切りにして、シャブシャブにすると旨い。でもシャブシャブだけじゃつまらないから、刺身でも食べます。大皿に盛ったアイナメを、好きなだけシャブシャブしたり、刺身で食べたり。いかがですか?」

そんなおいしそうな話をきかされて我慢できるわけがない。「いただきます」と、答えた。

魚のシャブシャブなんて初めてだった。テーブルにガスコンロを乗せ、小鍋《こなべ》に昆布を入れた湯を煮立て、さっと昆布を引き出したあと、ほんのり白くて透明な切り身をさっとくぐらせポン酢で食す。刺身には本物のわさびが添えられている。いくらでも食べちゃいそう。タナベさんはそら豆も持参して、焼いてくれた。焼きそら豆も初めてだ。焦《こ》げ目のついた厚い莢《さや》をむくと、ぷーんと豆のいい匂いがたちのぼる。茹《ゆ》でた豆よりずっと甘くて味も濃い。

シャブシャブの残り汁と冷ごはんで雑炊を作り、大ご馳走の夕食は終った。夏の夜空はもうとっぷり暮れている。いつものようにタナベさんは洗いものを終えると、礼儀正しく帰ろうとした。

「タナベさん、よろしかったら、お酒でもご一緒しませんか?」私は思わず声をかけてしまった。いつもおいしいものを食べさせてもらってばかりいる後ろめたさと、ずんぐりした背中への哀れみのようなものが、そう言わせたのかもしれない。タナベさんは驚いたように振り返ると、まばたきをしながら私を見て、それから頷《うなず》いた。「お言葉に甘えて、いただきます」

先週末に表参道のスーパーマーケットで調達したシングルモルトをあけた。ロックにしたグラスを持って、ベランダに出た。近くの空地で子供たちが花火をしているらしく、ヒュルヒュルと花火の上がる音や炸裂《さくれつ》する音が聞こえている。夜風は濃密な樹木の匂いをはらんでいて、心地良い。

タナベさんと私はいつものようにたわいない会話をポツリポツリと交した。タナベさんは基本的には無口で、それが楽ちんだ。アイナメのときに飲んだ冷酒とシングルモルトが混ざり合って、めずらしく体がフワフワしている。私はグラスの中の氷をカラカラさせながらベランダの手すりにもたれかかり、タナベさんの方を向いてニッコリと笑いかけた。まったく、なんの意味もなく、笑いかけた。

するとタナベさんの細い眼が私をじっと見つめ、やけに神妙な顔つきになった。輪郭も鼻も丸いずんぐりした顔が神妙になると、なにかの動物に似ているのだが、少々酔いのまわり始めた私には思いつけない。タナベさんはグラスを持ち替えると、空いた方の手で私の肩を抱き寄せた。とても強い力だ。その強い力に虚をつかれ、私はタナベさんの手を振り切ることができない。

それで、タナベさんと一緒に、ベッドルームへ行くことになった。まったく、思いがけない成りゆき、というより、呆れんばかりの成りゆきだ。でも、ま、いいか。一度くらいなら。

ずんぐりオヤジとばかり思っていたタナベさんの体は、服を脱ぐと、思いのほか筋肉質でひきしまっている。胸のまん中あたりにチョボッとだけ剛毛らしき胸毛が生えていて、私は思わず吹き出しそうになるのを我慢しながら、タナベさんの腕の中に抱かれた。

これも思いがけない発見なのだが、タナベさんの唇はなかなか感触がいい。慎ましくて、しっとりしていて。その感触のいい唇で、タナベさんは私の体のいろんなところを愛撫《あいぶ》してくれた。耳も眼も鼻も、うなじも背中も指先も、乳房も乳首も。それらのひとつひとつにていねいに口づけて、愛撫する。

一度くらいなら、ま、いいか。そう思っていた私は、最初のうちはそんなタナベさんのていねいな口づけや愛撫がうっとうしかったりもしたのだが、だんだん、だんだん、タナベさんの作り出す隙間《すきま》のないような愛撫のリズムに体が溶かされていく。ドジで素早いだけのオヤジと思っていたタナベさんが、こんな上手な愛撫をしてくれるなんて。ヒトは服を脱いでみなくちゃわからない。ずいぶんやわらかくなってしまった私の体の上で、タナベさんがくぐもったような声で囁きかけた。

「タカべ、お好きですか?」私はびっくりして、何か言おうとしたが、喉の奥が震えてしまって、甘やかな声が出てしまう。「タカべ……」「こってり、煮付けると、じつに、旨い……煮魚です……」「ニ、ザ……カナ……」「ナスは、焼いて……」「ナ、ス……」「キュウリと、ワカメと……シラスを……酢の物……」

タナベさんのずんぐりした背中の上に置いていた私の手に力がこもる。私はもうすっかり溶かされて、タナベさんのメニューに相槌《あいづち》を打つこともままならなくなっている。

「ミョウガと、かき玉子の……吸い、もの……」「あ……」「メシには……新ショウガを……炊きこんで……う、うーん……」

私の城の城門は開け放たれ、タナベさんが流れ込んでくる。おいしい料理の匂いや味をつれて、タナベさんが、どんどん、どんどん、私の城の中へと流れ込んでくる。

食べる男

峠の我が家

僕の得意料理は天プラです。

天プラなんて、魚や海老《えび》や野菜に衣を付けて油で揚げればいいだけだと思われるかもしれないが、これでなかなかコツもいるし難しいものなんです。一朝一夕で上手になれるものじゃない。失敗を重ねてようやく、衣はカラッ、中身はしっとりと揚げられるようになる。幾度も失敗して、火傷《やけど》もして、涙した僕が言うんだから間違いありません。

でも、なんでこの僕が、こんなにも天プラが上手になってしまったんだろう。

もとはといえば料理なんて好きじゃないし、やったこともなかったんです。大学を出て、とりあえず一流といわれる建築会社に就職して、土木関係の仕事でものすごく忙しかったけれど、実家通勤なので洗濯もメシもオフクロ任せにしていて。そのオフクロが二年前に死んだことがそもそもの始まりでした。

それまでの我が家はソロバン塾を営むオヤジとオフクロ、風来坊の兄キ、そして僕の四人暮らしで、当然のことながら家事は全部オフクロがやってくれていました。今どきソロバン塾なんていうと古くさいと思われるでしょうが、案外生徒はいるものなんです。でも、子供のころ、学校から帰ってくると、明かりの付いた夜の教室から、オヤジのちょっと甲高いような「えー願いましてはー」の声が聞こえてきて、なんだか恥かしいような気がしたものです。

オフクロの通夜《つや》と葬式が終るまでは親戚《しんせき》もいてくれたし慌《あわただ》しいだけでしたが、それが終ると、我が家の男三人は機能停止のようになってしまった。淋《さみ》しいとか悲しいとかいうより、ただの機能停止状態。茶をいれるのも、メシを作るのも、風呂《ふろ》を沸かすのも、洗濯も掃除も、誰もやろうとしない。オフクロの存在の大切さをイヤというほど痛感させられました。

それでも生活を止《や》めるわけにはいかないわけです。これまで口やかましいオヤジと係るのを極力避けてきた兄キと僕でしたが、仕方なく、初めて男三人で向き合い、これからどうしたものかと話し合いました。

オヤジは「わしにはソロバン塾がある」のひとことで終了。僕だって入社五年目、大きなプロジェクトの一員として大事な時期です。当然のことながら、オヤジと僕の視線は兄キに向けられました。だって兄キは風来坊なんですから。

そもそも兄キの風来坊歴は、高二の時、ロック歌手になると宣言して高校を中退した時からです。汚らしい格好で茶パツにしてギターをかき鳴らしていたけれど、結局デビューには至らず、しばらくすると映画監督になると言い出した。自主制作のフィルムを撮ったりしていて、僕も見せられたけどさっぱりワケがわかんなくて。生活費はバイトや付き合ってる女の子や、たぶんオフクロからも調達していて、そんなかんじで好き勝手ばかりしてきたわけです、兄キは。だからオフクロがいなくなった今、せめて家の中のことは兄キにやってもらわなくては。いちばんヒマなんですから。

兄キとしては断わる理由が見付からず、渋々家事を始めたわけです。前の晩どんなに飲んだくれようと七時には起きて、オヤジのためにみそ汁をつくりごはんを炊《た》き、洗濯と掃除をして、昼メシを作り、夕方買物に行き、家計簿を付け、晩メシを作り風呂を沸かす。家事の基本であるこれだけのことをやらなければいけないのだけれど、兄キときたらまったく才能が無かった。メシはまずくて食べられないし、掃除は汚いし、洗濯物はグチャグチャになるし。ハウスキーピングの才能がまるで無いらしい。そんなんでよく映画監督になりたいなんて言ったもんだ。だって、監督ならホームドラマの演出だってするわけでしょ？

仕方がないから週末だけの約束で、僕が家事をすることになりました。オヤジも他の日にはろくなものを食べさせてもらっていないから、せめて好きなものを作ってあげようと思った。オヤジ、何が食いたい？　と訊《き》くと、天プラ、と応《こた》えた。天プラ。それが僕と料理、いや僕と家事との宿命的出会いでした。僕は水で溶くだけでいいという天プラ粉を買い、冷凍の海老や野菜を揚げました。初めて料理をするんだから上手にできるわけはないんだけれど、オヤジはひと口食べるなり箸《はし》を置き、「まずい。こんな天プラ食えん」とのたもうた。兄キまでが「チェッ、ひでえの」と言いやがった。これまで週末は決まって女のとこに行ってたくせに、僕が料理をするようになってからはいつも帰ってくるんです。まったく自分勝手でうっとうしい兄キです。

日曜日には洗濯と掃除をして、食料や日用品の買いだめもする。兄キのためにというより、食材を無駄にしないために献立表なんかも作ってやりました。そして日曜日の夜にはベッドの中で、次の週末に何を作ろうかと考える。胸に浮かぶのは天プラ。僕の中でトラウマになりつつある天プラ。でもいつかきっと、オヤジを喜ばせる天プラを作ってやりたい。

僕は天プラの揚げ方のコツについて書かれた本を読んだり、時々、会社から帰った深夜の台所で天プラを揚げたりもした。試作です。幾度も失敗して、火傷して、オヤジに「まずい。こんな天プラ食えん」と言われつづけて口惜《くや》し涙を流して。

オフクロの三回忌も済み、僕はかなりの天プラ名人になったと自負しています。今では台所で揚げるのではなくて、僕のボーナスで買った卓上コンロで揚げる。その方が熱々の揚げたてを食べてもらえるから。オヤジと兄キに簡単なツマミでビールを飲んでもらいながら、エプロン姿の僕が天プラを揚げていく。

まず海老、季節が合えば稚鮎《ちあゆ》やワカサギ、穴子なんかを揚げてから、次は旬《しゅん》の野菜。我が家は江戸っ子だから苦い野菜が好きです。フキノトウとかウドとかミョウガとか。今ではオヤジも眼を細めて「うまい。どの店で食べるよりお前の揚げた天プラがうまい」と言い、兄キも「まあな」と相槌《あいづち》をうつ。僕はつい嬉《うれ》しくなって浮き浮きと天プラを揚げつづける。

会社では出世コースから外されました。週末の家事が祟《たた》ったのでしょう。仕事か家事か。僕は迷わず家事を、家族を喜ばす道を選びました。コースを外れたついでに、もっと家事にのめり込んでやろうかとさえ思っています。もしかしたら男の僕の中にも、オフクロのような、主婦向きの細胞が眠っていたんでしょうか。気付かなかっただけです。

夜、会社から帰ってくると、道の行手のゆるやかな斜面には、どれも同じような建て売り住宅が建ち並び明りが灯《とも》っている。その中のひとつが僕らの家です。僕はその明りをめざしてゆるゆると坂道を下るたび、子供のころにオフクロが唄《うた》ってくれた「峠の我が家」を口ずさんでしまいます。さて、次の週末には何の天プラを揚げようかな。

愛のホワイトスープ

僕はハッキリ言って、幸せものだ。

よくできた美しい妻と小《ち》っちゃくて可愛《かわい》いひとり娘。やさしい両親（但《ただ》し、妻の）との同居。ローン支払い中とはいえ、一戸建てのマイホーム。仕事だってそれなりに面白い（ＴＶドラマや情報番組のディレクター）。つまり、とりたてて不満というものがない。

この美人妻というのが本当によくできた女で、貯蓄も上手、料理も上手。いつだって体に良いものばかり作って食べさせてくれる。妻にとっての体に良いものとは、自然《ナチュラル》で味が薄いもの（殆《ほとん》ど味無しといっていい）。妻はナントカ会という有機野菜や自然食品のグループに入っていて、毎週のように食材が届けられる。妻はそれらの食材を使って、自然で味が薄くて体に良い料理を作ってくれる。

僕は本当に幸せものだ。

そんな僕なのに、妻の知らないところで、まったく自然でもなければ味もこってりと濃い、体によろしくない生活を持っている。妻には絶対知られたくないから、妻の貯蓄と同じくらい上手に、ひた隠している。

そんな体によろしくない生活にだって伴侶《はんりょ》は必要だ。どうせなら世界の人口の半分は女デアルというような広い視野に立って伴侶を選んでみたいが、そんな時間も余裕もないから、つい身近なところで見つけてしまう。相手はうちのプロダクションのアシスタントプロデューサー。よくある社内恋愛ってやつだ。

妻が色白痩身《そうしん》の潔癖症であるのに対して、愛人は色浅黒くオッパイがでかく何ごとに関しても潔癖というよりルーズ。大らかな自然派だ。一緒にいるとやけに楽しい。

僕たちの仕事は夜中は当たり前、明け方近くになることも次が早朝始まりのこともあるから、家に帰れなくてもさほど怪しまれずにすむ。それをいいことに、僕は愛人との時間を楽しむ。

妻と愛人。この二つがあってこそ、僕の幸せは絶対的だ。

愛人と逢《あ》うのはいつも彼女のアパート。うちのプロダクションの近くなので、かなり便利。家賃が安い割には使い勝手もいい。僕の所有物じゃないけれど。妻には会社のロッカーに入れていると伝えてある下着類や着替えは、もちろん愛人のアパートのクローゼットの中だ。

愛人とアパートで落ち合う前に、僕はコンビニでトリの唐揚げやエビチリやクリームコロッケなんかを買っていく。そんな着色料やら防腐剤やら増粘剤やらがいっぱい入った油っこい食い物をつまみにして、僕たちは焼酎《しょうちゅう》を飲む。愛人は酒がめっぽう強くて、時々、こいつ腹に穴でもあいてんじゃないかと思うくらいだ。でも僕もけっこう強いから、二人して陽気に酔って、それからセックスをする。

妻とはきちんと行儀のよい淡白なセックスをする。もちろん、愛と思いやりを込めて。それが妻の好みだから。わざわざ訊《き》いたことなんてないが、そうに決まってる。でも、愛人とは違う。もっとこってりとしつこくていやらしいセックスをする。してやる。

だからといって妻とのセックスが嫌いなわけじゃないが、やっぱり愛人とのセックスはいい。男になった気がする。妻の反応は慎ましく淡白で、愛人はかなり激しい。時々、こいつ子宮や頭にも穴があいてんじゃないかと思うくらいだ。それが嬉《うれ》しいんだけど。愛人は僕にメロメロなわけだ。わざわざ訊いたことなんてないが、そうに決まっている。

アパートに泊まった次の朝、僕にとってなにより幸福な時が訪れる。愛人のために旨《うま》いスープを作ってあげるのだ。実は、僕はけっこう料理好きなのだが、妻に遠慮して、マイホームでは手を出したことがない。

　でもここは、愛人宅だ。思う存分、僕の好きなものが作れる。

愛人がシャワーを浴びている間に、鍋《なべ》にスープ用の水を沸かす。そこに濃いめの塩とコショウ、固形スープの素を数個放り込む。サラダ油なんかも流し込む。ここからが僕流の味の決め手。化学調味料を入れるのだ。それも隠し味なんかじゃなくて、スープが真っ白く濁るくらいたっぷりと入れる。こうすると、まったりとした、舌が甘く痺《しび》れるような激旨スープになる。最後に溶き玉子をまわし入れれば完成だ。

　僕はこのスープを愛のホワイトスープと呼んでいる。愛人は毎回、僕のスープをうっとりとした表情で飲んでくれる。こってり濃い味の、体によろしくなさそうなこのスープこそ、僕たちの愛の証《あか》しだ。

　でも、妻にも愛のホワイトスープがある。ナントカ会から送られてくる有機栽培の里芋や山芋や海老《えび》芋《いも》で作る極上ポタージュのことだ。冬になると度々作ってくれる。自然で薄味で体に良い、滋味あふれるスープ。こんなのを毎日飲んでたら、僕でさえ身も心もキレイになってしまいそうだ。でも、キレイなだけじゃ男は生きられない。

　ふたつのホワイトスープがあってこそ、僕は幸せものなのだ。

愛人とのホワイトスープで活力を得た日には、なんだかいい仕事ができそうな気がする。今日もそんな一日で、満足のいく仕事ができた。お決まりパターンの二時間サスペンスドラマだったけど。

さて、今夜はどうするか。仕事も思っていたより早く終わったし。マイホームに帰って、妻のホワイトスープを啜《すす》るか、それとももうひと晩愛人宅に泊まって、愛のホワイトスープを作るか。僕は大いに悩む。二人の女の間で僕がこんなにも悩んでいるなんて、女たちは気付いていないだろう。気付かれてたまるか。気付かれたら大変だ。

悩んだ揚句、マイホームに帰ることにした。すでに娘も両親も寝入っていて、よくできた妻だけが僕を迎えてくれる。やわらかな色のカシミヤセーターがよく似合う女だ。

「あなた、あったかなホワイトスープができてるわ。召しあがる?」

「いいね」、と僕は余裕の笑みでうなずいてみせる。妻はスープの入ったフランス製の鍋を温め始める。僕はソファに寝そべって、煙草《たばこ》に火を点《つ》ける。妻には一日十本だけと約束(嘘《うそ》だけど)している貴重な煙草をゆったりと吸う。温《あ》ったかな、体に良さそうな匂《にお》いが漂ってくる。愛人スープの匂いも好きだが、こっちの匂いも悪くない。

その時、携帯の着メロが鳴り出した。僕のじゃないから、妻の携帯だ。おい、どこかで聞き覚えがあるぞ。僕は思わず耳を澄ます。そうだ、愛人と同じ着メロじゃないか。椎名林檎《しいなりんご》の「本能」。まさか。あの慎ましい妻と激しい愛人が同じ着メロを選ぶなんて。しかも林檎の「本能」だぜ。

「約束は　要らないわ
果たされないことなど　大嫌いなの
ずっと繋《つな》がれて　居たいわ
朝が来ない窓辺を　求めているの」

バカな。偶然の一致に決まってる。そう思いながらも、僕の中に得体の知れない不安が拡《ひろ》がっていく。僕を護《まも》ってくれる筈《はず》の、幸せな二つの愛のホワイトスープが混ざり合って、得体の知れないホワイトスープになっていく。

幸福な週末

やけに待ちどおしいな、退社時間が。

こんなにも気分が弾むのは月に一度だけだ。今夜はそんな月に一度のたのしい週末。俺は同僚からの酒や麻雀《マージャン》の誘いを振りきって会社をとび出すと、デパートの地下食料品売り場へと急いだ。

すごい混雑だ。ここのデパ地下は庶民的だし品揃《しなぞろ》えもいいし、だから人気がある。おまけにこの時間帯になるとあちこちのテナントが安売りを始めて、試食品を配ったりしている。俺も手をのばして、精進揚げをひとつ頬ばった。レンコンだ。熱《あ》っちっち。さてと、今夜の晩めしは何にしよう。

我が家では月に一度、女房が三人の子供をつれて千葉の実家に里帰りしてくれる。金曜と土曜の夜を向こうで過ごし、日曜の昼には帰ってくる。この二泊三日の骨休めを、女房は俺に不自由な思いをさせていると思い込んでいるようだが、とんでもない。俺にとってもこの二泊三日の週末は自由を満喫できる貴重なフリーゾーンだ。

まず、おからとひじき煮を買った。こういうものを時々無性に食べたくなるが、女房は作ってくれない。子供たちが嫌うからだ。好き嫌いより先に栄養を考えるなんてことは、今どきの母親は絶対しない。子供に嫌がるものを押しつけるより、好きなものだけ食べさせた方が効率的というわけだ。だからハンバーグと春雨サラダのオーロラソース掛けとギョーザとケーキがひとつの大皿に並んだりするわけだ。俺には信じられないが、どうすることもできない。

春菊の白和《しらあ》えも買おう。ガキのころ、オフクロがよく作ってくれたっけ。味のよく分からないつまらない食いものだとしか思えなかったけど、今となっては有難い味だ。

肉じゃがも買おう。チンで軽くあたため直すと、すこぶる旨《うま》い。あとは押さえに厚揚げ一枚と明太子《めんたいこ》、きゅうりとカブの漬けものも買って、もう一品、恥ずかしながら大好物のだし巻き玉子も買ってしまおう。

これだけあれば二泊三日のフリーゾーンをひもじい思いをせずに過ごせそうだが、今夜はひとつ腕をふるってメインを作ってみるか。

おッ、いいタラの切り身があるぞ。値段も安い。こいつにしよう。こいつに軽く塩コショウをして、生しいたけの薄切りと一緒に酒振りをしてからホイルに包んで焼くとしよう。腕をふるうってほどの料理じゃないが、焼きあがった熱々にスダチでも絞れば様になる。よし、そうしよう。

いつのまにか桜の季節になったというのに、今夜は冷える。こういうのを花冷えっていうんだよな。死んだ婆《ばあ》ちゃんに教えてもらった。女房にも教えてやろうとしたが、てんで興味を示してもらえなかったっけ。ま、いいけどな。

我が家は当然のことながら明かりはひとつも付いていなくて、春の闇《やみ》の中に黒々とひっそりとしている。住む人間が消えてしまえば、マイホームなんてものはただのハコだ。そんなハコのために汗水流してローンを組んで、俺の一生は何のためにあるんだ、なんてことを考えると暗くなるから、難しいことは一切考えないでおこう。

デパ地下で買い込んだ惣菜を小皿や小鉢に移す。そいつを食卓に並べる。タラのホイル焼きも火にかけた。テレビはプロ野球もサッカーもやっている。今夜は俺がチャンネルを独占できるぞ。さてと、まずはビールだな。次から焼酎《しょうちゅう》の梅割りにしよう。体にいいもんな。

俺はテレビの前の食卓にでんと坐《すわ》り、エビスの黒生ビールと好物の惣菜をちびちび食べながら一人きりの晩さんを始める。椅子《いす》の上であぐらをかこうが、パジャマのまだろうが文句を言う奴《やつ》は誰もいない。自由だ。メシも旨い。

こんな週末の過ごし方に満足している俺は、ただの疲れた、冴《さ》えないオヤジと思われるかもしれない。その通りだ。俺はただの冴えない、くたびれた四十四歳のオヤジだ。でもな、こんなオヤジでいるにはちょっとしたわけがあるんだ。あいつと交わした約束だ。

あいつ。あの時、俺はもう女房と結婚していたけれど、とことん惚《ほ》れた女だ。女房と別れてもいいとさえ思っていた。でも、別れられなかった。で、彼女は去っていった。

これが最後という日、俺たちはいつもより少しだけ上等なシティホテルにいった。何も話さず、ただただセックスをした。腹が空《す》いたからルームサービスでカレーライスを取り、またセックスをした。俺の意気地なしのペニスがヒリヒリして泣き出すまで抱き合った。もう俺の全《すべ》てを放出して、カラカラの干物みたいになった俺に、あいつが言った。

「約束して。もう二度と浮気なんかしないって。こんなに誰かを苦しめたりしないって。約束して。あたしを最後の女にするって、約束して」

あいつは俺の上で涙を流した。まだ水分が残っていたんだ。カラカラの干物の俺は頭の中を真っ白にしながら深く頷《うなず》き、あいつの小指を口にくわえたままベッドの上で気を失った。ミイラが崩れるみたいに。

あれからもう八年。俺は後生大事にあいつとの約束を守っている。勿論《もちろん》、後くされのなさそうな女との軽い接触はあったけれど、本気で惚れたことは一度もない。あいつとの約束は俺にとって呪縛《じゅばく》になったというわけだ。いやそうじゃない。本気で惚れるのが怖い俺にとっての言い訳なのかもしれない。

タラのホイル焼きがいい感じだ。スダチのお陰でいっそうジューシーでさわやかだ。そのさわやかな口にちょっと濃い味のひじき煮を入れ、次は春菊の白和え。こういうおかずを毎日作ってくれるような女と一緒になっていたら、俺の人生はずいぶん違ったものになっていただろうな。それが今より幸せかどうかなんて分かりゃしないけど。

おッ、もう焼酎が空になった。俺は二杯目の梅割り焼酎を作りにキッチンへいく。ついでに明太子をあぶるとしよう。冷たいままも旨いけど、こうやってひと手間かけるともっと旨いんだよなぁ。女房はやってくれないから自分でやる。自分のことは自分でやれって、俺も息子たちに言ってるもんな。

厚手のグラスに焼酎のお湯割りを作り、減塩梅干しを落とす。女房が「塩辛いものは体に毒よ」とか言って買ってきてくれた梅干しだ。女房は女房なりに俺のことを思いやってくれているというわけだ。ローンの支払いは俺がやってるんだもんな。

グラスの梅干しを菜箸《さいばし》でつぶしながら、流しの上の小窓を開けた。花冷えの夜風が吹き込んで、心細くなるような細い三日月がかかっている。不意に、胸の底がキュンとなって、俺は慌《あわ》てて窓を閉めた。

コンロの網の上では明太子の粒々がはじけて、パチパチと音を立てている。その痛いような泣いているような音を聞きながら、俺はこう思う。どんな幸せにだって、ほんの少しばかりの淋《さみ》しさは付きものなんだ。今宵《こよい》は月に一度だけの幸福な週末だ。

豆腐のごとく

もしかしたら私は、豆腐のような男を探しているのかもしれない。適齢期（そんなものがあるとするなら）をかなり過ぎてしまったこのごろになって、しきりとそう思う。

でも、そんなことをいうと、私が豆腐ばかり食べている女のように思われるかもしれない。ひとり暮らしの女にとって、豆腐くらい便利な食材はないのだから。会社帰りにスーパーに立ち寄って買い求め、いざとなればそのまま醤油《しょうゆ》をかけただけでもいただけてしまう。ちゃんと料理をしようと思えば、その調理法は数限りなくある。おまけに栄養価も高く、腹もちもよく、廉価《れんか》でさえある。毎晩食べてもよさそうなものだけれど、私はまず、豆腐を口にすることはない。そんな簡単に食べることなどできない、といった方がいいかもしれない。

こんなにも私が豆腐に対してこだわりを持つようになったのは、父のせいだ。私の父は本当に豆腐が好きだった。今でも眼を閉じると、夏の夕暮れどき、仕事から戻ってきた父がさっぱりとした浴衣《ゆかた》に着替え、冷《ひ》や奴《やっこ》を食べていた姿が浮かんでくる。父は浅葱《あさぎ》色《いろ》の麻の座布団《ざぶとん》に腰をおろすと、卓袱台《ちゃぶだい》の上に用意されていた中びんのビールを引き寄せて栓を抜き、細めのコップに注ぐ。父はビールの注ぎ方がとても上手だったから、泡は艶《つや》やかなほど滑らかで、その泡がコップの縁《ふち》から僅《わず》かに盛り上がりこぼれそうになったところでピタリと止まる。まるで手品でも見ているようで、幼い私は息をつめるようにして父の手もとを見つめていた。

そんな夕暮れにはヒグラシがカナカナカナと鳴いていて、縁側の葦《よし》の簾《すだれ》は巻き上げられ、打ち水をされた庭の植木はしっとりと濡《ぬ》れてきらめいていた。

二杯目のビールが注がれるころ、台所から母が現われて、父の前に冷や奴の皿を置く。私の前にも父の半分程の豆腐をのせた皿が置かれる。皿はガラス製ではなく、父の好みで土ものが使われていた。ガラスのツルツルした表面より、土ものの、微《かす》かにざらつく手ざわりのあるものの方が豆腐に含まれている水分と行き来ができて相性がいい、というのが父の考えだった。

醤油はさらりとした濃いくち。薬味はおろし生姜《しょうが》だけ。葱《ねぎ》やミョウガや青ジソはそれ自体は風味もあっておいしいけれど、豆腐のやさしく深い味わいを損なってしまう、というのが父の考えというか好みだった。時には醤油さえかけず、白いままの豆腐を食していた。

そんなにも豆腐が好きな父であったから、豆腐の食べ方もきれいだった。スッと箸《はし》を入れ、サッと口もとに持っていく。乱れることも崩れることもない。私はできるだけ父のそばへといき、横眼で父を見ながら真似《まね》をしてみるのだけれど、いつだって失敗してベチャッと落としてしまった。

父は口数も少ないし、決してうるさいひとではなかったけれど、それでも食べもの、とりわけ豆腐に関しては静かながら揺るぎのない思いを通していたように思う。

二本目のビールが空になるころには、母が拵《こしら》えた晩ごはんのおかずが卓袱台の上いっぱいに並んでいる。たとえば焼き茄子《なす》、隠元の白和《しらあ》え、ちょっとした炒《いた》めもの（石《いし》蛸《だこ》の足ときのこをピリ辛で炒めたりとか）、それに父が好きな夏魚（タカべとかイサキとか）を塩焼きにしたり、ちょっとこってりと煮つけたり。贅沢《ぜいたく》ではないけれど、心のこもった惣菜《そうざい》だった。

エプロンを外した母は父と向き合って坐《すわ》り、盆で運んできた三本目のビールの栓を抜く。父に注ぎ、それから手酌で自分のコップにも注ぐ。母はお酒には弱いくせに、父の晩酌には必ず、ビール一杯でも付き合っていた。

「いいわねぇ、パパは。いくらビールを飲んだって、ちっとも太らないんだから」。母は片エクボのできる頬のそばに白い泡のヒゲを付けながら、少し鼻声じみた声で父に言う。「あなただって別に、太っちゃいないでしょう」。父は母のことをいつも「あなた」と呼ぶ。ちょっぴり他人行儀みたいに。「あら、太ったじゃない、このごろ、ここらへんあたりがちょっと」、母は丸味のあるお尻《しり》をするりと撫《な》でてみせる。

でも、父の視線は冷や奴に注がれたままだ。私はふたりの間にはさまって、ふたりのやりとりを聞きながら、父の手が私を呼ぶのを待っている。やがて父の首から胸のあたりがほんのり赤くなってくると、父はいつも私の手を引きよせて、胡座《あぐら》をかいた脚の上にのせてくれる。私だけの、ゴツゴツしているけれど居心地のいい、あったかくて大きな椅子《いす》。

「おい、チビ。豆腐をそんな風に食べちゃ駄目だ。まず、箸をきちんと持って、気合いを入れて豆腐に立ち向かう。そうすれば崩れたりしないぞ」

父は片手で私を抱きながら、もう一方の手で正しい豆腐の食べ方を見せてくれる。でも時々失敗して、ベチャリと落としてしまうこともある。そんな時には楽しくて、私は父の腕の中でのけぞるようにして笑い声を上げていた。

「ホラ、あんたが邪魔するから、パパの浴衣を汚しちゃったでしょ」

母は小言をたれるけれど、父は私を抱いたまま、膳布巾《ぜんぶきん》で浴衣に落ちた豆腐を拭《ふ》きながら微笑《わら》っている。そんな時、私は誇らしい気分になったものだ。母にさえ入りこめない、父と私だけのささやかでくすぐったいひととき。

母は父のことが好きだった。夫婦なのだからあたりまえといわれるかもしれないけれど、それ以上に、母は父に焦《こ》がれていた。ずいぶん後になって知ったのだけれど、母がはじめて父と会ったとき、父には奥さんがいた。母はそのひとから父を奪ったのだ。それぐらいのことをして父と一緒になった母は、だから子供のためのおかずを作るということはしなかった。母にとっていちばん大切なのは父であり、その父を喜ばすことが母の料理のすべてだった。

そんな母の作るおかずは、子供の私にとってはつらいものも多かった。オカカをかけただけの青菜のお浸しも、切り干し大根も、鶏《とり》モツの煮込みもちっとも嬉《うれ》しくなかった。ナマコ酢や塩辛にいたってはなかなか食べることさえできなかった。それでも母はめげることなく父好みのおかずを作りつづけ、幼い私も鍛えられていった。

正直なところ、豆腐でさえも、私はあまり嬉しくなかった。子供の味覚からすれば、豆腐は味もない、色もない、歯ごたえもない、退屈な食べものにしか思えなかった。

口に入れてもなんだかつまらないのだ。でも父が好きだから母はせっせと豆腐料理を研究して、その品揃《しなぞろ》えのバラエティはどんどん増えていった。

　自分の父のことをこんな風にいうのは気恥ずかしいのだけれど、父はなかなかいい男だったと思う。ちょっと猫背だけれど上背があって、手足の指が長くて、笑うと頬骨のあたりがセクシーで（母がいつもそう言っていたので、私もそう思うようになったのかもしれない）。あのころの父親たちはたいてい髪を短く刈って七・三に分けるか、ポマードで撫でつけていたけれど、私の父はサラサラとした白髪混じりで、その額にかかる前髪を長い指でかきあげる父の仕草を見るのが好きだった。たぶん、母も好きだったにちがいない。

　だから私は今でも、男のひとがポマードの匂《にお》いをさせているのが嫌いだ。もしも父がポマードや整髪料の匂いをさせているようなひとであったなら、あんなにも豆腐を愛《め》でたりはしなかっただろう。化粧品や香水のきつい匂いをプンプン振りまいているような女に豆腐を食べさせたところで無駄なのと同じだ。だってそんな輩《やから》の鼻や舌は、豆腐のあの深くて静かな味わいには届きっこないのだから。

　あれは私が小学校三年のころだった。その日、父はめずらしく風邪をひいて、会社を休んでいた。そのことを知っていた私は大急ぎで学校から帰ると、ちょうど母はおつかいに出かけていて、父はひとりで退屈していた。私はランドセルを放り投げると、薬缶《やかん》に水を汲《く》んでコンロにかけ、これも父の好物だったアールグレイの紅茶をいれた。母のように上手にはいれられなかったけれど、それでも父は「おい、チビ。俺にあんまり近付くと風邪がうつるぜ」などと言いながら、セクシーな頬骨で微笑って、私のいれたアールグレイを眼を細めるようにして飲んでくれた。

「ねえ、パパ。あんまり食欲ないんでしょ? 今夜、ママは何を作ってくれるのかな」

「豆腐だって言ってたぞ」

「どんな豆腐?」

そのころには、母の作る豆腐料理のレパートリーは三十を優にこえていた。煎《い》り豆腐にカミナリ豆腐、鶏のそぼろあんかけ豆腐、煮豆腐、麻婆《マーボー》豆腐、豆腐とほうれん草とジャコの和え物、豆腐ステーキ、等々。

「たぶん、湯豆腐だな」、父が私の耳もとに囁《ささや》いた。

「でも、ママが作ってくれる湯豆腐は賑《にぎ》やかだからな。寄せ鍋《なべ》みたいにいろいろ入ってやがる。俺はさ、うっとうしい料理は好かないんだ。豆腐なら奴か湯豆腐。湯豆腐は豆腐だけでいい。タレは濃いくちを酒で割って、あとは削りたてのかつお節だけがいい。チビだってそう思うだろう？」

私はよくわかりもしないくせに、父の秘密を打ち明けられた嬉しさに大きく頷《うなず》いた。

そうだ、豆腐は奴か湯豆腐にかぎるんだ。このときから私は、退屈な食べものとばかり思っていた豆腐を好きになっていった。豆腐そのものを好きになったというより、父との秘密が大事だったのだ。

その夜、父の予言どおり、母は手のこんだ豆腐料理を拵えた。丹前を着て卓袱台の前に坐った父は、「ほう、豪勢な豆腐料理だな」と言って、感嘆ともうんざりともとれる小さな息をホッとついてから、きれいな箸さばきで豆腐を食べはじめた。私も父の傍らで、「ワォ、豪勢な豆腐だね」などと言いつつ、生意気に小さな息をホッとついてから豆腐を食べた。

父の秘密はそれからも母に明かされることはなかった。何も知らない母は「パパ。また新しい豆腐料理を思いついたの。今度のはフレンチよ。豆腐でフレンチだなんて、素敵でしょ？」

父と私は母に気付かれないように顔を見合わせて、そっと片眼をつぶり合った。

中学卒業を間近にした春の日、父は急逝した。

そのころ私はバレエの稽古《けいこ》に熱中していて、新しいトウシューズを父にねだっていた。淡いピンク色のトウシューズ。父は中学卒業の祝いにと、そのトウシューズを買いにいき、道路を渡ろうとして、信号無視で走ってきた車にはねられたのだ。冷たくなった父の腕には、淡いピンク色のトウシューズの入った箱が抱かれていた。

母は幾日も泣きつづけた。一生分の涙を使い果たしてしまったかのようにやつれた母は、空っぽの眼を私に向けながら呟《つぶや》いた。

「あんたがトウシューズをねだったりしたから、パパはいなくなったの」

そのひと言は私の胸に突き刺さった。母にしてみたら、突然に夫を失った悲しみと疲労の中で、なにげなく口をついてしまっただけの言葉だったのかもしれないけれど、それはまるで悪魔の種のように私の裡《うち》に拡《ひろ》がり、心と体を暗黒に侵《おか》していった。私は自分を責め、それからしばらくの間は言葉を話すことさえ不自由になってしまった。

母と私は父のいなくなった家で、それまで通りの暮らしをつづけた。私は高校を卒業して、私立の短大に入学した。母と私の関係は、表面的には平凡な母娘《おやこ》のように見えたであろうけれど、各々《おのおの》にぎくしゃくとしたものを抱えていた。私は母に負い目のようなものを感じていたし、母はどこかで私を許していないように私には思えた。そんな母と離れて暮らしはじめた方がいいのではないかと考えながらも、なかなか言い出せなかった。

短大を卒業して、どうにか就職も決まったとき、私はようやく決心して、独立の思いを母に伝えた。私のドキドキ感とは裏腹に、母は驚いた顔もせずにこう言った。

「あらいいじゃない。女の子もひとり暮らしを経験した方がいいわ。私なんか親もとで大事にされたまんま、パパにさらわれて一緒になったから。今でも意気地なしのまんまだわ」

「パパがママをさらったの？」

「そうよ。すごく強引にさらわれたの」、そう言いながら、片エクボを作って笑った母の顔は、いつのまにか驚くほどに老《ふ》けこんでいた。そして母は唐突にこう訊《き》いた。

「あんた、明日の晩、忙しいの？」

「別に。忙しくないけど」

「ちょっと、会わせたい人がいるの」、母の口から出たのは男の名前だった。

次の晩、私はその男性に会った。父とは少しも似ていない、ずんぐりとした人の好《よ》さそうな男性だった。私がこの家を出て、この男性がやってくるのかもしれない。

母はその晩、スキヤキを作った。父はスキヤキが苦手だった。なにもかも、肉も野菜も白滝も豆腐まで、みんな同じ濃い味になってしまうのが父の好みではなかったのだ。母だってそのことは知っている。知っているから作ったのだ。父が好きではなかったスキヤキを作ることで、濃い匂いを部屋中にたちこめさせることで、父との歳月に訣別《けつべつ》しようとしたのかもしれない。

私はそんな母の再出発を祝福した。

ひとり暮らしを始めた私はしばしば豆腐を食べた。勿論《もちろん》、冷や奴かプレーンな湯豆腐で。でも、近所のスーパーで買う豆腐はおいしくないので、デパートの地下食料品売場や都心のスーパーにも出かけてみたけれど、やっぱりかつての日々、父がいた食卓で味わったときのようにおいしくはなかった。豆腐の味が落ちたのか、それとも水が駄目になってしまったのだろうか。

いや、そうではない。私にはまだ豆腐の深い味わいがわからないのだ。父が好きだったから、自分も好きになりたくて食べていたけれど、本当に「おいしい」と思えたことなどなかったのかもしれない。

父が亡《な》くなる少し前、私は父に訊いたことがあった。

「パパ。豆腐って、本当においしいの？　どういう風においしいの？」

「チビにはまだ無理だな。豆腐の味は子供にはわからない。お前が大きくなって、いつか誰かに惚《ほ》れて、とことん惚れぬいて、苦しんで悶《もだ》えて、そんな恋をくぐりぬけたら、お前もきっと豆腐の味がわかるようになってるさ」

十五歳の少女でしかなかった私には、父の言葉の本当の意味などわかろうはずもなく、豆腐の味と同じように、曖昧模糊《あいまいもこ》としてつかみどころのないままだった。

こんな私だって、これまでには恋をしたこともある、男のひとと係りを持ったこともある。そのたびに私は、その相手と豆腐を食べてみた。食事は何がいいですかと訊《こ》かれれば、「お豆腐」と応《こた》えた。相手は決まって不可思議そうな顔になるけれど、小洒落《じゃれ》た和食の店などにつれていってくれた。でも、そういう店で供される豆腐というのは妙にツルリとして美しいのだけれど、父が愛用していた土ものの器と水分を行き来させるような、ちゃんと呼吸していると思える豆腐ではなかった。

そして何よりも、父のように身ぎれいに豆腐と対峙《たいじ》して、豆腐を食べることのできる男には出会えなかった。こんなことばかり言っていると、キミはファザコンだね、と言われるかもしれない。でも、ファザコンでない娘なんているのだろうか。マザコンでない息子などいないように。誰にとっても、思い出というものの向こうには家族がいる。それが幸福な家族であろうと、幸福ではなかった家族であろうと、欠落した記憶であろうと、やっぱり、家族への思いがある。

私はといえば、「とことん惚れぬいて、苦しんで悶えた」ほどの恋をまだくぐりぬけたことはないけれど、それでもいつの日にか、あの豆腐の静かで深い味わいに届くことのできる女になりたいと願っている。そんな豆腐を一緒に食べることのできる男に出会いたいと願っている。願いながらも途方にくれて、ただトボトボと歩きつづけている。

今夜は久しぶりに冷や奴にしてみよう。さらりとした濃いくちとおろし生姜だけを添えて。父が使っていた器には及ばないけれど、やさしげな土ものの器に豆腐をのせて、きれいな箸《はし》さばきで食べてみよう。

私は豆腐をのせた皿を持って、テーブルへと運んでいく。運びながらふと、ある思いに胸をつかまれる。

母はどうしてあんなにも手のかかる豆腐料理を作ったのだろう。父が冷や奴か湯豆腐を好きなことを知っていたくせに。もしかしたら、あの手のこんだ豆腐料理は、父への、焦《こ》がれていた父への挑戦だったのではなかろうか。父が十五歳の私に話してくれた「とことん惚れぬいて、苦しんで悶えて、そんな恋」というのは、母とは別の恋だったのではなかろうか。

父は母と出会ったときにはすでに、そんな恋をくぐりぬけていた。豆腐の味などとうに知っていたのだ。母にはそれが口惜《くや》しくて、だからいっそう父に焦がれて、父の中からそんな恋の記憶を、深くて静かな豆腐の味を忘れさせようとしていたのだ。

わからないけれど、本当のことは。そうだったのかもしれないし、そうじゃなかったのかもしれない。でも、そんな母と父との思いの中から、私はこの世に生まれてきたのだ。

お母さん。私は久しぶりに声に出して呼んでみる。お母さん。すると私の心と体に染《し》みついていた母への屈託がひっそりと消えていく。豆腐と土ものの器がその水分を密《ひそ》かに行き来させるように、私の中から母への屈託が溶けて消えていく。私は両手につつんだ皿の上の豆腐に顔を近付けると、箸も使わず唇を寄せて、静かでやさしい豆腐をそっと口中へと招き入れる。

多忙少女

あたしの名前は由有羅（ユーラ）。

こんなへんてこりんな名前を付けたのはママにきまっている。名前の由来はユーラシア大陸。大辞林をひくと、ユーラシアというのはアジアとヨーロッパの総称で、地球上の陸地面積の三分の一を占めるらしい。つまり、どこまでも果てしなくつづく広大な大地、ということだ。そんなすごい名前を付けられてしまったけれど、今のところ、あたしはクラスの中でも一、二を争うくらいのチビだ。全然、ユーラシアらしくなんてない。

なぜママがあたしにこんな名前を付けたのかというと、ママにはずっと夢があって、ユーラシアのような果てしない大地で、幼い娘をつれて旅の暮らしをつづけることだった。どこにも、だれにも、なにものにも属さないで、自由気ままに旅をして生きる。それがママの夢だった。ママはそんな夢のカケラを今でも手放さないで、ユラユラ、フワフワ、すごく自由みたいに生きている。そのおかげで、娘のあたしとしてはいろいろ大変なこともあるのだけれど、それでもあたしはユラユラ、フワフワ、自由に生きているママが好きだ。絶対的に自由に生きようとしているママを、だれよりも愛している。

そしてあたしには三人のパパがいる。

どうしてパパと呼ぶヒトが三人もいるのかについて、まだ十二歳のあたしにはうまく説明することができない。このことも、ママが自由にえらんだ。あたしだって少しばかりの相談はされたりもしたけれど、やっぱり、ママが自由にきめたことだ。

ひとりめのパパは安原朝夫。画家。朝夫パパはあたしの生みの親だ。もちろん朝夫パパは男だから、赤ちゃんを産むことなんてできっこないのだけれど、ママにいわせれば、パパの精子とママの卵子がくっ付いて合体したことであたしが生まれたのだから、パパも製造主のひとりであり、つまり、生みの親というわけ。ママがそういうのだから、たぶん、まちがいはない。

ママが朝夫パパと出会ったとき、ママはまだうら若い乙女だったけれど、ひとめで恋してしまったらしい。たしかに、朝夫パパは女にモテる。いつだって絵の具がこびりついたGパンとヨレヨレの綿シャツを着ていて、髪もボサボサのびているし、背は高いけどちょっと猫背だし、でも顔は甘いマスク（ママがそういうのだ）で、ハキハキしないところがたまらないらしい。優柔不断な男って時としてすごくセクシーなものなのよ、オンナの中の母性と暴力性を同時に刺激するから、と、ママからきいたことがある。あたしにはどういうことがセクシーなのか、まだよくわからないけれど。

ママは優柔不断な朝夫パパを押しきって、アトリエのある朝夫パパの家に何度もお泊りをして、あたしがママのお腹《なか》にやどったのだ。ママはとても嬉《うれ》しかったし、朝夫パパも喜んでくれたらしい。優柔不断な朝夫パパは「結婚してもいいんだよ」といったけれど、ママは「結婚なんてしなくていいわ」、とこたえた。

でも、だんだんお腹が大きくなって、あたしが動くのを感じたりしはじめると、この子を私生児にするのは自分としてはちっともかまわないけれど、この子にだって父親を持つ権利と自由はあるんだぞ、そう思ったママはあたしを産むと朝夫パパと結婚した。但《ただ》し、一日だけ。戸籍上の父親欄に朝夫パパの名前を記入すると、ママはあっさりと結婚を解消した。

だからといって、ママは朝夫パパと別れたわけでも嫌いになったわけでもなかった。ただ結婚がママの性格にしっくりこないのだ。ママは赤ん坊のあたしを朝夫パパにあずけて、好きなことをしたり好きなところへいったり、それでも時々朝夫パパの家に帰ってきてあたしをあやしたりして、フワフワとした日々を過ごしていた。

あたしが三歳になると、ママはあたしをつれて旅に出る、と、宣言した。いよいよママの夢の始まりというわけ。三歳のあたしはママの旅の道づれになった。

そんなママには好きな映画があった。ずいぶん古い映画で、ママもリバイバル上映で見たらしいけれど、「アリスの恋」という映画。もちろんあたしは見たことないけれど、ママから何度も話をきいたので、見たことあるみたいな気分。夫に死なれた主婦が、幼い子供をつれて旅をして、幸せをつかむまでのロードムービーだ。その主婦のめげない元気さと自由さがママは気に入ったらしい。マーチン・スコセッシ監督が日本に初めて紹介された作品で、主婦役の女優はアカデミー賞を取ったし、まだ幼いジョディ・フォスターがちょい役で出ていたらしい。

ママもその主婦みたいに、好きなピアノの弾きがたりをして旅をしようと計画した。ママは小さいときからピアノを習っていたし、歌にもちょっとばかり自信があった。朝夫パパが使っていた中古のベージュ色のシトロエンをもらって、身のまわりのものだけつんで、ピアノの弾きがたりをやらせてくれそうな店や旅館やイベント会場をさがして、ママとあたしはいろんなところへ旅をつづけた。でも、そんな旅が順調にいくはずはなくて、ママは幾度もくじけそうになったけれど、もちまえの明るさと自由さでのりきっていた。

　ママが薄暗い店の片隅にあるピアノの前で弾きがたりをする時、あたしはそばの小さな椅子《いす》に坐《すわ》らされていた。ママいわく、うるさい男たちをよせつけないための「虫《むし》除《よ》け」だったらしい。あたしはとてもききわけのよい子で、泣いたりぐずったりしたことは絶対になかった。そう言いきれるのも、すでに三歳の時のあたしの記憶はとてもハッキリしているからだ。自分が泣いたりぐずったりしたらママを困らせる。そう思って、泣きたい時にもぐっとがまんしていた。そのがまんがたたったのか、あたしはよく高熱を出してぶっ倒れた。それでもママはずいぶんがんばってみたのだけれど、あたしが五歳になったある日、旅をやめて朝夫パパの家に帰った。でも、朝夫パパの家には他のオンナのひとが住んでいた。きっと、優柔不断な朝夫パパはまた押しきられちゃったのね、と、ママはおどろきもしないでそういった。

　それからしばらくママとふたり小さなアパートで暮らした。あのころ、ママはよくメンチカツを作ってくれた。それもヒキ肉なんかじゃなくて、ちゃんと牛と豚の塊り肉を買ってきて、それを包丁で細かくたたいて、生の玉ネギと生のパン粉を入れて作ってくれた。気がむくとドミグラスソースも作ってくれた。刻みキャベツをたっぷり添えて。ママもあたしもこのメンチカツが大好物で、今夜はちょっとごちそうにしようという時にはいつもコレだった。

ママはこの時代にも時々弾きがたりのアルバイトをするだけでフワフワしていたけれど、それでも生活が大丈夫だったのは、あたしをつれて旅に出たとき、パパからおせんべつをたんまりもらっていたからだ。そのことはずっとあとになってから知った。パパは全然お金持ちの画家なんかじゃなかったけれど、パパの実家がお金持ちなのだ。ママって案外しっかりしてるかも。

そのおせんべつ貯金もだんだん無くなってきたころ、ママはあたしをつれて芝居を見に行った。あたしが小学生になる前の冬で、芝居は下北沢のちっぽけな劇場でやっていた。どんな芝居だったのか、タイトルもストーリーも全然覚えていないけれど、やたらさわがしい芝居だった。

芝居が終ると、ママが「ちょっと会ってほしいヒトがいるの」というので、近くの居酒屋へいった。ママは焼酎《しょうちゅう》、あたしはジュースを飲みながら待っていると、ママと同じ年くらいのちょっとカッコいい男が入ってきて、あたしたちのテーブルに坐った。それがふたりめのパパとなる中西哲太だった。

ママは両腕をあたしと哲太の腕にからめながら、紹介した。「これがわたしの大事なユーラ。こっちがテッタ」。あたしは緊張して哲太を見つめた。哲太はくわえかけた煙草《たばこ》を下ろして、あたしにお辞儀した。ママがいきなりこういった。「ママ、テッタと一緒にくらそうかと思ってるの。ユーラは彼のことどう思う？」そんなこと突然きかれたって、なんてこたえればいいのかわからないよ。「好き？　嫌い？　もしユーラが好きじゃなかったら、ママもやめにする」。そんな。初めて会ったばっかりで、好きも嫌いもわかりっこないじゃん。思いきり困惑するあたしをなぐさめるように、哲太がジュースをコップいっぱい注いでくれた。

ママは焼酎ソーダをくいくい飲みながら話をつづける。「今夜はテッタの最後の舞台になるかもしれないの」「どして？」「もし、ユーラがOKしてくれたら、テッタは俳優をやめることにしたから。やめて、どうすると思う？」そんなこと、あたしがわかりっこないじゃん。思わずふくれっ面《つら》になったあたしの耳に、哲太がささやいた。「マッサージ師」「マッサージ師!?」。あたしは思わず大きな声をだしてしまう。「だって」と、ママがいう。「ユーラを育ててもらうとしたら、売れない役者より、マッサージ師の方が安心でしょ？」なにが安心なのかあたしにはよくわからない。「朝夫パパがユーラの養育費を送ってくれるらしいけど、でもそればっかりに頼るのはよくないからね。だからテッタにはマッサージ師になってもらうことにしたの」「僕も、役者としての限界を感じていたし、いい機会だと思ったんだ。マッサージ師になって、手に職を持って、ママと君を幸せにするよ」。あたしはポカンとしてしまう。「ユーラ。マッサージ師って、カッコよくない？　呼ばれればどこへでもいくさすらいのマッサージ師」、ママはそういって哲太の頬にチュッとキスをして、それから小さなゲップをした。それでも哲太は幸せそうに笑っている。あたしはそんな哲太を少しだけ好きになった。

こうして三人は一緒に暮らしはじめ、哲太は哲太パパになった。

哲太パパはマッサージ学校へ通って資格を取り、あたしは近くの公立小学校へ通い、ママは時々弾きがたりのアルバイトに出かける他は、のんびり三人の生活をたのしんでいた。平穏で充《み》ち足りた月日が流れていった。

でも、あたしが小学校の三年生になったころから、ママはまたフラリと旅に出るようになった。今度は義務教育中のあたしをつれていくことができないので、ママはひとりで旅に出かけた。

そんな時、哲太パパとあたしは、家出したママを待つ父子家庭のように、仲むつまじく暮らした。マッサージ師になった哲太パパはすごい人気者で、昼間は治療院で働いて、夜になるとさすらいのマッサージ師になった。だから家の中のことはあたしがほとんどやらなくてはならない。掃除も洗濯もごはん作りも。あたしは九歳にして主婦としての腕をぐんぐん上げていった。

学校と主婦の両立は、なかなか忙しかった。携帯電話でのメールやゲームをしているヒマなんか全然なかった。もしヒマができたとしても、あたしには携帯電話がない。ママが嫌いだから、あたしも持たない。ママはこういっていた。携帯電話なんか持つから、イマジネーションがなくなるの。会えない時は会えないからステキなの。会えない時に相手を思う切なさこそが大切なの。ママはどんな遠くにいてもユーラのことを思ってる。いつだって思ってる。携帯電話の電波なんかじゃなくて、心の電波で思ってる。だから、あたしはいつもママの心の電波を感じているから、携帯電話なんかなくたってちっとも淋《さみ》しくない。

あたしが忙しいのは、哲太パパとの毎日のためだけじゃない。あたしには朝夫パパもいる。

朝夫パパの家にはもう女のひとはいなくなっていて、朝夫パパはひとりで暮らしていた。もともと掃除も洗濯も料理もめんどくさがりやで苦手な朝夫パパのために、あたしは日曜日になるとスーパーで買物をして、朝夫パパの家へいった。

朝夫パパはいつも寝起きのままのクシャクシャ頭でパジャマを着ていて、あたしが作ってあげるオムレツとサラダとかの簡単な昼ごはんをとても喜んでくれる。それから朝夫パパにも手伝わせて、手早く掃除や洗濯をして、そのあとの一時間位、朝夫パパの絵のモデルになってあげる。でも朝夫パパが描くのはすごく不思議な絵で、あたしがモデルのはずなのに、似ても似つかないヘンテコリンな女の子を描いたりする。それでも日曜日のこのひとときは、忙しいけれどすごくたのしい。

フラリと旅に出かけていたママが帰ってきた。哲太パパもあたしも何も聞かずにママを迎え入れて、なにごともなかったかのように三人の暮らしがまた始まった。

ママは、マッサージ師としての哲太パパの成長におどろいて、とても喜び、自分も客のひとりとして哲太パパのマッサージを受けたりした。哲太パパは売れない俳優をしていたころよりずっとカッコよくなっていて、もしも映画やテレビで「さすらいのマッサージ師」なんていう企画があったとしたら、絶対、哲太パパはスターになっちゃうよね、などと、ママとふたりでくだらないことをいってはしゃぎ合った。

あたしが四年生になった春の日、ママが買ってきた桜もちを食べていると、ママは春風みたいに気だるい声でこういった。「ユーラ。今度、ちょっと会ってほしいヒトがいるんだけど」。あたしはイヤな予感がして、桜もちを口に入れたままかたまってしまった。そっとママを盗み見ると、ママは腰のあたりをトントン叩《たた》いて、やっぱり春風みたいに気だるい声でいった。「なんだか腰が重いな。哲太パパにマッサージしてもらわなくちゃ。やっぱり哲太パパのマッサージがいちばん好きだな」。そんなママの声をききながら、あたしはこのママには逆らえないかも、と、思ってしまった。

ママにつれていかれたのは、恵比寿《えびす》駅に近いスナックだった。八人掛けぐらいのカウンターと、テーブル席が三つ。さっぱりとしてかんじのいい店だ。ママはあたしをつれてテーブル席に坐ると、「ここは料理もけっこういけるの」といって、手羽先の唐揚とタラモサラダを注文した。ママはいつものようにユラユラ、フワフワしたかんじで赤ワインをのんでいる。やがて、白いTシャツに黒い腰エプロンを着けた店員が料理をはこんできた。ママよりだいぶ若くて、ワックスをつけた髪の毛がツンツン立っていて、ジーンズをはいたお尻《しり》が小さくてキュッとしている感じの男の人だった。

「この子があたしの大事なユーラ。こっちが純クン」。そのお尻が小さくてツンツン髪の男が、三人目のパパになる後藤純クンだった。でも、こういうシーンは初めてじゃないから、あたしにだって少しばかりゆとりがあった。ママが次にいうことぐらいわかっている。ママは思ったとおりのことをいった。「ママ、純クンと暮らそうと思ってるの。ユーラは彼のことどう思う?」「ママ。そんなことより哲太パパはどうなるの?」「あら、哲太パパにはユーラがいるじゃない」。あたしは思わずズッコケてしまう。あたしがいるじゃないって、それ、どーゆーこと?

ママはタラモサラダをひとくち食べ、「おいしいね、純クン」とほめてから、こういった。「哲太パパはユーラと一緒がいいんですって。ユーラにとっても、哲太パパはステキなパパでしょ？　だから、純クンと暮らすのはママひとりでもいいの。それとも、ユーラもママと一緒にくる？」そんなことできっこない。あんなに忙しいさすらいのマッサージ師をひとりになんてしておけない。「ユーラは純クンのこと嫌い？　嫌いじゃない？」ふくれっ面をしたあたしの前に、純クンが手をさし出した。思わずあたしも手をさし出すと、純クンはその手をそっと握って握手した。水仕事をしていたのだろうか、純クンの手はひんやり冷たかったけれど、その手の感触はとても静かでやさしかった。

ママは純クンと暮らし始めて、純クンはあたしにとって三人目の純パパになった。すごく若いパパだ。

さっそく遊びにいってみると、ママたちの部屋はとっても陽あたりのいいマンションだった。純パパの本職は売れない作曲家なのだけれど、恵比寿の店の雇われ店長をしていて、そのアルバイトでもらうお給料のほとんどを注ぎ込んで、ママのために陽あたりのいいマンションを借りているらしい。けっこういい奴《やつ》かも。哲太パパとあたしの部屋もこれくらい陽あたりがいいといいんだけどな。よーし、哲太パパにさすらいのマッサージ師としてうんと稼いでもらって、あたしたちもうんと陽あたりのいいアパートへ引っ越そう。

それにしてもママは、売れないアーティストにひかれるみたい。売れない画家の朝夫パパ。売れない俳優だった哲太パパ。売れない作曲家の純パパ。みんなウダツがあがらない。ウダツはあがらないけれど、みんなすごく気持がキレイだ。そしてママのことを理解して、愛している。大事に思っている。本当に不思議な家族だと思う。ママとあたしをのぞけば、みんなバラバラの他人なのに、なんだか家族みたいな気分がする。いつもは離れ離れで淋しいと思う時もあるけれど、たまに、ママやあたしのバースデーなんかでみんなが集まると、すごく嬉しくて懐《なつ》かしい。三人のパパたちも仲がいい。それはたぶん、ママがいるからだ。ユラユラフワフワの不思議な宇宙みたいなママがいるからだ。

そんなあたしの家族のことをクラスメイトのチエちゃんにだけ教えてあげたら、チエちゃんはちょっと寄り目になって「う〜ん」とうなってからこういった。「ユーラはフクザツな家庭環境で育ったんだねぇ。よくそれでグレたりしないもんだ」「なんでグレるの?」「フッー、グレルだろ。ママが次々オトコ作るんだから」。チエちゃんのいうこともわかるけれど、でも、あたしはグレたりしない。というより、グレてるヒマなんか全然ない。

だって、哲太パパとの毎日の他に、日曜日ごとの朝夫パパとのひとときがあるし、もちろん学校生活も友だちとの付き合いもある。ママとも時々会いたいし。純パパとだってママぬきで会ったりもしている。そんな時、純パパは自分が作曲した曲のテープを持ってきて、あたしに聞かせてくれる。現代音楽とかいうらしいけれど、あたしにはさっぱりわからない。でも、そんなことといったら、純パパがかわいそうだから、「よくわかんないけど、あたしは好きだな」といってあげる。そうすると純パパはすごく喜んで、ケーキと紅茶をおごってくれる。血のつながらない親子の付き合いというのもなかなか大変なのだ。

このあいだ、久しぶりにママがうちへきたから、ふたりでメンチカツを作ることにした。ママからおそわったように牛と豚の塊りを買って、それを包丁で細かく叩いて、生の玉ネギと生のパン粉を入れて、かきまぜて。ママはあたしの手際《てぎわ》のよさに感心する。そしてしみじみという。「ユーラ。本当に、すっかり、ユーラらしくなってきたね」「なに、それ」「どこまでも果てしなくつづくユーラシアの大地みたいにたくましくなったってこと」「ママ、ちょっとオーバーだよ」。あたしはフライパンに油を入れてあたためながら、キャベツをたっぷり刻み始める。

「ねぇ、ユーラ」、ママがキャベツを刻むあたしに声をかける。「ハートって、鍛えるとどんどん強くなるって、知ってる?」「本当に?」「本当だよ。ハートも筋肉だから、使わないでいるとどんどん弱くなっちゃうけど、使えば使うほどタフになれる。ユーラのハートもすごくタフになったみたい。みんなをたくさん愛してくれてるからだね」

めずらしくママにほめられて、胸の奥あたりがくすぐったくなる。あたしは今でもクラスの中で一、二を争うくらいのチビだけれど、このごろ少しだけ胸がふくらみ始めている。そのふくらみかけた胸の奥がくすぐったいよ。ママはそんなあたしのくすぐったさを察知したみたいに、あたしを抱き寄せると、くすぐったい小さな胸にタッチしながらこういった。「ユーラ。今度、ちょっと会ってほしいヒトがいるの」メンチカツが油の中で香ばしい匂《にお》いをさせて揚がっている。あたしはママに怒ったり抗議するより先に、四人目のパパはどんな男なのだろうかとひそかに想像してしまう。ママのいうとおり、あたしのハートはタフになったのかも。オッパイはまだ小さいけれど。そしてあたしの超多忙な日々はとうぶん終りそうにない。

吾輩は牝猫《めす》である

なんでも『吾輩《わがはい》は猫である』とかいう有名な小説があるらしいけど、アタシは知っちゃいないわ。だってアタシ、猫ですもん。スラリとした美人の牝猫よ。

「名前はまだ無い。どこで生まれたか頓と見当がつかぬ。何でも薄暗いじめじめした所でニャーニャー泣いていた事だけは記憶している」ような、卑《いや》しいノラとは育ちがちがうの。ピッカピカのお嬢様育ちなの。

アタシが生まれたのはブリーダーとかいうペットの繁殖業者のところで、そこから東京の青山通りにあるオシャレなペットショップに送られたの。そこで今のご主人様に見初められたってわけ。このご主人様もアタシと同じ牝で、おまけに同じ七赤金星のカニ座の生まれなんですって。ゾッとするようなご縁なのかも。

ペットショップに送られた時のアタシはまだ二ヶ月にもなっていなかったし、七匹生まれた中のいちばん末っ子でもあったからオッパイも上手に飲めなくて痩《や》せこけていて、毛並はショボショボ、泣き声はか細いし鼻水は垂れているし、おまけにメヤニの溜《た》まった涙眼。でも、それがよかったみたい。誰かがこの子に救いの手をさしのべて守ってあげなくちゃ。可哀相《かわいそう》で放っておけないって感じ？　もっとお利口そうだったり元気そうだったりする猫の中から、湿った脱脂綿のかたまりみたいなアタシを抱き上げてくれたってわけ。

この女主人、「コラム」とか「エッセイ」とかいうものを書いている自称「雑文業者」らしいけど、たとえ雑文であってもモノを書く人間ならもう少し見る眼があってもいいんじゃない？　ショボくれた毛並で泣き声が小さくて涙眼だからって、性質まで気弱で大人しくてしおらしいとは限らないでしょ。外側だけで決めつけちゃダメよ。モノ書きのくせに見る眼がないのよねぇ。バッカみたい。アタシはちっとも気弱でもしおらしくもありませ――ん。よくそれで「コラム」なんて書けるもんだ。この女主人、男を見る眼もないみたい。だから四十近い年頃になってもまだ独り暮らしなのよね。可哀相で放っておけないって感じ？

そもそもアタシがここに棲《す》むようになったのにはストーリーがあるの。

アタシがくる前から女主人の部屋には一匹の猫がいて、それがとっても思慮深くて立派な牡猫《おす》だったの。もともと女主人は犬派で、猫には興味がなかったらしいんだけど、それがなぜ猫と暮らすようになったのかといえば、原因はよくある話で男。見る眼もないくせに外見で一目惚《ぼ》れしちゃった男が猫と一緒に転がり込んできたってわけ。本心としてはあまり歓迎ではなかったらしいんだけど、その男に太っ腹なところを見せようとええ恰好《かっこう》して、男と猫とどっちの世話も引き受けることにしたの。

男の世話には手がかかったけど、猫はほとんど手がかからなかったらしいわ。そりゃあそうよ、猫は食事さえ与えてもらえれば、あとのことは自分で始末できるもの。人間の男みたいに甘えてないもの。ちゃんと自立しているんだから、猫族は。その食事だってキャットフードだから簡単。それは男の方針だったみたい。人間の食べ物を与えると味を覚えて生ゴミを漁《あさ》るようになる。それはみっともない。そんなことはさせたくない。だからキャットフードだけで育てる。たしかに筋が通ってるわ。でもドライのキャットフードだけじゃ味気なくてつまらないんじゃないかしら。可哀相だ。女主人はそう思ったわけ。

なにしろうちの女主人ときたらやたら食いしん坊で「一食たりともまずいものは口に入れない」というのが座右の銘だもの。どんなに忙しくたって、たいていは自炊で、三食きちんとおいしい食事をいただく。仕事は落としても食事は絶対に落とさないってわけ。でもそれって、食い意地が張ってるだけなのかもね。

キャットフードだけじゃ可哀相だけど、猫の食事のことで男とぶつかるのも面倒くさいな。どうしよう。こっそり何か食べさせてみようか。などと思いつつ、女主人がひとり昼めしのソバをすすっていた時のこと。ちょうどテレビでくだらないバラエティ番組をやっていたから、よしっ、今週の「コラム」でこきおろしてやろうと画面を睨《にら》んでいたんだけど、ついヘラヘラ笑ったはずみにソバを一本落としてしまった。するとそれまで人間の食べ物なんて欲しがったこともない思慮深くて立派な猫が駆け寄ってきて、そのソバをツルリと食べてしまったんですって。女主人はびっくり仰天して、試しにもう一本ソバを猫の顔の前にぶら下げてみた。再びツルリ。そればかりか、もっと欲しいと、ずんぐりした前脚を女主人の膝《ひざ》に乗せておねだりしたらしいの。

女主人はもう大喜び。だって彼女のいちばんの好物がソバなんだもの。ところが相手の男はウドン好き。内心ダサイ奴《やつ》だ、面白くないと思っていた女主人は猫がソバ好きと分かるともう嬉《うれ》しくて、それからは男がいない食事の時には必ずソバを茹《ゆ》でて猫とツルツルやったらしいわ。なんたって思慮深くて立派な猫だから、やたらズルズルとソバをすすったりはしないで、ずんぐりした前脚の片方を上手に使って、長いソバをひょいとからめるようにして食べたそうよ。たいしたものだわ。すごいわよねぇ。

アタシにはとてもできそうにないわ。それにアタシ、ソバはあまり好かないの。だって、なんだか年寄りじみてない？ソバを好む猫だなんて。

そうそう、アタシが女主人のところに棲みつくようになったいきさつよね。

思慮深い猫と男と三人、それなりに平穏で食い意地の張った日々を過ごして半年が経《た》った春うららの日。ふと気が付くと男も男の荷物も消えていて、「お後、よろしくお願いします」と書かれた札を首からぶら下げた思慮深い猫だけが残されていたんですって。嫌ぁねぇ、人間の男って。勝手よねぇ、許せないわよねぇ。

でもそういう時、うちの女主人は怒れないタチらしいの。そうなったものはそうなっちゃったのだから仕方がない。怒ったり恨んだりわめいたりしてみたところで男が帰ってくるわけじゃない。帰ってきたとしても元のままの平穏な日々が取り戻せるわけじゃない。いっぺんダメになったものはどんな接着剤を使ったところでヒビは消えないどころか、ジワジワと再び亀裂《きれつ》を拡《ひろ》げていくにちがいない。

妙に論理的よねぇ。そりゃあその通りかもしれないけど、なんだか年寄りくさくない？　立派な猫の思慮深さが伝染したのかしらとも思うけど、もしかしたらこれまでにも似たような辛《つら》い経験がいろいろあったんじゃないかしら。詳しく聞いたことも聞かされたこともないけど、アタシはそう感じるの。でも、経験が無駄にされていないっていうことでは一応いいんじゃないかしら。だって、世の中には経験が全然活《い》かされてない人間がいっぱいいるらしいじゃない？　女主人がよく嘆いているわ。この国はなんべん選挙をしても毎回同じような結果にしかならん。どーなってんだ。どいつもこいつも、怒ることを知らないのかァ⁉　ですって。自分だって男に勝手なことをされても怒れないくせに。嫌ぁねぇ。

猫派でもないのに突然、猫を押しつけられるようになった女主人は、ずいぶんと彼（猫）に気をつかったらしいわ。猫と一緒に暮らしたことがないから、猫の扱い方がよく分からなかったのよね。おいしそうなソバをいろいろ取り寄せてはすすめてみたり、水を白神《しらかみ》山地の水や深層水に替えてみたり、リンパマッサージをしてあげたり。なにしろ思慮深い猫は単純な猫ジャラシなんかで遊ぶのが大嫌いだったから。でもいくら気をつかってもだんだん元気がなくなって淋《さみ》しそうになって。それを見て女主人は、猫の孤独は人間なんかじゃ癒《いや》してやれぬ、それより彼の相手になる牝猫を見つけてあげよう！

そう思いたった女主人は忙しい仕事の間をぬって、というより怠けてばかりいるからお尻《しり》に火が付きそうな仕事を放っぽり出して自転車をこぎ、青山通りのペットショップに出かけたってわけ。そしてアタシと出逢《であ》ったの。

そのままいけばアタシは思慮深くて立派な猫のお嫁さんになる筈《はず》だったんだけど、そうはならなかった。人生って、猫でも人間でも一寸先のことなんて分からないものなのよねえ。アタシがここにきてじき、彼がいなくなってしまったの。忽然《こつぜん》と消えちゃったの。それまで外に出たことは一度もなくて、だって女主人の部屋はマンションの八階だから、そんなとこのベランダに出て落っこちでもしたら大変だし階段も危ないし、だからずっと部屋猫で暮らしてたの。その彼が消えちゃったの。

女主人はベーベー泣きながら近所中を探しまわって、交番にも行って、電信柱にベタベタ「探し猫」の貼《は》り紙もしたの。男がいなくなった時とは大ちがいの取り乱し様だったらしいわ。それでもとうとう見つからなくて、女主人はこう思うことにしたの。「きっとあの男が戻ってきて猫をつれていったんだわ。まだ合い鍵《かぎ》を持っている筈だから。そうよ、そうに決まってる。あの男が引き取りにきてくれたんだわ」。さあ、どうかしらねぇ。あたしは半信半疑だったけど、それよりアタシを抱いていつまでもメソメソしている女主人を見てヤレヤレと思ったわ。これから先ずっと、この本当は淋しがりやで未練がましくて涙もろい女主人の相手をしていかなくちゃならないんだもの。猫の手に負えるかしら。でも、ま、仕方ないわ。この広大な宇宙の片隅でめぐり逢って一緒に暮らすことになったんだもの。これもご縁よね。

こうしてアタシと女主人の、二人三脚みたいな日々が始まったの。アタシはここにきて初めて、人間をじっくり見物することになったんだけど、だってペットショップにいた時はまだ湿った脱脂綿のかたまりで眼もよく見えなかったから。ここで見物するかぎりで言えば、人間って奇妙な生き物よねぇ。少くとも猫の方がずっとシンプルで論理的な生きものだわ。もっともうちの女主人が人間代表のサンプルになるとはとても思えないけど。

なにしろよく食べるのよ、うちの女主人。量がやたら多いとは思わないけど、四六時中、なにかしら口に入れてクチャクチャしているの。入れるものがないとツメを嚙《か》んだりエンピツをかじったり、もっとひどい時はアタシを強引に抱き寄せて耳だの首のうしろだのに歯を立ててるんだから。もちろん本気で嚙みつきゃしないけど、でも嚙まれる方の身としてはその度に緊張するわ。ひょっとして、ってこともあるじゃない。猫とちがって人間は何をしでかすか分からないところがある動物だから。

でも、女主人がクチャクチャしている姿を眺めているのは嫌いじゃないわ。静かな部屋の中に食べ物を咀嚼《そしゃく》する音だけが聞こえていて、アタシは陽だまりで丸まってうつらうつらして。あんまり気持いい時間が続きすぎると心配になってくるけど。だって締め切がもうとっくに過ぎてる筈なのに、クチャクチャダラダラばっかりしているんですもの。そろそろパソコンに向かってもらわないと。アタシの毎月のエサ代は女主人の細腕じゃなくて太腕にかかってるんだから。心配になっちゃうわよ。でもアタシも女主人に負けないくらいの怠けものだから、うつらうつらしてるのが大好き。猫は一日二十時間寝るのが仕事なんだから。嘘《うそ》じゃないわ、本当よ。

それに女主人がクチャクチャしてくれているとうるさくないんだもの。そうじゃない時にはしょっちゅうアタシに話しかけてくるから、正直なところ、うるさいのよね。たぶん、あちらはアタシが人間の言葉を分からないと思っていて、だから何でもかんでも喋《しゃべ》るんだろうけど、人間の言葉くらい分かりますって。でも分かるって教えたらよけいうるさく喋りかけられるだろうから、分からないフリをしてるだけ。それでもしつこく話しかけたり、ひとりごとの相手をさせるんだもの、たまらないわ。

グチや繰り言を聞かされるのはまだしも、仕事の相談っていうか、「ねぇ、どう思う？　許せないと思わない？」なんて聞かれても答えようがないじゃない。だってアタシは新聞もテレビも見ないし、アタシにとっての世界はこの中古の、散らかった、2DKのマンションの中だけなんだもの。世の中の動きというか表層的なことは分からないわ。本質的なことだったら猫にだって分かるんだけど。

そうだ、忘れるとこだった。アタシ、「タマちゃん」って呼ばれてるの。フルネームは「シラタマ（白玉）ちゃん」。でも変よねぇ。アタシが白猫ならその名前も分かるけど、アタシは黒と茶と白が交じってる三毛猫なのよ。それがどうして白玉なの？　ま、たいした理由なんかありゃしないの。ただ女主人が白玉を好きなだけ。別にイヤな名前じゃないからいいんだけど、どうせなら「タマちゃん」なんて省略しないで「シラタマちゃん」ってフルネームで呼んでほしいもんだわ。

いっぺんだけ白玉を食べさせられたことがあったっけ。ここにきて初めての夏の暑い日で、仕事にいきづまった女主人は「よーし、こうなったら白玉でも食べるぞ」だなんて訳の分からないことをわめきながら粉を練って、鍋《なべ》に湯を沸かして作り始めたの。アタシは関係ないからクーラーのそばでうつらうつらしてたらいきなり抱き上げられて、「ホラ、見てごらん。これが白玉、きれいだよねぇ」。ボールに張った水の中にひっそりと沈んでいる、真っ白な小さなお団子みたいなものを見せられたの。

それが何なのかさっぱり分からなかったけど、たしかにきれいだったわ。台所の窓辺に置いてある小さな鉢植えの葉影が水面《みなも》に映ってユラユラ揺れていて、その小さな白いお団子までユラユラしてるの。あぁ、あのお団子を転がしてジャレてみたい。そう思ってジッと見てたら、女主人はすっかり誤解して「あら、タマちゃんたら白玉食べたいの？　おぉ、よしよし」なんて言って、アタシにも白玉を食べさせようとしたの。何？　あれ。味も匂いもなくて、歯にはくっ付いちゃうし。思いきり女主人の腕を蹴《け》っぽって逃げてやったわ。人間って、変なものを食べるのよねぇ。

変、といえば、ここへやって来る連中もみんなちょっと変みたい。アタシ、外の世界のことは知らないけど、変じゃない人間もいるのかしら。

いちばんよく来るのが編集者たち、次が友人知人。昔からの付き合いのもいれば、最近酒場とやらで親しくなったのもいる。牡なのか牝なのか判然としないのもいるわ。猫にはああいうタイプはいないわね。それから宅急便のお兄さん。女主人はインターネットで買い物をするのが趣味だから、けっこうよく宅急便が届くの。ひとりイイ感じの男がいるの。その男がくると、アタシ、自分じゃそんなつもりはないのに甘やかな声で鳴いちゃうの。ミャ〜〜。不思議よねぇ。どうしてあんな声が出るのかしら。たまには女主人もあんな声を出してみればいいのに。いっつも怒ったりグチったり文句ばかり言ってないでさ。でもひょっとすると、アタシの知らないとこで甘やかな声を出しているのかも。嫌ぁねぇ。

あら、手羽先の匂いがしてきた。いい匂いだわ。アタシも思慮深くて立派な猫の流れを汲《く》んでペットフードで育てられたから人間の食べ物には手を出さないんだけど、それでもやっぱり心ひかれちゃう幾つかのものがあるの。そのひとつがトリの手羽先。牛でも豚でも魚でさえなくて、手羽先。だから匂いですぐ分かるの。たぶん、女主人の大好物だからだわ。こうしょっちゅういい匂いをさせて、手づかみでムシャムシャおいしそうに食べるのを見せつけられたら猫だってたまらなくなるわよ。いつか盗んでやろうって狙《ねら》ってるんだけど、こういう時だけは隙《すき》がないのよねぇ、うちの女主人。骨までしゃぶって食べ尽くすとすぐビニール袋にきちんと入れて捨てちゃうんだもの。つまらないったらありゃしない。でもいつかきっと盗んでつまみ食いしてやる。

電話が鳴った。話の様子からすると、今書こうとして書けないでいるエッセイの担当編集者よ、きっと。彼女も変なのよねぇ。大きなお尻を揺らしながら小走りに駆け込んできて、なぜだかいっつも駆け込んでくるのよね。そのくせデンと坐《すわ》ったあとはもう全然動かなくて、ポットと茶びつを引き寄せてセルフサービスでお茶を淹《い》れて何杯でも飲みながら、仕事の話をするかなと思っているとまるで関係ないくだらない世間話ばかりして、それをまた女主人は膝をのり出すように「ほほう」とか「なーるほど」とか言いながら聞き耳を立てて。いったい何をしにきたのかしらねぇ。

その女編集者の顔が面白いの。猫派じゃなくて犬派の顔。それも狛犬《こまいぬ》。神社の入口の両側に坐ってるムッツリした二匹の犬がいるでしょ？　あれよ。アタシが言ってるわけじゃないわよ。女主人がいつもそう言ってるの。いつだったか神社の狛犬が写ってる写真を見せられたことがあったけど、たしかにそっくり。その狛犬みたいな女編集者がアタシのことを好きらしくて、女主人とのお喋りに疲れてくると、すぐアタシを抱こうとするの。おまけに犬みたいな顔をしてるくせに、猫の鳴き声を真似《まね》して猫《ねこ》撫《な》で声《ごえ》で話しかけてくるの。「ミャーミャー、いい子にしてまちゅかぁ？　お腹《なか》ちゅいていまちぇんかぁ？」。気色わるぅ。それにどうせ猫に話しかけるのなら、もう少しマシな内容で話しかけてほしいものだわ。

昼間から手羽先と里芋の煮込みを食べてお腹のきつくなった女主人は大きな欠伸《あくび》をすると、そのままカーペットの上にゴロリと横になっちゃったわ。大丈夫かしら、締め切。猫のアタシだってちょっとくらいは気になるのに、太っ腹よねぇ、こういう時だけは。「書けるものは書ける。書けぬものは書けぬ。慌《あわ》てず騒がずのんびりいこう」だなんて、訳のわからないことをムニャムニャ言ってるうちに眠っちゃったわ、このヒト。おいしいものをたらふく食べればお腹がきつくなる。お腹がきつくなれば眠くなる。眠いから瞼《まぶた》が重くなって寝てしまう。そんな簡単な三段論法も分からないのかしら。分かっていても食い意地には勝てないのかしら。嫌ぁねぇ。

でも。アタシはそんな女主人が嫌いじゃないわ。他に親しい生き物がいないからかもしれないけど、なんとなくこのヒトといると安心するの。似たもの同士だからかもしれない。食っちゃ寝、食っちゃ寝、そんなことばかりしてて。アタシも女主人も。アタシたちの日々はきっと「舌」に使われて生きているんだわ。くだらないという方々もいるかもしれないけど、じゃあ皆さんは何のために生きてるの？

食べることと眠ること。生き物にとって根源的な欲望じゃない。アタシは恥しいと思わない。その二つを充《み》たしていればこそ、朝の光や風をいい気持だなって感じることだってできるんだもの。

我が家で朝起きていちばんにするのは窓を開け放つこと。雨が降ってでもいないかぎり窓を開け放ってアミ戸にして（アタシが飛び出ない用心のためらしいわ）、女主人はアタシを抱き上げて朝の光と風を感じさせてくれるの。ふたりの眼にはまだメヤニがくっ付いていて、でもとっても眩《まぶ》しくて気持がよくて。２ＤＫの小さな世界かもしれないけど、ここで生きているのも悪くないな、そう思えてくるの。

それにしても女主人、昼ごはんも食べすぎだし昼寝もしすぎよねぇ。近ごろ女主人がいたく感心したコトバがあるの。誰かのマンガに書いてあったらしいわ。いたずらばかりしているワルガキの高校生が、宿題をさぼって昼寝をしているの。それを見付けたオフクロさんが怒鳴りつけるわけ。「コラッ、昼寝ばっかりしおって!」「いかんか?　母ちゃん」「いかん」「じゃあ、どーすればいい?」「ちゃんと勉強して、大学へ入る」「それで?」「ちゃんと卒業して、一流会社に就職する」「それから?」「ちゃんと仕事をして出世して、ちゃんと退職金をもらう」「それから?」「決まっとるだろ。あとはゆっくり昼寝でもしてたらええ」「だからオレは今からそれをしとるだけじゃ」

アタシも女主人も食っちゃ寝食っちゃ寝。もちろんアタシが一日二十時間も眠っている間に、時たま、ほんの時たまだけど女主人がパソコンに向かって、無い智恵《ちえ》を絞ってシコシコ仕事していることをアタシは知っている。でもアタシが薄眼をあけて見守っていることを女主人は気付かない。アタシは息をひそめて女主人のそばにいる。他には何もしてあげられないけど、いつだってちゃんとそばにいてあげる。

ミンチ・ガール

そうなんだ、アタシって、挽《ひ》き肉《にく》好きなんだ。

そのことに初めて気付いたのは、デザイン系の専門学校を出て、ブティックの店員として働き始めてじきのころだった。あのころは仕事も新鮮で、半同棲《どうせい》的生活をエンジョイするボーイフレンドもいた。サブちゃん。そのサブちゃんに指摘されたのだ。

あの夜もアタシは仕事を終えると大急ぎで二人のアパートに帰り、手を洗ってウガイだけすると、洋服を着替える時間も惜しんで料理の支度を始めた。とりたてて料理が得意なわけでも上手なわけでもないけれど、好きな男のためにはせっせと作りたくなってしまうのだ。自分ひとりのためには料理なんて絶対する気になれないくせに、オトコのためだと相手を喜ばせたくて、ついせっせせっせと作ってしまう。

サブちゃんも大急ぎで帰ってきてくれる。メニューはワンタンスープと、チンゲン菜の挽き肉あんかけと、アタシの大好物の麻婆《マーボー》豆腐と、そぼろごはん。インスタントのスープの素《もと》や麻婆豆腐の素なんかも使っちゃうけれど、けっこうイケテル品揃《しなぞろ》えのつもりだ。

アタシは狭い台所で鍋《なべ》やフライパンをガチャガチャさせて料理を作り、サブちゃんは折りたたみ式の卓袱台《ちゃぶだい》を出して茶碗《ちゃわん》や皿や箸《はし》を並べ終えるとテレビを付け、缶ビールを片手にのんびりとでかい体を横たえる。アタシは、料理にいそしむアタシのそばで、オトコがのんびりくつろぐ姿を見るのが好きだ。

熱々の出来たてを大ぶりの器に盛りつけて、アタシも卓袱台に向かう。サブちゃんは冷蔵庫から新しいビールを取り出して、二人のコップに注いでくれる。盛り上がった泡がショボクレないうちに、唇を突き出して一気に飲み干す。ふいーっ。「いっただきまーす!」大きな声でそう言って、二人の遅い夕餉《ゆうげ》が始まる。

サブちゃんはいつだっておいしそうに食べてくれる。アタシは、オトコがおいしそうにごはんを食べる姿を見るのも好きだ。

たくさん作った料理が半分くらい平らげられたころ、サブちゃんはあんかけの中から挽き肉のひと粒を箸でつまみ上げて、しみじみ言った。

「お前ってさ、ホント、挽き肉好きだよなァ」

「え?」、すぐには言われたことがわからなかった。

サブちゃんは箸の先でつまんだ挽き肉を口に入れ、前歯で嚙《か》みながらつづけた。

「だから、お前の作る料理はいっつも挽き肉ばっかりだっつうの」

アタシは半分くらいになった卓袱台の料理を見回した。たしかに、挽き肉料理ばっかりだ。言われてみればアタシって、挽き肉好きなのかもしれない。自分では気付いていなかったこの新鮮な発見に、アタシの胃袋はときめいた。

「俺だってさ、たまには塊りの肉が食いたくなる時もあるんだぜ」

「ええッ、そうなの？」

「別に、挽き肉も嫌いじゃないからいいけど」

サブちゃんはそう呟《つぶや》くと、そぼろごはんの上に麻婆豆腐をぶっかけて威勢よくかき込んだ。

ロールキャベツにハンバーグ、肉団子の甘酢あんかけ、挽き肉のオムレツ、ピーマンの挽き肉詰め、春雨や茄子《なす》の麻婆風、カレーならやっぱりキーマカレーだ。いったいいつからこんなにも挽き肉好きになってしまったんだろう。

ぼんやりと辿《たど》った記憶の底から、母さんの姿が浮かんでくる。父さんが早く死んだので、母さんは保険の外交をしながら三人の子供を育ててくれた。そんな母さんは仕事から帰ってくると、真っしぐらに台所へ突進して、洗い晒《ざら》しのエプロンを太めのお腹《なか》に巻きつける。腕まくりをして、料理開始。大急ぎで作るから、ジャガ芋の皮はところどころ残っているし、モヤシのヒゲもさやえんどうのスジもくっ付けたまんまだったけれど、育ち盛りのアタシたちにとっては、母さんの料理が「食」のすべてだった。

そんな母さんの料理にはいつも挽き肉が使われていた。どんな素材にも馴染《なじ》んでくれるし、料理も手早くできるし、値段も廉価《れんか》だし。安くて旨《うま》くて簡単。挽き肉は母子家庭の救世主だわ、と、母さんは言っていた。そんな母さんの料理で育ったから、アタシもいつのまにか挽き肉好きになっていたのだろう。服も着替えず大急ぎで作り出すところなんかも母さんそっくり。

それからもアタシはサブちゃんのために簡単挽き肉料理をせっせと作りつづけた。

半同棲的生活が二年を過ぎたころから、サブちゃんは二人のアパートに帰ってくることが少なくなった。でも、アタシは何も訊《き》かなかった。そのテのことは問いつめてみたって仕方ないと思っていたし、問いつめることが怖くもあったし。だってアタシはアタシに自信なんて全然ないから。だから不安になると、せっせと挽き肉料理を作ってサブちゃんを待っていた。

クリスマスが近づいた寒い晩、アタシは仕事帰りに立ち寄ったスーパーで、安売りのスパークリングワインと挽き肉をどっさり買い込んでアパートに戻った。部屋の明かりを点《つ》けると、無人の部屋の卓袱台の上に、クリスマスプレゼントらしき包みが置かれていた。サブちゃんからだ！　大急ぎで包みを開けると、ずっと前から欲しいと思っていたベルギー製の青い鹿《しか》と樹々《きぎ》の模様のマグカップだった。嬉《うれ》しくてそっと手に取ってみたらカラカラ音がして、マグカップの中からアパートの鍵《かぎ》が転がり落ちた。カランと、冷たい音を立てて、サブちゃんが持っていた鍵が転がり落ちた。

二人がいたアパートに、アタシひとりが残った。その年のクリスマスからお正月にかけては最悪だった。すごく寒くて、すごく淋《さみ》しくて。離れてみたら、思っていた以上にずっと大きく、サブちゃんはアタシの中に棲《す》みついていた。淋しさをトカゲの尻《しっ》尾《ぽ》みたいに切り離してしまえればいいのに。すぐに新しい尻尾が生えてきて、傷口を埋めてくれるから。でも、アタシの淋しさは尻尾じゃないから、いつまでも寒くて痛かった。仕事は順調で忙しかったけれど、寒くて痛くて仕方なかった。

あのころからアタシは、ちょっと壊れたみたいにお酒をたくさん飲むようになった。たくさん飲んで、アタシという存在がグニャグニャになるくらい酔いどれてしまうと、つい、オトコとセックスしてしまうことがあった。けっこう時々、そういうことがあったりした。

でも、記憶が曖昧模糊《あいまいもこ》としていても、いいかげんなことをしたつもりじゃなかった。たぶん、いつもならちゃんと封じ込めていられる淋しさのエキスのようなものが、血液中のアルコール濃度が深まるにつれてとめどなく流れ出てきてしまうのかもしれない。いいかげんではないのだけれど、ちょっとだらしないという認識は持っていた。だからといって、とめどなくグニャグニャになってしまった時のアタシにはどうすることもできないのだけれど。

一度きりで終るオトコもいたし、その後で付き合うことになるオトコもいた。いくら酔いどれていたって、嫌いな相手とセックスまでしたりしないから、そのオトコからまた誘われれば断わる理由はない。アタシは生来、他人から頼まれたり望まれたりしたことを断わるのがヘタクソなのだ。あるいは、行きずりのようなセックスで始まったオトコたちにも、もしかしたら、サブちゃんの時みたいにちゃんと付き合うようになれることを、アタシは心と体のどこかで望んでいたのかもしれない。

オトコたちはどのオトコも、アタシの都合じゃなくて、自分の都合と気分で電話をかけてくる。たいていは酒場から。きっと、お酒を飲んでいるうちに、退屈になったり、欲望がくすぶってきたりするんだろう。

「何してんの？　もう寝ちゃってた？　ひとり？　じゃあさ、一緒に飲まない？　これからそっち、行ってもいいのかな?」

「いいよ」

アタシはシンプルに応《こた》える。本当は、寝酒に泡盛のロックを三杯、くいーっとひっかけてぐーっと寝入ってたとこなんだけれど。そんな言いわけめいたことは口にしないで、「いいよ」とだけシンプルに応えてあげる。

大急ぎでパジャマを脱ぎ捨て冷たい水で顔を洗って、Tシャツ一枚になって、料理を始める。もしかしたらオトコがお腹を空《す》かしてやってくるかもしれないから。あったかいスープなんかがあったら嬉しいじゃない。お腹が空いてなかったら、ひと汗かいたあとで食べてもいいし、そのまま寝入ってしまったら、朝ごはんの代りだっていいし。

冷蔵庫には挽き肉が入っている。いつなんどきこうゆう事態になってもいいように、とりあえず挽き肉だけは確保してある。挽き肉は母子家庭だけじゃなくて、アタシみたいな独り居のオンナの救世主でもあるのだ。ちょうどワンタンの皮もあるから、ワンタンスープにしよう。

長ネギを刻んで、ニンニクと生姜《しょうが》をすって、ボールの中で挽き肉とかきまぜる。グニュグニュグニュグニュ。台所の小窓の外を車のテールランプがひっそり通り過ぎていく。グニュグニュグニュグニュ。やがて粒々だった挽き肉はなめらかになって、アタシの指にまとわりつく。灰暗《ほのぐら》い台所の流しにもたれて、アタシは指にからまる挽き肉を見つめながら呟いてしまう。

「アタシって、挽き肉みたい」

だって。たいていの素材（オトコ）なら受け入れ可能だし、調理（付き合い方）もシンプルで簡単だし、廉価（必ず割りカンにするから）でもあるし。ホント、挽き肉みたいな女だね、アタシって。あの時、サブちゃんが言ったコトバがよみがえってくる。

「俺だってさ、たまには塊りの肉が食いたくなる時もあるんだぜ」

そうだよね。たまにはステーキとか、角煮とか、香草グリルとか、こってりしたワインソース煮とかだって食べたくなるよね。よっしゃ。次のオトコが来る時のために、ステーキ肉でも買っておこう。

ドアのチャイムが鳴って、オトコがやってくる。飲みさしのワインボトルをぶら下げている。このあいだ、酒場の近くの自動販売機に煙草《たばこ》を買いに行った時、釣り銭を落として探していたオトコだ。酔っ払っているからなかなか拾えなくて、つい一緒に拾い集めてあげているうちに仲良くなったのだ。名前とか勤めている会社とかも聞いたけど、忘れてしまった。でも、顔と声は覚えている。

「ワンタンスープ、食べる?」と、アタシは訊く。オトコはそれには応えず、アタシの体を抱き寄せる。まだちょっとだけ寝酒の泡盛の匂《にお》いが残っているベッドに、オトコとアタシは倒れ込む。

息が苦しくなるようなキス(だって、唇と一緒に鼻にまでキスするんだもの)をされながら、ベッドサイドのスタンドに灯りを入れる。薄青い光が部屋を染める。なぜなら、オトコから電話があったあと、スタンドの上から青い薄布を被《かぶ》せておいたのだ。そうすると、古びてきた狭いアパートの部屋が「上海《シャンハイ》の売春宿」みたいになるから。

といったところで、アタシは上海に行ったことがないし、もちろん売春宿も見たことがない。いつか読んだ本にかいてあったのだ。

それはたしかイタリアの小説で、女主人公が若い恋人と旅に出る。フィレンツェのホテルに泊まった夜、女はナイトテーブルの電灯を青色のシフォンで包んで「上海の売春宿」にしてしまう。それから女は裸になってベッドに横たわる。恋人は彼女のためにバイオリンを弾く(彼はバイオリニストなのだ)。青い薄闇《うすやみ》の中で、女は耳からだけじゃなくて、肌からも音楽を聴くことが出来るエロスを感じていく……。

もちろん現実は、そんなロマンチックにコトは運ばない。青い薄闇になっても、アタシの部屋はやっぱり古びた狭いアパートの部屋だし、オトコはバイオリンなんか弾けっこない。だから代りに、CDをかける。アタシの好きなトム・ウェイツ。彼の歌を聴いているといつも思うのだけれど、どんな娼婦《しょうふ》だって、あの粗野でいとしい声で歌われたら、きっとレディになってしまう。酒場の紫煙の片隅で紅《あか》いバラの花束を差し出されたように、どんな娼婦もレディになってしまう。

オトコは会社帰りだからきちんと背広を着てネクタイまで結んでいる。それらのオトコの鎧《よろい》を脱ぎ捨てて、アタシの服も脱がしてくれる。とっても簡単。Tシャツ一枚だけだから。安くて旨くて簡単。それがアタシのモットー。

オトコとアタシはお腹を空かせた子供みたいに抱き合った。このオトコとは一週間位前にセックスしたのだけれど、どんなセックスだったのかよく覚えていない。あの夜もアタシという存在はグニャグニャになっていたから。でも、抱き合っているうちに、少しずつ思い出すかもしれない。挽き肉のカケラを拾い集めるみたいに。

トム・ウェイツがしゃがれた声で歌ってる。耳からだけじゃなくて肌からも聴くって、どんな感じなんだろう。皮膚の毛穴がぜんぶ小さな耳の穴みたいになって震えちゃうんだろうか?

オトコの愛撫《あいぶ》を受けながらアタシは眼を閉じて、今、アタシを抱いているオトコの顔を思い浮かべようとする。でも、オトコの顔はピカソの絵みたいに、いろんなオトコの顔のパーツから成り立つ複合顔になってしまう。それが時々サブちゃんの顔にもなる。ピカソになったりサブちゃんになったりする顔のオトコに抱かれながら、アタシはだんだんいい気持になってくる。顔がちゃんと思い浮かばなくたって、体はちゃんといい気持になれるのだ。このことと、肌からも音楽を聴けるということとは果たして通底するのであろうか。よくわからないけれど。

アタシの喉《のど》の奥からは知らず知らず、甘えた時の獣のような声が出てしまう。少しもアタシを抱くオトコに甘えたりはしていないのだけど、声だけが甘えていて、オトコはいっそう強くアタシを抱く。やがて、アタシという存在がバラバラになっていく。バラバラになって、それからなめらかになって、男の体にからみつく。ボールの中でかきまぜた挽き肉が指にからみつくように、オトコの体を包んでいく。すっかり挽き肉状態になってしまったアタシは、どんな素材もどんな調理も受け入れる。前から後から斜めから。押さえつけたり齧《かじ》ったり弾んだり。アタシは、アタシの体でオトコが喜んだり癒《いや》されていくのを見るのが好きだ。いつのまにかトム・ウェイツの歌は消えていて、青い薄闇の中には、アタシの甘える獣のような声とオトコの荒い息遣いだけが残っている。

かなりハードな仕事とお酒とオトコと。かくの如《ごと》き日々を過ごすアタシの心も体も少しずつ傷《いた》んでいるらしい。

時々、たいていは週末なのだけれど、朝起きると熱っぽくてオシッコがちゃんと出なくて下腹部が絞られるように痛い。医者の診断は「腎盂《じんう》腎炎《じんえん》」。膀胱炎《ぼうこうえん》の進行形らしい。「原因は三つ、考えられる」と、医者が言う。「一つ、ストレス。二つ、生理中、あるいはセックス時に何らかのバイ菌が入った。三つ、セックスの相手がヘタであった」。アタシがすぐに対応できずにいると、医者は薄笑いを唇の端に浮かべながら片手を突き出して、アタシのコトバをさえぎった。「いいんですいいんです。どれに該当するか言わなくていいんですよ」。すごく感じが悪かったけれど、熱のあるアタシは怒る元気さえなかった。

自分では原因がわかっている。三つの全部だ。ストレスもあるし、体調も弱っているときにセックスしちゃったし、相手のオトコも上手（デリケート）とはいえなかったかもしれない。でも、そのすべてはアタシの責任だ。アタシの体なのだから。そろそろ、少しは生活を変えてみなくては。そう思いながら、病院でもらった薬を飲んで痛みが消えると、またぞろ酒場に出かけて、気がつくとグニャグニャになり果てている。「イヤになっちゃうよなぁ」。意気地なしのアタシは自己嫌悪《けんお》を感じながらも、淋しさの連鎖を断ち切れない。

そんなアタシが新しいオトコと出会った。酒場の暗がりなんかじゃなくて、眩《まぶ》しい陽ざしが差し込む広々としたカフェだった。相手は繊維メーカーの営業マンで、仕事の打ち合わせで出会ったのだ。すごくさわやかな若者だった。年齢はアタシより一歳年下なのに、ずっと若く見えて、アタシは思わず眼を細めてしみじみと眺めてしまう。

ずっと昔（といっても、ほんの数年前だけれど）、初めて会ったころのサブちゃんがまとっていた清々《すがすが》しい眩しさのようなものが彼にもあふれている。濁りのない双眸《ひとみ》、陽に焼けた肌と白い歯、清潔なYシャツの衿《えり》。どちらかといえば真っすぐじゃなくて、使用後感の漂うみたいなオトコが好みだったのに、その彼はまったく正反対のオトコだ。使用前のきれいなまんまのオトコ。

打ち合わせの延長で食事をしてみると、彼はお酒をあまり飲めないらしい。ラッキー!!　と、アタシは思わず心の中で叫んでしまう。もしもこの彼と付き合うことが出来たなら、サブちゃんと一緒に失《な》くしてしまった、あの胸のときめくような思いを取り戻せるかもしれない。

アタシは彼の中に見出《みいだ》した「健全の強さ」みたいなものに強くひかれていった。心も体も疲れ始めていたアタシは、「純愛」が欲しかったのだ。

その彼から、デートに誘われた。ゲッツ！　と、叫び出しそうなはやる気持を押さえて、アタシはアタシに言いきかせる。「あせっちゃダメ。酔っぱらうのもダメ。大事に、大事に付き合うこと。いつもみたいに、好きになるよりも先にセックスしたりしちゃ絶対にダメ」

初デートでは映画を見て、お茶を飲んで、食事をした。アパートまで送ってくれたけれど、手も握らずにサヨナラした。そのプラトニックぶりに、我ながら興奮した。すぐにセックスしちゃうより、ずっとエロティックな愉《たの》しみがあることを初めて知った。なんだかふと、若い娘をはべらせて眺めるだけで喜んでいる爺《じい》さんになったような気もしたけれど、アタシはまだ二十六歳になったばかりのオンナだ。

残業を片付けて帰ってくると、電話が鳴った。彼からだ。近くで仕事が終ったので、少し遅いけれど、今から会える？「いいわよ」と、アタシはいつものようにシンプルに応える。彼は電話の向こうでちょっと口ごもってから言った。「そっちに行ってもいいかな」「ええ、いいわよ」

アタシは大急ぎで歯だけ磨いて、ジーンズとTシャツに着替えると、お湯を沸かした。お酒じゃなくて、おいしいハーブティをいれてあげるつもり。冷蔵庫からハーブティを取り出そうとして、アタシは挽き肉を見つけてしまう。今夜は挽き肉は要らないの。彼に食べさせてあげるなら、挽き肉じゃなくて、塊りの肉にするんだから。そうひとりごとを呟きながら冷蔵庫を閉めようとしたけれど、なんだかやっぱり気になって、アタシは挽き肉の包みを取り出してしまう。

これまでずっとアタシの救世主でいてくれた挽き肉に、そんな冷たい態度はないだろう。胸が痛んだアタシは包みを開ける。薄桃色の豚挽き肉が現われて、アタシを静かに誘う。そうだ。もしかしたら、彼はお腹を空かせてやってくるかもしれない。ハーブティもいいけれど、あったかいスープなんかがあったら嬉しいじゃない。そう思いついたアタシは腕まくりをすると、挽き肉をボールに入れ、長ネギを刻んでニンニクと生姜をすってかきまぜ始める。

でも、今夜は絶対、挽き肉になったりはしないぞ。「純愛」を守り抜くのだ。グニユグニユグニユ。だから今夜は青い薄布なんかも必要ない。アタシは耳を澄まして、彼の足音を待つ。グニユグニユグニユ。挽き肉の粒々が溶け出してなめらかになって、アタシの指にからみつく。グニユグニユグニユ。やがて、だんだん、アタシは今夜、挽き肉にならないでいる自信がなくなってきてしまう。

だって。アタシは、アタシの体でオトコが喜んだり癒されていくのを見るのが好きだから。アタシはどんな素材にも溶け込んで、アタシの旨《うま》みをいっぱいあげる。いっぱいあげて包んであげる。やっぱり、アタシはミンチ。お人好《よ》しで尻軽《しりがる》で淋しがりやのミンチ・ガール。

リベンジ

夫に女ができたらしいことは、うすうす気付いていた。

でも、何も訊《き》いていない。ヘタに刺激して、白状されたりでもしたら、取り返しがつかなくなる。それよりは波風立てずに、知らないふりをしてやり過ごす方が賢い主婦の道というものだ。知らなければ、明らかにされなければ、浮気なんてモンは無かったも同然、日陰のオバケみたいなものだ。

結婚してもうじき四年になるけれど、まだ子供ができない。最初のうちは避妊をしていて、でもこの一年くらいはそのまんまなのだけれど、やっぱりできない。もう少し励めば実るのかもしれないけれど、そうもいかないらしい。夫は仕事が忙しいといって残業が多く、帰ってくる時にはいつだって疲れて不機嫌そうな顔をしている。

あるいは、そんな顔をしてみせているだけなのかもしれないけれど、それについても深く考えないことにしている。何ごともくよくよ考えたり悩んだりしないで呑気《のんき》に暮らしてさえいれば、人生という時間は穏やかに過ぎていってくれる。特別に嬉《うれ》しいことや刺激的なことがなくたって、穏やかでさえあれば、それが女にとっていちばんの幸せというものだ。と、そう思うようにしている。

それに、浮気の気配があったとしても、夫婦の証《あか》しである夜の営みだって、それなりに実行されているのだから。

ゆうべも夫は残業があったのか遅くに帰ってきて、ひとつ風呂《ぷろ》あびて出てくると、腰タオルのまま、私が洗濯物を畳んでいる寝室へやってきて、私の上に乗っかった。無言のまま、いつも通りの手順で私の中へ入り、やはり無言のまま動き、それでも私はなんとか夫についていこうと体を弾ませ、どうにか欲望めいた熱い疼《うず》きのようなものが子宮の奥の方からこみ上げてきた時、これもいつものように夫は私の体を裏返すと別人のように激しく動き、私の中の熱くなりかけた疼きなどおかまいなしに果ててしまった。私は夫の代りに枕《まくら》を抱きしめたまま息を弾ませ、行き場を失《な》くした熱い疼きをもて余す。

そういえば、もうずいぶん久しく唇にキスなんてされたことがない。耳たぶも首すじも肩も腋《わき》の下も放ったらかしだ。夫が大好きだと言っていたCカップ級の乳房だって、私はやさしく愛撫《あいぶ》されたいのに、夫はギュッと摑《つか》んでおざなりに揉《も》むだけだ。動き方にしたって自分勝手だし。「ねえ、もうちょっと気ィ入れてやってよ!」と、言ってやりたいけれど、なかなか言えるものではない。恋人時代なら言えたことも、夫婦になると言えなくなったりする。遠慮はなくなったはずなのに、どうしてなんだろう。それでも夫に抱かれるのは嫌いじゃない。たとえ無言のままでも、自分勝手でも、他のどんな時より夫を身近に感じることができるから。そりゃそうだよね、一応、裸で抱き合ってるんだもの。

夫が私の上に乗っかるのは、月末に近い休日の前の晩と決まっている。そのことも私としては不満というか、面白くないのだけれど、これも言い出せずにいる。

そんなパターン化された夜の営みの次の休日は寝坊をするから、朝食はぬきでブランチを食べることにしている。レトルトか冷凍食品。今日は冷凍ピザにしよう。夕食もレトルトか冷凍食品だけれど。あるいはスーパーまで出かけてお惣菜《そうざい》を買ってこようか。

そうなのだ、私は料理が大の苦手なのだ。下手クソというより、まったくもって知識も経験も才能もない。作ろうという意欲さえない。結婚前に夫が、「料理くらいできなくたっていいさ」と言ってくれたのを頼りに、堂々と料理は苦手なままだ。

電子レンジでチンしたピザはすぐにチーズの表面に膜ができるけれど、味は宅配ピザと変わらない。夫と私はテーブルをはさんで向き合い、ピザに手をのばす。テレビは付けっ放しだ。見たい番組などないけれど、とりたてて会話のない夫婦にとって、テレビという雑音は便利かもしれない。夫は片手でピザを、もう一方の手でリモコンを操作してせわしなくチャンネルを変えている。変えながら、夫が何か言った。でもちょうどテレビの中のお笑いタレントがギャグを言って笑いが湧《わ》きあがり、夫のことばが聞きとれなかった。夫に聞き直した。夫はテレビに眼をやったまま、さっきより少し大きな声で言った。

「だから、別れてくれないか」

「なんで」、私は間ぬけなことばを返してしまう。

「好きな女ができた」

「なんで」、私はもういちど間ぬけなことばを返してしまう。夫はテレビから私の方へ向き直ると、不機嫌そうにこう言った。

「俺はうまいもんが食いたいんだ。レトルトとか冷凍じゃなくて、ちゃんと作った料理が食いたいんだよ。お前には無理だろ」

「料理くらいできなくたっていいって、言ったじゃない」

夫はそれには応《こた》えず、リモコンをテーブルの上に放り出すと寝室へ入っていった。

私はといえば怒るとか取り乱すというより、なんだかボンヤリとしてしまって、夫の食べ残したピザに手をのばすと口の中いっぱいにつめ込んだ。ゆうべもいつもとちっとも変わらない夜の営みを行ったというのに、あれはいったい何だったの？

寝室から夫が出てきた。ラフな外出着に着替えていて、ボストンバッグなんかぶら下げている。ゴルフにでも行くのだろうか。夫は無言のまま玄関へいき、私はピザの最後の一片をくわえて夫を追いかける。

「何時に帰るの？」またしても私は間ぬけなことを口走ってしまう。夫はひと言「バーカ、帰ってこねえよ」、そう言い残して玄関を出ていった。

夫は本当に帰ってこなかった。次の夜も、その次の夜も、ずっと。

夫の勤務先は分かっているのだから連絡しようと思えばできたのだけれど、そうしなかった。電話をしてみたところで何を言えばいいのか分からなかったし、夫が素直に聞き入れるとも思えなかったし。それに、突然の浮気宣言とはいえ、夫の言い分も分からないではなかったから。

たしかに私は料理がまるでダメだ。母親からの遺伝にちがいない。私の母親は弁護士の仕事が忙しくて、料理をまったく作らない人だった。家族で食卓を囲んだ情景を思い出そうとすると、テーブルに電熱プレートを置いて、鉄板焼きをしたことしか思い出せない。冷蔵庫を開けると、焼き肉のタレが数種類入っているだけのこともあった。

　でもお小遣いはたくさん貰《もら》っていたから、店屋物を取ることも外食することも自由にできた。定期的にやってくるお手伝いさんが、おいしいとはとても言えない料理を作りだめしてくれてもいたし。

　そんな環境とはいえ、兄や姉まで料理ベタになったというわけではない。兄は幼いころから危機感を感じていたらしく、自分の分は自分で作っていたし、姉はのちに栄養学を学んだほどだ。でも私はダメだった。独身時代に私が作れた料理といえば、電気炊飯器でごはんを炊《た》くことと、それに納豆をかけるかパック入りのカツオ節をかけて食べるか、それだけだった。母親のようにバリバリのキャリアウーマンになったわけでもないのに、ただ料理ベタの遺伝子だけを受け継いでしまった。

　私はマンションの部屋に閉じ込もり、ただウジウジと泣きながら夫の帰りを待った。でも夫からは一本の電話もなく、夫の判が押された離婚届の用紙が郵送されてきただけだった。レトルトと冷凍食品とスナック菓子で食いつなぎながら、泣き疲れて眼も鼻もショボショボと赤くただれてきたころ、私はようやく外界へ出てみようと思った。

　すっかり春めいた陽ざしはショボくれた私の眼には眩《まぶ》しく、思わず眼を細めるようにして歩いていたら、一枚のビラが細い眼に止まった。

「求む、料理見習い人」

私はなぜだか吸い寄せられるようにして、そのビラが貼《は》られている店の戸を開けた。

その店は懐《なつ》かしい食堂のような造りの小さな店で、白い上っ張りを着た女がひとり、店のテーブルに背中を向けて座り、何かの作業をしていた。私が入ってきた気配に気付いたらしく、女が振り返った。色の浅黒い、小柄で痩《や》せた、長い髪を三つ編みにした女だった。その女がごはん屋「道草」の女将《おかみ》さんだった。

女将は私の顔をじっと見つめた。私も何も言わないまま、ただ頭を下げた。女将はそんな私に何かを感じ取ったらしく、愛想《あいそ》のない顔で言った。

「これをやってごらん」

女将が指示したテーブルの上には新聞紙が拡《ひろ》げられ、山もりのサヤインゲンがのせられていた。これをやれって、いったい何をやればいいんだろう。私がボンヤリしていると、女将はサヤインゲンをひとつ取って、筋を取ってみせた。それでも私はボンヤリしたままだった。なにしろサヤインゲンという野菜を間近で見たことも、触ったこともないのだから。

女将はそんな私の傍らにやってくると、もうひとつサヤインゲンを取って、私の手に持たせた。筋を取れと言っているにちがいない。私は初めて手にしたサヤインゲンの筋取りに挑戦した。うまくできなくて、サヤインゲンは割れてしまった。女将はさらにもうひとつサヤインゲンを取ると、筋取りの手本を見せてくれた。また失敗した。手本と失敗が幾度かくり返された後、私はようやくサヤインゲンの筋取りに成功した。たったそれだけのことなのに、私は胸がいっぱいになって、ショボくれた眼をうるませて女将を見つめてしまった。

女将は隙間《すきま》のある小さな前歯を見せて笑いながら言った。

「明日から来てみる？」

私は大きく頷《うなず》いた。こうして私は料理見習い人として「道草」に通うようになった。見習いといったところで大したことができるわけでもなく、サヤインゲンの筋取りの次には葉物の虫探しをさせられた。春菊やほうれん草などのやわらかい葉の中に隠れている虫を探し出すのだ。この作業はかくれんぼの鬼になったみたいでなかなか楽しかったし、いろんな野菜の名前を覚えることもできた。

次には、大根や人参《にんじん》やジャガ芋を洗わせてもらった。女将が使っているのは有機農法の野菜だから、皮もそのまま使えるので、手とタワシを使っててていねいに洗った。店の掃除や後片付けも手伝った。ずいぶん何枚もお皿やコップを割ってしまったけれど、女将は何も言わずにいてくれた。

そんなある日、女将は私のそばへやってくると、無言のまま包丁を差し出した。私は思わずドキッとしてしまった。私があんまり役に立たないから、刺されるのかと思ったのだ。でも、そうではなかった。包丁を持ってみろ、と、言われたのだ。

初めて握らされた包丁はずしりと重く、気持のひきしまる思いがした。そんな私に女将は一本の大根を手渡した。包丁で、大根の皮をむいたり、切ったりしてごらん。女将が大根をイチョウ切りにしたり千六本にしたりするのは幾度も見ているというのに、いざ自分で刃を入れようとすると、どうすればいいのかまったく分からなくてかたまってしまった。そんな時にも女将は何も言わず、私が包丁と大根に慣れるのをじっと待っていてくれた。

毎日が緊張と発見と自己嫌悪《けんお》の連続だったけれど、嬉しいこともある。女将が作ってくれるまかないのごはんだ。店の掃除を終えて、開店一時間前くらいに出されるのだけれど、毎日、楽しみで仕方なかった。炊きたてのごはんとみそ汁と、女将がタッパウエアの容器で漬けているぬか漬けと。それにゆうべの残りもののおかずにひと手間加えた煮物や炒《いた》めものがあって。時々、青菜のお浸しや酢の物も添えられた。

女将は簡単な残りもの料理というけれど、私には食べたことがないくらい心のこもったご馳走《ちそう》だった。そんな女将のまかないごはんを食べさせてもらっているうちに気付いたことは、食事というのは空腹を満たすだけのものでないのはもちろん、ただ口でおいしいと感じるだけのものでもない、ということだ。もっと、全体的な喜びなのだ。

たとえば、女将が作ってくれたごはんを食べていると、ホッとあたたかな息をつきたくなったり、箸《はし》を止めてとりとめのないことに思いをめぐらせてみたり、窓の外の天気をぼんやり眺めてみたくなるような、そんなのんびりとした愛《いと》おしさのようなものさえ感じさせてくれる。そして料理の素材から知っているということは、皮をむいたり洗ったり刻んだりして素材と親しんだ時間をもっているということで、レトルトや冷凍食品やコンビニ弁当では味わうことのできない親密さを私に与えてくれた。ひとりで作ってひとりで食べるのなんて淋《さみ》しいことにちがいないと思っていたけれど、そうではない。親密さのある食事はひとりで食べても決して淋しくなんてないのだ。

あれから三年近くの時間が過ぎていった。かつての特別に嬉しいことや刺激的なこともない代りに穏やかであった時間とはちがって、日々、嬉しいことも辛《つら》いことも口惜《くや》しいこともたっぷりとある刺激的な時間だ。このごろでは女将もずいぶん信用してくれて、料理の下ごしらえをやらせてもらえるようになった。お客さんの何人かとも仲よくしてもらい、そんなお客さんたちから「今日の煮付けはうまいね」とか、「玉子焼きの焼きかげんがいいね」とか褒めてもらうと、それだけで幸福になった。料理というのは、作る人も食べる人も幸福にしてくれるのだ。

もうじき桜が咲き出しそうな、やわらかな春風が吹きぬける夕暮れだった。女将は買い物に出かけていて、私は今夜の料理の準備にとりかかっていた。戸が開けられる音に気付いて、振り返った。まだ店の中に仕舞われている暖簾《のれん》をくぐって、夫が入ってきた。三年ぶりに見る夫だった。

夫は私が知っていたころより痩せていて、疲れているようにも見えた。つまり、やつれたのだ。ちっとも幸福そうじゃない。そんな夫の様子から、たぶん女とうまくいかなくなったのであろうことが予感された。いい気味だ、と、ちょっとイジワルな気持でそう思った。でも夫はそんな不幸そうな素振りは少しも見せず、以前よく見せていた不機嫌そうな顔で店内を見まわした。それから私を見た。私は女将とお揃《そろ》いの白い上っ張りを着て、ずいぶん長くなった髪をうしろでギュッとしばっている。夫にとって、初めてみる私のハツラツとした姿の筈《はず》だ。夫はそんな私から微妙に視線を外しながら言った。

「いつ、引っ越したんだ」

まるで文句を言うような口調だ。自分で出ていったくせに。男というのはなんて身勝手でカッコ付けたがりなのだろう。たしかに私は夫と暮らしていたマンションを引き払い、アパートの一室を借りて暮らしている。でも、そのことを、勝手に女を作って出ていった夫にいちいち報告する義務があるだろうか。冗談じゃない。

私が何も応えずに料理をつづけていると、夫はいっそう威張ったような口調で言った。

「おい。お前がそうしてほしいというなら、お前のところに帰ってやってもいいんだぞ」

まったく、何をおっしゃるやら。それでも私が何も応えないでいると、夫は少しばかり気弱な声になって言った。

「お前、料理なんて作れるのかよ」

私は人参を切っていた手を止めると、夫の方を振り返った。

「お店、六時からなんです。よかったら、その時間にいらして下さい」

夫は、鳩《はと》が豆鉄砲を食らったような、と言ったところで、実際にそういう鳩を見たことなどないのだけれど、そんな漫画みたいな表現がぴったりなくらい間ぬけな表情になった。再び人参を切り始めた私に、さすがに不快と不安を感じたらしく、それでも夫は相変わらず威張ったような不機嫌そうな顔をして、暖簾を頭で分けて店を出ていった。

　私は小さく笑ってしまう。夫は私のことを、三年前のままの私だと思っているのだろうか。だとしたら、夫はよほどのお人好《よ》しかノーテンキだ。この地球が、一刻《いっとき》の休みもなく自転をつづけているように、女だって自転して、成長しているのだから。私はもう三年前の私ではない。自分が食べていくだけのお金を自分で稼ぐことができるようになったし、その食べる物も自分で作れるようになった。つまり、生活や食料を他者からの輸入に頼るのではなくて、自給自足できる、たったひとりではあるがささやかな王国を作りあげたのだ。

　だからそんな私はもう、かつてのように夫が望むがままのセックスに付き合うつもりもない。ささやかな王国の主《あるじ》にふさわしく、たとえささやかであっても、自分の心と体に正直なセックスをしたいと願っている。もし、するチャンスがあるとしたら。誰かと。

　今夜のおすすめ料理は肉じゃがだ。「道草」特製の肉じゃがは、豚肉ではなくて、ざっくり大きめに切った牛のバラ肉で作る。とてもこってりとコクがあるのに、少しもしつこくない。まずはこれもざっくり大きめに切った玉ネギとジャガ芋と人参を炒めて、ヒタヒタのだし汁で煮る。別のフライパンで牛バラを炒め、その肉汁が残ったフライパンでしらたきも炒める。このひと手間をすることでしらたきは水っぽくならずに旨味《うまみ》を充分に吸ってくれるから、と、女将が教えてくれた。

シュルシュルといい匂《にお》いの湯気を上げて、肉じゃがが煮えている。そのおいしい匂いを嗅《か》ぎながら、私はもういちど小さく笑ってしまう。

夫はあのことを忘れてしまったのだろうか。勝手に家を出ていって、電話の一本もくれないでいた間に、自分の判だけ押した離婚届の用紙を私に送りつけてきたことを。もしあの用紙に私が判を押して区役所に提出したら、それこそ夫は永久に追放されてしまうのに。

あるいは覚えているのに、覚えていない振りをしたのかもしれない。そうしないことには、威張った顔をして私の前にやってくることができないから。

鍋《なべ》の蓋《ふた》を開け、肉の切れ端をつまんで味見をする。まだ味がよく染《し》みていないけれど、もう少し煮ていたら、とびきりおいしい肉じゃがになることを予感させる味だ。

夫は六時になったらやってくるだろうか。もしも来たなら、この特製肉じゃがを食べさせてあげてもいいけれど。キャベツとキュウリと青ジソの塩もみを添えて。今夜のみそ汁の具は何にしよう。夫が好きだといっていた、豆腐とワカメとネギにしてあげようか。

そしてもしも夫が、さっきのように威張ってみせたりカッコ付けたりするのではなくて、ちゃんと心をこめて素直に謝ることができるのなら、もういちど考え直してあげてもいいけれど。但《ただ》し、三年前に戻って始めるのではなくて、今、この地点、おいしい料理と、心と体に正直なセックスを望める私になったここから出発したい。

おい、夫。あなたはこの三年間、どんな時間を過ごしていたの？ 楽しい時間？ それとも辛い時間？ 私は何にも知らないけれど、誰の上にも時間は等分に流れていくのだから、あなたという惑星もきっと休みなく自転をつづけていた筈なのだから、三年分の時間をため込んだあなたと私とで向き合ってみますか？

おい、夫。六時になったら、私の作った肉じゃが食べにおいでよ。とびきりおいしい肉じゃがを食べさせてあげるから。きっとびっくりして、腰をぬかすだろう。おいしい匂いの湯気に包まれて、私がこんなやさしい思いを抱いているうちに、勇気を出して素直になってごらん。グズグズしていると手遅れになっちゃうぞ。なんといっても、離婚届の用紙を握っているのは私なのだから。あなたを受け入れるか永久に追放してやるか、それを決められるのはこの私なのだから。

桜下美人

江戸っ子は年中行事が大好きだ。

私の場合、父親が近江《おうみ》の出なので、生粋の江戸っ子というわけにはいかないけれど、祖母が隅田川のほとりで生まれた代々の江戸っ子だった。その祖母に育てられたので、私も畢竟《ひっきょう》、行事好きになってしまった。とりわけ、行事にまつわる食べ物が大好き。

正月のおせちは祖母・母・私の女三代で、暮れのうちから賑《にぎ》やかに作る。さすがにお餅《もち》までは搗《つ》かないけれど、あとはすべて我が家の手製だ。七日には七草粥《がゆ》。十一日には鏡餅を割って、揚げ餅にしてパラパラッと塩を振ったり、長方形の銅製の網の中で焼いてから甘辛のタレをからめたり。

二月は節分の豆撒《ま》き。この日の晩ごはんには必ず、背黒鰯《いわし》のめざしと、豆撒き用の豆をもういちど焙烙《ほうろく》で煎《い》り直してから、ごく細かいジャコと一緒に炊《た》き込んだ節分豆ごはんを作る。しみじみとした懐《なつ》かしい味のごはんだ。

三月三日は雛《ひな》の節句。女たちにとってはとりわけ楽しい行事。ずいぶんと早くから五段の雛人形を飾り、前日からちらし寿司《ずし》の具や桜でんぷを用意する。当日、祖母は隅田川のほとりの長命寺まで出かけて、この年初めての桜もちを買いととのえる。母はご近所の花屋さんから桃を一枝わけていただく。私は米を炊き、ウチワであおいで寿司めしを作り、具を混ぜ合わせて大皿に盛りつけ、桜でんぷと錦糸《きんし》玉子をたっぷり散らせば雛のちらし寿司のできあがり。あとはハマグリの吸物と菜の花の昆布《こぶ》〆《じ》めでも作り、白酒の代りに旨《うま》いにごり酒を用意すれば完ぺき。我が家の女三代、揃《そろ》って酒には強い。

三月には春の彼岸もある。この時祖母が作ってくれるおはぎは、どんな有名和菓子店で買うよりもおいしくて、まさに絶品だった。春分の日をはさんだ七日間、祖母はやたらと忙しい。自分の先祖の墓参りはもちろんのこと、親戚《しんせき》や友人・知人の墓にまで出かけていく。江戸っ子は、年中行事と同じくらい墓参りも好きなのだ。

この忙しい間をぬって、祖母は二回、おはぎを作る。それもかなり大量に。それでもご近所に配ったり、墓参のたびにお寺さんに持っていったり、私の友人たちも食べにきたりするので、大量のおはぎもすぐに売り切れてしまう。

私にとってこのおはぎが、年中行事にまつわる食べ物のなかでもとりわけ心に残るようになったのは、それが祖母の形見とも思えるほどにおいしい絶品であったことの他にもうひとつ、理由がある。それは、この祖母直伝のおはぎを今も待っていてくれるひとがいるからだ。そのひととおはぎと私との間には、ちょっとした秘めごとがあるので、そのことについてはまた後でお話しする。

桜が咲けば花見弁当を作って、一家で花見を欠かさなかった。祖母と私はそれだけでは飽き足らず、夜も出かけて夜桜見物も楽しんだ。

五月の端午の節句は、女たちには無用のものだけれど、一応父の存在も無視できないので、ちまきを買い、その晩のお風呂《ふろ》には菖蒲《しょうぶ》を入れて菖蒲湯にした。私が湯に浸《つか》っていると、祖母がきっとのぞきにきて、細長い菖蒲の葉をやれ首に巻けだのお腹《なか》に巻けだのとうるさかった。この夜、菖蒲の葉を体の弱い部分に巻くと丈夫になるという言い伝えがあるからだ。江戸っ子は迷信深くもあるらしい。

七夕にはサヨサヨと笹竹《ささだけ》を飾り、盂蘭盆《うらぼん》には精霊棚《しょうりょうだな》を作り、お迎え火を焚《た》いた。

八月にご近所で催される盆踊り大会はパス。あれは祭りというより、団体行動による民謡踊り大会みたいなものだから。でも、秋祭りのお囃子《はやし》が聞こえてくると、祖母も私もじっとしていられなかった。

九月の十五夜には月見団子の代りに、まだ新物の小芋をふかし、なぜか必ず茶碗《ちゃわん》むしも作った。この月には秋の彼岸もある。

十一月の七五三は我が家では忌《い》み嫌われていた。子供に大人顔負けのブランド服や着物を着せたり、化粧までさせるなんて気色わるいこと極まりないし、それを喜ぶバカ親大会みたいになることもドンくさい。あんなものは季節感に基づいた行事でも何でもありゃしない。右にならえでゾロゾロ列に連なる無自覚の徒の集まりにすぎない、というのが我が家の意見。千歳《ちとせ》アメも歯にくっ付いてうざったいし。

クリスマスは、私がボーイフレンドと楽しむくらいのもので、我が家にとってはどうでもいいってかんじ。これが終ったころから、おせちの準備や大掃除が始まり、一年がめぐって過ぎてゆく。

「女はね、季節に寄り添って暮らしていれば、身ぎれいでいられるんだよ」

それが口癖だった祖母は五年前に亡《な》くなった。両親も、父親の退職を機に、父親の故郷である琵琶《びわ》湖の方へ引っ越した。老後は彼《か》の地で、焼き物を作ったりしながらのんびりと過ごすらしい。

そしてひとり暮らしのマンション生活になった私は、年中行事ともだんだん縁がなくなるかもしれないと思っていたけれど、存外そうでもない。わりかし小まめに、祖母から教えてもらった季節ごとの行事をこなしている。たぶん私の体の中に、祖母の口癖だったことばが消え残っているからだ。

もうひとつ、ひとり暮らしになった私は、自分に日課をかしている。それは祖母の遺影を飾った小さな仏壇もどきの棚に、毎朝、お水かお茶を欠かさないこと。季節の花や和菓子を供えること。それをしているお陰で、コンクリートに固められつつあるこのTOKYO・CITYに暮らしていても、私は季節感を見失わずにいられる。

さて、祖母から伝えられた年中行事にまつわる食べ物の中で、私がとりわけ好きなおはぎのことだ。私は今でも、春と秋のお彼岸におはぎを作る。正確には少し時間をずらして、お彼岸が終った次の日曜日か、さらにその次の週末。その方が、おはぎを待ってくれているひとにとって都合がいいからだ。

そのひとの名前は真玄《しんげん》。まるでどこかの寺の住職みたいな名前だけれど、実際、住職なのだ。今は。私たちが知り合った時は二人ともまだ大学生で、各々《おのおの》の大学の映画研究会に属していた。文化祭の上映会で知り合い、けっこう意気投合して、グループ交際を始めた。

私はただの洋画好きにすぎなかったけれど、彼は将来、映画制作に係わりたいと決めていて、だから自分でシナリオを書いたり、ビデオや十六ミリを廻して短編映画を撮ったりもしていた。スタッフや女優が足りないと、私たちの映研からも駆り出された。若い映画作家志望が撮る作品といえば、だらだらとした日常を綴《つづ》った私小説的なものや、少年少女のあやうい思春期もの、あるいはコミックを原作にしたアクションコメディっぽいものなどが多いけれど、彼の作品はもっとクールで知的冒険と笑いがあって、私は才能があると思ったものだ。

私たちは知り合ったとき、すでに各々付き合っている相手がいたから、グループ交際の一員にすぎなかった。そんな真玄が、映研の仲間たちと祖母のおはぎを食べにきたのは大学三年の秋の彼岸だった。真玄は世界のあらゆるお菓子の中でおはぎが一番好きだ！　と公言しているヤツで、その日、彼は祖母のおはぎを十八個も平らげた。内わけでいうと、つぶ餡《あん》で包んだおはぎを十一個、こし餡を中に抱き込んで黒ゴマをまぶしたおはぎを四個、同じく黄な粉をまぶしたおはぎを三個、計十八個。彼が心からそのおはぎをおいしいと思っていることが見て取れて、それは見事な食べっぷりだった。

あらゆるお世辞が大っ嫌いな祖母も、真玄の食べっぷりとほめっぷりには心を動かされたらしい。真玄たちが帰り、空っぽになった大皿を洗いながら、祖母はしみじみとこう言った。

「お前、あれはいい男だよ。食べ方を見れば、その人間の品性がいちばんよく分る。

あれはいい。信用できる」。

その祖母のひと言で、真玄は私の中で特別な男としてインプットされることになった。でも私は、ちょっといいなと思う男の前で可愛《かわい》い女ぶったり、気を引くような態度をするなんて、でえっ嫌いだし、彼の方からもとりたててアプローチがなかったので、私たちの距離は相変わらず仲間のままだった。

次の年の春のお彼岸、祖母から「また、あの食べっぷりの見事な男をつれておいで」と言われたけれど、なかなか言い出せずにいた。

ちょうど春分の日、卒論の調べものに行っていた図書館から帰ってくると、真玄がうちにきていて、おはぎをおいしそうに頬ばっていた。真玄は祖母のおはぎの味が忘れられず、私ではなくて、祖母に直接アプローチしたのだ。小粋《こいき》な着物を着て、ニコニコと茶をいれる祖母の姿は、ちょっぴり嫉妬《しっと》を覚えるくらいキレイな女だった。

真玄を送りがてら、公園をブラブラ歩いた。真玄はおはぎのお礼を何べんも言ってから、ぴあフィルムフェスティバルに応募した短編映画が最終選考まで残っていることを教えてくれた。「よかったね」「僕、大学出ても就職しないで、映画作りしたいと思ってるんだ——君も手伝ってくれないかな」。

私は真玄のことばの意味がよくつかめなくて、真玄の顔を見上げた。真玄は戸惑う私を無言のまま抱き寄せた。すごく不思議な香りがした。あとで知るのだけれど、それはお線香の匂《にお》いだった。真玄の実家は千駄木《せんだぎ》の方にある寺で、でも次男坊だから跡を継ぐ必要もなく好きなことをしていいんだ、ということを、その夜聞かされた。小さなホテルの一室で。

私たちは恋人になった。なんだか照れ臭くて祖母には言えなかったけれど、祖母は察していたと思う。「お前が好きな人をめっけて幸せになってくれたら、ババにはそれが何よりだ」、祖母がそう言ったのは、お正月にむけて白菜を漬けこんでいる時だった。

でも、真玄がもう一度祖母のおはぎを食べにくることはなかった。

大学最後の冬休みの日、私たちはデートをした。いつになく真玄は無口だったけれど、私は何もきかずにいた。私を送ってくれて、家の明りが見え始めたころ、真玄がこう言った。

「兄貴が車の事故で亡くなった。だから僕が寺を継がなければならなくなった」

私は彼のことばを計りかねた。それはただの報告なのか、それとももっと深い意味があるのだろうか。無言のままの私に、真玄が言った。「君は映画が好きだよね」「ええ。それは好きだけれど」。沈黙のあと、真玄が言った。「僕は住職になるけど、君にまで寺の嫁にきてくれとはいえないもんな。僕だっていやだったんだから」。

そういう意味だったのか。だったら私は真玄が好きだから、そう言おうとした時、真玄が諦《あきら》めと確信を持ってこう言った。「君は君の世界で生きてほしい。僕は僕の世界でやっていく」。こんな時、しつこく言い直したり説明したりできないのが江戸っ子の端くれなのだ。私は黙ったまま真玄のことばを受け取った。

それから二人で会うことはなくなった。仲間として顔を合わせることはあったけれど。

大学を卒業しても、私は映画の仕事には係わらなかった。今、私は、ヨーロッパの絵本や児童文学の本を輸入する小さな会社で働いている。いい絵本や児童文学に出会った時の喜びは、いい映画に出会った時の喜びと同じだ。それを子供たちに手渡しできるのだから、やりがいのある仕事だ。ずっと続けたいと思っている。

私がひとり暮らしを始めて少し経《た》ったころの春の日、真玄と再会した。偶然、街で出くわしたのだ。その日はお彼岸の三日前で、和菓子屋にはおはぎが並んでいた。真玄は再会を懐《なつ》かしんで私を和風喫茶店に誘い、おはぎを注文した。はっきり言って、すごくまずかった。あの真玄が二つ目のおはぎでギブアップして、しみじみとこう言った。「おばあちゃんのおはぎ、おいしかったなあ。今でも時々、夢に見るんだ」。

私の中に、十八個のおはぎを平らげた時の真玄の幸福そうな顔と、ニコニコと茶をいれる祖母の姿が蘇《よみがえ》ってきて、私は思わずこう言ってしまった。「食べさせてあげる。おばあちゃんのおはぎ作って、届けてあげるから」。

三日後の彼岸の入りの日、私は朝早く起きて、記憶をたぐり寄せながら、祖母がそうしていた通りのおはぎ作りに挑戦した。

つぶ餡はまだしも、こし餡作りがいちばん大変だ。大きめの厚鍋《あつなべ》に小豆《あずき》とたっぷりの水を入れ、さっと煮立ったところでその煮汁は捨てる。新しい水をもう一度入れ、今度はやわらかくなるまで煮て、それをさらしの布袋にざっとあけ、この煮汁は大事なので取っておく。そして冷めたところで、さらし袋の小豆をきつく絞っていく。こうして袋の中には小豆の皮やカスだけが残り、煮汁は漉《こ》した小豆の汁とまざりあってとろりとしてくる。

ここからが力仕事だ。このとろりとした汁を別の鍋にあけ、木杓子《きじゃくし》で丹念に練りあげていく。甘味は薄いのが祖母好みなので、注意深く砂糖を加えて、隠し味に少量の塩を入れて練ること約三十分でようやくこし餡ができあがる。

もち米を炊き、軽くつぶして餅状にして丸めたものを、先に作っておいたつぶ餡で包んだおはぎと、こし餡を抱き込んだ団子を半ずりの黒ゴマと黄な粉（どちらもほんのりの砂糖と塩少々入り）でまぶしたおはぎが二種。全部で三色のおはぎを重箱に詰めて、千駄木の寺へと持っていった。

でも最初に行った時は彼岸の入りだったので、寺はとても混んでいて、真玄もお経を読んだり、墓参客の相手で忙しく、おはぎを手渡すだけでことばも交せなかった。

その夜、真玄から電話があり、相手をできなかったことの無礼を詫《わ》びてから、もしもまたおはぎを持ってきてくれるのなら、彼岸を外してくれると嬉《うれ》しいのだけれどと言われてしまった。

だから次の時からは、彼岸が過ぎた次の日曜日か、さらに次の週末に届けることになった。

そして今年も、春の彼岸が過ぎてさらに次の週末に三色おはぎを作り、千駄木に出かけた。この日は墓参の人影もなく、とても静かだった。真玄は母親と妹と三人で住んでいるのだけれど、スチュワーデスの妹は海外出張、母親は日曜になれば長唄《ながうた》の稽《けい》古《こ》に出かけてそのまま会食をしてくることになっているという。だから、この寺には真玄と私の二人きりだ。

境内に建てられた住居の、茶の間ではなくて、二階にある真玄の部屋に初めて通された。八畳ほどの和室で、窓ガラスを残照が染めていて、ここが江戸の町なかとは思えないくらいに静かだ。

私は風呂敷包みを解き、重箱の蓋《ふた》をあける。おいしそうな三色おはぎが並んでいる。真玄は本当に嬉しそうな笑顔を見せてから、さっそくおはぎに手をのばす。まずはつぶ餡で包んだ餡のおはぎ。次にゴマ、黄な粉と食べて、また、つぶ餡に。祖母が惚《ほ》れ込んだ時のままの気持よい食べっぷりだ。

窓から差し込む残照が、蒼白《あおじろ》い真玄の頭にも届いて橙色《だいだいいろ》に染めている。あのころの真玄は肩のあたりまで髪をのばしていて、茶パッに染めたりもしていたけれど、剃髪《ていはつ》した真玄はあのころよりずっとなまめかしい。もともと今どきの男の子というより、武士の格好でもさせた方が似合う面立ちのりりしい男だから、とてもなまめかしい。

私たちはおはぎを食べたりお茶を飲んだりしながら、友だちの近況や最近見た映画のことなど、とりとめのないお喋《しゃべ》りをした。あんなに映画が好きだった二人なのに、近頃二人ともあんまり見ていない。こういうのを年取ったっていうのかね、などと言ううちに、二段重ねの重箱の、一段目が空になる。「もう少しいける？」「いってみるか」

二段目のお重にもおはぎが行儀よく並んでいる。CDプレイヤーからはグレン・グールドが弾くバッハのゴルトベルクが聞こえている。真玄がグレン・グールドを好きだったことを思い出し、不意に懐かしさが熱いかたまりのようになって胸にこみ上げる。

今ここで真玄が、祖母のおはぎを食べにきた夜のように私をつよく抱き寄せてくれたら、私は真玄に抱かれてしまうだろう。神聖なる寺の一室で、熱く抱かれることだろう。でも真玄は黙々と、少しもペースを落とすことなくおはぎを頬ばりつづけているばかりだ。

いつのまにかとっぷりと陽がくれて、あたりは春の夜気に包まれている。私たちはおはぎの時間を終えて、お酒を飲み始めている。肴《さかな》は真玄が、台所からみつくろって持ってきてくれた。ふきのとうのつくだ煮と塩辛とゴマ豆腐。真玄もけっこう食いしん坊なのだ。

私たちは冷やのままぐい飲みで酌《く》み交し、とりとめもないお喋りをつづけている。酔いがじんわりと体に染《し》みわたっていく。私は少しだけふらつきながら立ち上がって、窓を開けた。気持のよい夜風が吹き込んでくる。窓の敷居に腰をおろすと、桜の花びらがひとひら舞って私の肩にとまった。

「散歩してみないか？　うちの寺の境内、けっこう眺めがいいから」。そう誘われて、境内へと出ていった。門を閉めたあとの境内なんて初めてだから、なんだか悪いことをしているみたいで、後ろめたい。なんにも悪いことなんて、していないのに。真玄は境内を通りぬけて、裏手の方へと歩いていく。私もあとを追って、寺の裏手へと急いだ。

そこは墓地だった。わざわざ散歩に誘うからにはと、少しは色っぽいことも想像していたけれど、そこが墓場だなんてやっぱり真玄らしくてユニークだ。真玄は墓石のあいだを歩いていく。だから私もあとを追う。天空にはほぼ丸い月がかかっていて、その月の光を浴びた墓石は怖いというより、ひっそりと美しい。

「浅墓ってことばの由来、知ってるかい?」真玄が唐突にヘンなことをきく。「アサハカ?」「墓石には名前が彫られているだろ? その字は深く彫っちゃいけないんだ。百年経ったら消えていくぐらい、名前なんて石の中に吸い込まれてしまうくらいに浅く彫る——浅墓ってことばはそこからきてるんだ」「本当?」真玄はそれには応《こた》えずに、墓地の奥を指さした。指さされるままに眼をやった私は、思わず息をのむ。

桜の木があった。満開の桜の木が一本、月光を浴びて佇《たたず》んでいる。真玄は見とれる私の手を取って、桜の方へと導いていく。仰ぎ見た私の顔に降りかかる桜の花びらはひんやりとやさしく、甘い香りがする。私たちは桜のゴツゴツした根っこの上に腰をおろした。部屋から持ってきたおはぎの重箱を取り出すと、真玄は飽くことなく手をのばして頰ばった。私は真玄の傍らで桜の花びらを浴びながら、真玄と交した桜の約束を思い出す。

二人が恋人同士だったころ、夜桜見物に出かけたことがあった。あのときは二人とも今よりずっと酔っていて、真玄は私を抱き寄せながらこう言った。「君がいちばん望むことって何？　僕がきっとその夢を叶《かな》えてあげるから」。私は真玄の胸の中から真玄の耳許《みみもと》に囁《ささや》いた。「満開の桜の下で抱いてほしい。いち度でいいから、満開の桜の花びらを浴びながらあなたに抱かれたい」

私が今、こんな淫《みだ》らなことを思い出しているなんて、真玄はきっと気付いていない。私も真玄が今何を思っているのかちっとも分らない。真玄はもうあの約束を忘れてしまったのだろうか。それとも覚えていて知らんぷりしているのだろうか。遠い昔の戯《ざ》れ言《ごと》だけれど。

満開の桜の下、こんな近くに体を寄せ合っておはぎを食べているというのに、ふたりは互いの思いの在りかがつかめない。「女はね、季節に寄り添って暮らしていれば、身ぎれいでいられるんだよ」。どこからか祖母の声が聞こえてきて、私は桜の花びらにそっと手をさしのべる。春の闇《やみ》はいよいよ深く、なまめいている。

なんて素敵な世界

人生なんて何が起こるかわからない。他人のことはもちろん、自分のことだってわからない。一寸先は闇《やみ》のきらめきだもの、とルイ子は思う。

生牡蠣《なまがき》のことがそうだ。そもそも生牡蠣なんてルイ子は大嫌いだった。それを食べたからといってジンマシンが出たり、お腹《なか》が痛くなるわけではないのだけれど、あのヌルリとした食感も生臭い匂いも、映画『エクソシスト』で悪魔に憑《つ》かれた女の子が吐き出す緑色の液体みたいなワタはもちろん、かたくなに殻にしがみつく貝柱もすべてが好きになれない。サックリ揚げた牡蠣フライやクラムチャウダーなら食べられるけれど。生牡蠣はイヤだ。

そんなにも敬遠していた生牡蠣を口にしてしまったのは八年前。当時ルイ子が勤めていた会社の部長が食通を自認するオヤジで、月に一、二回、ルイ子たち女子社員をつれて食事をご馳走《ちそう》してくれた。なんの興味もない中年オヤジと食事を共にするなんて楽しいわけがないけれど、ただで旨《うま》いものが食べられるならと、若い女子社員たちは部長の誘いを断わることがなかった。

その夜もルイ子と同僚の咲代《さきよ》は、能書きの多い部長の先導で、中目黒にあるフレンチレストランへと出かけた。表通りから少し入ったその店はテーブルが七席だけの小ぢんまりとした店で、造りもフランスの田舎家のような素朴な感じだ。もっともルイ子も咲代も本物のフランスの田舎家など見たことがないのだけれど。

こういう時、オーダーは部長にお任せする。その方が喜ぶから。老眼鏡を取り出してメニューを辿《たど》っていた部長は、前菜として田舎風テリーヌと生牡蠣を注文した。あ……イヤだな、と思ったけれど、言いそびれたまま、眼の前に砕いた氷の上にのせられた丸々と太った岩牡蠣が置かれてしまった。こんな大きな牡蠣、見たことがない。なんでも新潟の方で採れたそうで、見事なまでに太っている。身体《からだ》を硬くしながら岩牡蠣を凝視しているルイ子の傍らで、咲代はレモンを搾《しぼ》り、おいしいですねぇ、部長、とか言いながら、生牡蠣を本当においしそうに頰ばっている。部長は親切にもルイ子の牡蠣にまでレモンを搾ってくれた。追いつめられたルイ子は決死の覚悟でデブの岩牡蠣をひとくち囓《かじ》ったものの、そのままかたまってしまった。

ヌラヌラムッチリした岩牡蠣のかけらを口中に入れたまま、ルイ子はテーブルの下の咲代の足を蹴《け》ってSOSのサインを送った。咲代が怪訝《けげん》そうにルイ子を見る。ルイ子は眼を白黒させながら、牡蠣のかけらを含んだ口中を差し示した。食べることに関してだけはやたら勘のいい咲代はすぐに気付いて、ルイ子の残りの牡蠣と自分の空になった牡蠣の殻を素早く取り替えてくれた。同時にルイ子も部長やギャルソンの目を盗んでナプキンの中に牡蠣のかけらを素早く吐き出し、ホッとした途端、なにやら視線を感じてそっと顔を向けた。

厨房《ちゅうぼう》から料理の皿を出し入れするカウンターの窓口から、白いコックコート姿の男がのぞいていて、ルイ子と眼が合うとそっと片眼をつむって笑ってみせた。ルイ子は行儀の悪い処《ところ》を目撃されてしまった恥ずかしさでどうしていいかわからず、眼の前のコップの水を飲んだけれど、これもむせて、水を噴き出してしまった。咳《せ》き込むルイ子に新しいナプキンが差し出された。苦しい顔を上げると、さっきの片眼をつむった男が立っていた。

それがアシスタントシェフの矢崎弘《やざきひろし》との最初の出会いだった。

二度目は部長ぬきの咲代とふたりでそのレストランに出かけて、食事が終わったころを見計らって挨拶《あいさつ》にきてくれた弘と初めて言葉を交わした。鼻の下にも顎《あご》にも清潔に刈り込まれたヒゲがあって、眼は少し眠たそうなのがセクシーで、ルイ子は秘《ひそ》かに好意を抱いた。

　その夜のメニューでおいしかったのは農家風野菜のテリーヌと豚ののど肉と皮のパテ、ゴボウのポタージュ。そのことを伝えると、弘は嬉《うれ》しそうに少し眠たそうな目尻《めじり》にシワをためて笑い、じゃあ、これは僕の奢《おご》りです、と言って食後酒を注いでくれた。フランスのグルノーブル地方の山中にある修道院で造られた、渋いグリーン色のシャルトルーズという薬草酒だと教えられた。

　三度目は弘がレストランの仕事を終えたあと、近くのワインバーで待ち合わせた。この夜は咲代もぬきのふたりだけで。弘からルイ子に電話があったのだ。弘はさすがにシェフ見習いだけあってワインに詳しくて、すっきりとして飲みやすい白のグラスワインをたのんでくれた。それからルイ子の耳許《みみもと》に「ここ、生牡蠣が旨いんだ」と囁《ささや》いて、片眼をつむり笑ってみせた。「それだけは嫌いなの」とルイ子が抵抗すると、「君はおいしい生牡蠣を食べてないからだよ。日本の牡蠣は生食に向いてないからね。フランスじゃ生牡蠣が当たり前。君もいつかフランスへ行くことがあったら食べてごらん、きっと好きになる」

　誰がフランスくんだりまで出かけてわざわざ生牡蠣を食べたりするものか。ルイ子はそう言ってやりたかったけれど、口をつぐんで曖昧《あいまい》に微笑《ほほえ》んだ。初めてのデートでそんな可愛《かわい》げのないことを口にしたら嫌われちゃうかもしれない。ルイ子にはそんな古風な計算をする女としての一面もあったけれど、その夜、弘とホテルへも行った。まだ出会ったばかりなのに、潔《いさぎ》よく行ってしまった。

弘の指はきれいだ。男の指がこんなにセクシーだなんて、思ったこともなかった。そのきれいでセクシーな指で愛撫《あいぶ》を受けながら弘が料理を作る姿を想像して、すると自分がまな板の上の魚や肉になったみたいで、それはとてもエロチックな体験だった。

あのころのルイ子は二十代の半ばで、すでに何人かの男性と付き合ってはいたけれど、弘がいちばんよかった。名も無い魚や肉になれるのがよかったのかもしれない。

その日の気分次第で野菜や果物にだってなれた。例えば桃になってみる。ほどよく熟した水蜜桃《すいみつとう》になって弘のきれいな指で皮をむかれ、したたる果汁を清潔に刈り込まれたヒゲの奥の舌で舐《な》めてもらうと、ルイ子は夢見心地になる。人生何が起こるかわからない。だって、セックスしただけで魚や肉や野菜や果物にまでなれてしまうんだもの。しかもとってもいい気持。

もちろん本当に自分以外の動植物になれるわけなどないのだから、それは脳がそう感じているだけなのかもしれない。セックスは身体で感じるものだとばかり思っていたのに、脳でも感じることがあるのかしら。ルイ子は考えた。セックスって一体どこで感じるの？

身体？　脳？　じゃあ、心はどうなの？　心で感じるってないの？——よくわからないや。ルイ子はゆるゆると醒《さ》めはじめた夢見心地の中でそう思う。そして、よくわからないまま弘のことをどんどん好きになり、初めての本当の恋にはまってしまった。

それまでは親元で生活していたけれど、弘と付き合いやすくするためにアパートを借りてひとり暮らしを始めた。これで心おきなく弘と会える。泊まってもらうことだってできる。ルイ子はオママゴトを楽しむように、ふたり分の食器や歯ブラシやタオルや枕《まくら》を買い揃《そろ》えたりした。

そんな楽しい日々が始まって間もなく、弘は料理修業のためにフランスへ行くことが決まってしまった。

ルイ子はあまりのショックに泣き崩れたかったけれど、そんなことをしたところで弘のフランス行きを阻止できる筈《はず》もなく、だからなんとかポジティブにこの愛の難関を切りぬける方法を考えた。修業期間の予定は三年。三年間、今ふたりの間にある絆《きずな》を失《な》くさなければいいのだ。簡単なことではないけれど、努力するしかない。そのために年に二、三回はフランスへ行って、弘に会おう。絆を絶やさないために。ルイ子はそう計画した。安いパック旅行に便乗すれば、冬のパリなどさして費用はかからない。

弘もその計画に賛同してくれた。弘は口数は少ないけれどなかなか決断力のある男で、ルイ子とこのまま別れるつもりなどないと誓ってくれた。そして腕を磨いて帰国したら、小さくてもいいから自分の店を持ちたい、その時にはルイ子にそばにいてほしいとまで言ってくれた。正式ではないものの、プロポーズの言葉だとルイ子は理解した。

それからのルイ子は咲代たちとも学生時代からの友だちとも外食することを控え、美容院も洋服もできるだけ我慢してせっせと貯金をして、一週間ほどの休暇が取れるとフランスへ飛んでいった。弘が田舎のレストランで働いていればその田舎へ行き、四、五日を過ごす。

久しぶりに、しかも異国で行うセックスは痺《しび》れるように甘く気持よかった。魚や肉や野菜や果物になる余裕もないくらい、心と身体と脳の区別なんてどうでもよくなって溶け出してしまうくらい、感じることができた。弘が働くレストランで、一回だけ奮発して食事する以外は、宿の近くを散歩するくらいで、あとはひたすら弘の帰りを待ってセックスをする。限りなく淫《みだ》らで真摯《しんし》な数日間を過ごした。

そんなフランス行きを三回くり返し、一年半が過ぎたころ、弘の修業するレストランがパリになった。それまでパリは通過するだけで滞在したことがなかったから、心ときめかせて冬のパリへ飛んでいった。

十二月のパリは寒いというより痛いくらい空気が乾き、石畳の舗道を歩くとシンシンと冷気が足を伝ってくる。弘は修業先のレストランの近くのアパルトマンで、シェフ見習いの仲間と部屋をシェアして借りているのだけれど、ルイ子がいる数日間はその仲間がルイ子のために部屋を空けてくれることになっている。だからその部屋は弘とルイ子のふたりだけの隠れ家だ。

サン・シュルピス教会に近いアパートは築百年以上の古い建物で、狭い階段を上がった最上階、といっても四階の屋根裏のような部屋だった。間取りはふた部屋。ひとつはキッチン付きリビング、もうひとつが寝室で、弘と仲間のベッドが十畳ほどの部屋の左右に置かれている。その一方がルイ子に提供されたわけだけれど、そんな必要はなかった。だってふたりが使うのは弘のベッドだけなのだから。

田舎では近くの散歩以外ほとんど部屋にいたけれど、さすがにパリでは勿体《もったい》なくて、ルイ子は弘が働いている間、街見物もしてみたかった。そのための相手として、弘は日本から来ている画学生の本間を紹介してくれた。弘と同じ二十代後半くらいの快活な男で、暇な時間はたっぷりあるらしく、快くルイ子の相手をしてパリの街を案内してくれた。

セーヌ川に架かる橋を渡りながら、二年前までの自分なら将来のシェフと恋に落ちてパリにまで来ているなんて想像もできなかったな、とルイ子は思う。人生何が起きるかわからない。

クリスマスも近いその夜は弘の仕事も遅くなるというので、ルイ子は本間との夕食のあと近くのカフェに誘われた。

ワインを一、二杯飲んだルイ子は部屋に戻って弘を待っていたいと思ったけれど、まだ帰っていないよという本間にひきずられて、さらに二杯飲んだ。とりたてておに強くないルイ子としては許容量いっぱいになってしまったので席を立とうとすると、ゆらりと身体が揺れた。すぐに支えてくれた本間に送られて、アパートの狭い階段をゆらゆらと上がっていった。ドアの前に立ち、いつもより時間をかけて鍵《かぎ》を探し出してドアを開けた。

リビングの明かりは暗いままだった。やっぱりまだ帰っていないのかしら、と思った時、寝室の方から奇妙な声が聞こえてきた。野良《のら》猫でも迷い込んだのかしら。でも、それにしては人間の声のようでもあるし。怪訝な気持のままルイ子は声の正体を確かめようとして寝室のドアに近付いていった。奇妙な声はふっと消えて静寂になり、また微《かす》かに聞こえてくる。ドアノブに手をのばした時、背後にいた本間がその手を止めた。止められたことが引き金になって、ルイ子はもう一方の手でドアを開けてしまった。

太い木枠の窓から月光が射《さ》し込んでいて、明かりを消した部屋を青白く染めている。弘のベッドに人影があった。弘と金髪の若い女で、ふたりはシーツの中で抱き合っている。ルイ子は驚くというより茫然《ぼうぜん》として立ちすくんでしまう。女を上にした弘はルイ子に気付いたけれど、そのまま女との行為をつづけた。ルイ子はそんな弘と女を見つめながら、心臓ってあんまりドキドキすると石のように硬くなるものなんだ、などと取るに足らないことを考えていると、本間に握られていた右手が引き寄せられ、気が付くとまだ一度も使ったことのないもう一方のベッドの上に押し倒されていた。

それから起こったことは、弘と金髪女の現場を見てしまったことよりも思いがけない、というより、信じられないような出来ごとだった。

ルイ子は弘と金髪女が抱き合うすぐそばのベッドで、本間とセックスをしてしまった。あんまり悲しくて口惜《くや》しくて、自分が何をしているのかわからないまま、だらだらと涙を流しながら、それでも弘ではない男と弘のそばでセックスをしてしまった。

せめて裸にはならず、ジーンズと下着だけを脱がされて本間に抱かれてしまった。

本間の顔を見たくないから涙の止まらない眼を閉じ、泣き声が弘に届かないようにと歯を食いしばり、それでも嗚咽《おえつ》の声がもれてしまう。弘の上では金髪女がフランス語まじりの歓喜の声を発している。そのとき、ルイ子の下半身、本間と機能的につながっている部分から熱い固まりのようなものが発生して、ルイ子の体内にジワジワと拡《ひろ》がっていった。まるで野火のように、十二月のパリの冷気にこごえていたルイ子の身体に燃え拡がっていく。その炎の舌が石のように硬くなっていた心臓に到達したとき、深いというより、ヒリヒリするくらい強い快感がルイ子に襲いかかった。

これはいったい何？　心は悲しくて口惜しくてたまらないのに、どうしてこんなにも感じてしまうの？　ルイ子はまだ野火に侵《おか》されていない脳で考える。そして心と身体と脳がバラバラのまま、熱い野火に焼き尽くされていく。

立ち消えていた意識が覚醒《かくせい》したとき、部屋にはルイ子ひとりきりだった。なんだか悪夢を見たような心持なのだけれど、むき出しのまま冷えきった下半身を見て、悪夢ではなかったことを認識した。ルイ子は服の乱れを直してから荷物をまとめると、部屋を出た。

行くあてのないまま暗い石畳の舗道を歩いていった。行く手の路地に暖かな軒灯が見えている。小さなビストロだった。店の前には幾種類もの生牡蠣を積んだワゴンがあって、軍手をはめた牡蠣剝《む》き職人の老人が真夜中の冷気の中に立っている。行き過ぎようとしたルイ子に、老人がシワの深い顔で笑いかけた。その顔が切ないくらいに優しくて、ルイ子はふとその小さなビストロに入ってみようと思った。

フリュイ・ドゥ・メール。海の果物と呼ばれる生牡蠣が運ばれてくる。大嫌いな生牡蠣が皿いっぱいに。手を付けないわけにはいかない。白のグラスワインをひとくち飲み、見たことのない丸い殻に入った牡蠣にレモンを搾り、意を決して口に放り込んだ。ひらひらと薄い牡蠣は泣き疲れたルイ子の喉《のど》をなだめるようにやさしくすべり落ちていく。少しも生臭くなんてない。もうひとつ、フォークですくって口中に運ぶ。眼を閉じると、深い海の匂いが鼻孔にたちのぼってくる。生牡蠣がこんなにおいしかったなんて。あまりにもショックな出来ごとは、ヒトの好き嫌いの細胞まで変化させてしまうのかもしれない。

ルイ子はレモンも搾らずそのまま生牡蠣を口中に運ぶ。唇が生牡蠣のひらひらと触れ合った時、再び涙があふれてきた。でもそれは悲しみの涙ではなくて、ただ静かに流れる涙。不思議だなぁ。悲しみではなく涙があふれたり、拒絶しているはずの身体が快感を感じてしまうなんて。ヒトという生き物は本当に不思議。そして人生の一寸先は闇のきらめき。ルイ子は殻に残した牡蠣のジュースを飲み干しながら、弘を恨んでいない自分に気付いて少しだけ幸福になり、また少し泣いた。それから店を出て空港のそばの安ホテルで数日を過ごし、日本に帰った。

あの夜以来、弘とは会っていない。連絡もない。ルイ子はといえばずっと同じ会社に勤めていて、三十代半ばに近づいた今はあるプロジェクト・チームのチーフとなっている。相変わらず独身で、それなりのボーイフレンドはいるけれど、なぜだかそれ以上に踏み込めない。あの夜のことがトラウマになっているのかもしれないし、あるいは密《ひそ》かな憧《あこが》れになっているのかもしれない。

そして時々、生牡蠣を食べる。近ごろ西麻布や南青山にはオイスターバーなどという一年中でも生牡蠣を食べさせるレストランができて、それなりに繁昌《はんじょう》している。ルイ子は時々そんな一軒にふらりと出かける。あの夜パリで知った、丸い殻に入ったひらひらと薄くてやさしいブロン種の牡蠣を食べるために。

今夜もひとりでやってきた。残業がなかなか片付かなくて、軽くオニギリなど食べてしまったから、あとはワインを二、三杯と何か身体にやさしく入ってくれるものを口にしたい。それならやっぱり生牡蠣がいい。それくらいルイ子は生牡蠣に馴染《なじ》んでいる。

店内はクールな造りで照明は深海のようなブルーだ。本来、生牡蠣を食べるためにはこんなクールな造りではなく、あのパリのビストロのように木造りの暖かさのある方がずっと似つかわしいのに。などと思いながらクールな造りのカウンター席に腰を下ろし、シャンパンのグラスと生牡蠣の盛り合わせを注文する。このシャンパンや辛口の白ワインを生牡蠣にかけて食するというやり方も幾度か試みたけれど、最近になってもっとおいしい組み合わせを知ってしまった。生のギネス。黒ビールを注ぐのだ。これはもう最高。でも、クールな造りのオイスターバーなんかに本物のギネスビールのドラフトなどあるわけがなく、だから何も注がずレモンも搾らずそのまま海の塩味と匂いだけで食べることにしている。

生牡蠣の盛り合わせが運ばれてきた。まずはいちばんおいしいブロン種から。ひらひらと喉をすべり落ちる食感を味わいながらあたりを見ると、数席離れたカウンターに食べかけの生牡蠣の皿と飲みさしの赤ワインのグラスが置かれている。席の主は何処《どこ》にいったのかしら。携帯電話でもかけているのかしら、とお節介なことを考えていると、本当に男が携帯電話を閉じながら戻ってきてその席に坐《すわ》った。ふとその男を見たルイ子は息をのんでしまう。男もルイ子の方に顔を向けた途端、息をのむ。弘だった。六年ぶりに見る弘はやっぱり少し眠たそうな眼をしていてヒゲは無くなっていて、以前より精悍《せいかん》な男になったみたい。ちょっとカッコいい。

ふたりは互いの眼を見ながら軽く会釈《えしゃく》した。「久しぶり。元気だったの？」「ええ、なんとか。あなたは？」「まぁなんとか」「いつ帰ってきたの？」「去年」

自分の店は持ったの？と訊《き》いてみたかったけれど止《や》めにした。ルイ子にはもう関係のない男なのだから。「生牡蠣、食べるようになったんだ」。弘の声に不意をつかれて、ルイ子は動揺する。あの夜以来、あんまりショックで食べられるようになったのよ。そう教えてあげたらびっくりするかしら。でも教えてあげない。口惜しいから。

「一杯、僕に奢らせてくれる？」弘が言う。ええ、と応《こた》えようとグラスに残ったシャンパンを飲み干したとき、コンクリートの床を小急ぎに近づいてくるハイヒールの靴音がして、髪の長い女が「ごめん、お待たせ」と弘に抱きついた。弘は女を抱き寄せたままルイ子に片眼をつむって笑いかけた。まったく、変わらない男だ。ルイ子はふたりに軽く背を向けたまま生牡蠣の残りを食べ始める。

仲むつまじい様子のふたりから離れたくて、ルイ子は早々に店を出た。湿りけの多い夏の夜風が微かに吹いている。シャンパンを一杯で止めてしまったのでホロ酔いにもなれなかったルイ子は、ブラブラと歩き出す。こんなところで弘に会うなんて。正直なところ、ほんの一瞬だけ、昔を取り戻せたらいいのになんて思ったりもしたけれど、そんなことはありえないから、今夜はコンビニで週刊誌でも買って早く寝るとしよう。

小さなため息をつきながら横断歩道を渡ろうとしたとき、肩に手が置かれた。振り返ると弘だった。私、さっきの店に忘れものでもしたかしら。咄嗟《とっさ》にそう考えるルイ子を、弘の少し眠たそうな眼が見つめている。「飲もう」「え?」「あの女は帰した。今夜は君と飲みたい。付き合ってほしい。付き合ってくれるだろ?」

まったく、変わらない男だ。私を何だと思っているの? 人生なんて何が起こるかわからない。本当に、わからない。

でも、とルイ子は思う。私が私でありさえすれば、あとのことはわからなくたっていいや。

花嫁の父

毎週末の土曜と日曜、私は父のいる家に帰る。どんなことがあっても、このひと晩泊まりの帰省だけは実行している。

実家は埼玉県の奥の方にあって、私がアパートを借りている世田谷からは、電車を乗り継いで一時間半近くもかかってしまう。東京と隣り合わせの県でありながら、埼玉は奥の方になるとかなりの田舎なのだ。そんな田舎びた町に実家はある。

私が子供のころは、あたりには畑や野っ原がいっぱいあったけれど、今は味気ないマンションや建て売り住宅、倉庫などが建ち並び、だからといって開けた感じがするわけでもなく、中途半端《はんぱ》な発展のまま、すでにさびれ始めている。それでもまだ近所には鎮守の森があるし、駅前の商店街にはコンビニエンスストアが二軒できたとはいえ、地元の野菜を扱う八百屋、親子代々で営む肉屋や魚屋、蒲団《ふとん》屋も金物屋も健在だ。

土曜日の午後、アパートを出て父の家へ向かう途中、この駅前商店街で買物をする。

その時、必ず買うのがポテトサラダの材料だ。じゃが芋と玉ねぎときゅうり。人参《にんじん》が残っていなければ、それも買う。あとはハム。私のポテトサラダ、というより、亡《な》くなった母が作ってくれたポテトサラダにはいつもハムが入っていた。それも上等なロースハムではなくて、赤身のボンレスハム。

そんな母の味のポテトサラダが、父のなによりの好物だ。これさえあればビールのおつまみにもごはんのお供にもなるし、私がいない日々には食パンにのっけて食べたりもしているらしい。父にとってポテトサラダは、栄養価もボリュームもある万能のおかずなのだ。だから私はどんな晩ごはんの献立を作ろうと、ポテトサラダだけはたっぷり作ってタッパウエアに入れ、冷蔵庫に仕舞っておく。これで父は一週間ひもじい思いをせず生きのびてくれる。だからポテトサラダは私にとっても、便利で万能なおかずなのだ。

我が家のポテトサラダはとりたてて特徴があるわけではない。ひと口大に切ったじゃが芋と薄イチョウ切りの人参を時間差をつけてひとつの鍋《なべ》で茹《ゆ》で、まだ熱々のうちに、玉ねぎの薄切り(できれば軽く塩をして水気を絞っておく)と一緒にして千鳥酢とサラダ油と塩・コショーで作ったドレッシングで下味を付けておく。そのあとで軽く塩もみしたきゅうりの薄切りとハムを入れて、マヨネーズと溶き辛子、塩・コショーで味付けする。ささやかな特徴といえば、芋が熱々のうちにドレッシングで下味を付けておくことくらい。

母は私が中学三年の時に亡くなった。突然の、脳溢血《のういっけつ》だった。それまで家事のすべては母がしていたから、我が家は大混乱だった。何もできない父と兄と、中学生の私だけが残ったのだから。それでも日々の生活は続いていくし、お腹《なか》も空《す》くから、私がヨチヨチ歩きのように母の代りを始めた。父も、今は東南アジアに赴任して彼《か》の地で結婚もしてしまった兄も、「男子厨房《ちゅうぼう》に入らず」という母の古めかしいモットーで育てられてしまったから、未《いま》だに家事のことは殆《ほと》ど何もできないままだ。だから一週間分の洗濯も掃除も買物も、私がひと晩泊まりの帰省の時にこなしている。本当に、手のかかる父なのだ。

そんな父が年老いてきたのと同じくらい、小さな我が家も古びてきている。玄関の鍵《かぎ》を開けて「ただいま――」と声にしながら中に入ると、着物姿の父がいつも決まって立っている。「――ん」とだけくぐもった声で返事をくれると、すぐに背を向けて縁側に戻り、囲碁の続きを始める。四年前に定年退職してからは、昔の部下の会社に相談役として週二日出勤するのと、時たま三つ先の駅前にある碁会所に出かける他は日がな一日、縁側で碁石を置いている。

本当に不器用で無愛想で、軽口のひとつもきくことがない真面目《まじめ》な父だ。真面目というより、目立つことのない、限りなく平凡な父親かもしれない。

そんな父の家を出てひとり暮らしを決めたのは、高校を出て働き始めて、三度目の春がめぐってきたころだった。あれからもう七年になる。あの時、私は初めての激しい恋をしていた。とにかく夢中になってしまって、その彼のことを思うと息が苦しくなり、頬のあたりは火照《ほて》るのに手足は冷たくて、まるで自律神経に失調をきたすほどの恋だった。恋に幼かった、というだけのことだったのかもしれないけれど。

でもその彼は商家の長男で、結婚すれば彼の家に入らなければならなかった。そうなれば父の家に帰る自由はなくなる。彼のことは死ぬほど好きだったけれど、父をひとりで放っておくことは辛《つら》かった。恋人か父親か、ごはんも喉《のど》を通らなくなるくらい悩みに悩んで、私は父を選んだ。そうするしかなかったのだ。父を放って結婚したとしても、幸せにはなれないと思ったから。

そのあいだのことは、父には何も話さずにいた。彼との別れを決めてしばらくしたころ、父は私に封筒を渡してこう言った。

「私のことは心配せんでいい。これを頭金にでもしなさい」

封筒には五十万のお金が入っていた。父はたぶん、私の失恋に気付いていたのだ。

父が原因であったことも。だから、これを頭金にしてひとりになりなさいと、私に封筒を預けたのだ。父にとっても、私にとっても、ひとりになってみることが必要だったのかもしれない。

こうして私は父の気持を受け取り、アパートで暮らし始めた。その時から、週末の帰省を欠かしたことはない。

土曜日の夜、父と私の夕食は、まずポテトサラダのおつまみとビールから始まる。私も少しだけ相伴《しょうばん》する。そのあとは魚を焼いたり煮たり、刻みキャベツをたっぷり添えたトンカツやコロッケの時も、湯豆腐やカレーの時もある。それに青菜のお浸しか酢の物でもあれば父は満足してくれる。テレビの音量を小さくした茶の間で、父と私は卓袱台《ちゃぶだい》をはさんで向かい合い、たわいない言葉をポツリポツリと交わす他は黙ったまま、ゆっくりと静かな夕食をいただく。

夕食後、父はウイスキーの水割りを二、三杯たのしみながら碁石を並べ、私は後片付けを済ませてからお風呂《ふろ》を沸かしたりゴミの始末をしたり、アイロンをかけたりする。次の日曜日は早めに起きて、一週間分の掃除と洗濯をする。そして昼食を一緒に食べてから、私は父の家を出る。その時も父は、私を迎えてくれたのと同じ場所に立っている。「じゃあ、またね」と声をかけると、「――ん」とくぐもった声で答えるなり背を向けて縁側に行ってしまう。まったく、愛想《あいそ》のない父だ。

でも、そんな父が、私にとってはかけがえのない存在だ。週五日の会社勤めと週末の帰省。それをくり返すだけの私の日々は、若い女（といっても、来年で二十九になってしまう）としてはずいぶん地味で淋《さみ》しくみえるかもしれないけれど、父の存在が私を癒《いや》してくれる。父は一点の曇りもなく私を必要として、愛してくれているから。その充足感が私を励ましてくれる。

そんな地味な日々に変化が生じたのは今年の初め、谷川さんに出会ってからだ。

その日はチラチラと雪が舞う寒い日で、私は会社帰りに時々立ち寄る駅前の書店に入っていた。旅の本のコーナーで立ち読みするのが好きで、いつか行ってみたいと願っているバリ島の写真集に手をのばした時だった。横からもうひとつ手がのびて、それが谷川さんだった。互いに譲り合って、結局どちらもその本を手にしないまま、私は週刊誌を取ってレジに並ぶと、隣りに谷川さんが同じ週刊誌を手にして並んでいた。さらにその帰り、酒屋の自動販売機でビールを買おうとしたら、またしても谷川さんに出くわした。三度も偶然が重なって、さすがに二人とも可笑《おか》しくなってしまい、谷川さんと私は雪のちらつく商店街を同じ方向に歩き出した。

谷川さんは父と同じくらい、目立たなくて平凡な感じの男性《ひと》だった。中肉中背で眼鏡をかけて、黒っぽいサラリーマンコートを着ていて。向き合って話していても、眼を閉じたらすぐには顔が思い出せないかもしれない。それくらい何処《どこ》にでもいて、目立たない感じの男性《ひと》。

谷川さんが雪の商店街を歩きながら言った。

「バリ島、お好きなんですか」

「行ったことはないんですけど、いつか行ってみたいと憧《あこが》れているんです」

「いいですよね、バリ島。何にもなくても、充《み》ち足りている感じがして」

目立たないくらい平凡な感じの男性にしては、気のきいた言葉だと思った。何にもなくても充ち足りている感じ、だなんて。私がバリ島に魅せられたきっかけは一枚の写真だった。夕暮れどき、村の女たちが、頭の上にのせた竹籠《たけかご》の中に神へ捧《ささ》げる花や供物《くもつ》を入れて、もう一方の手で幼い子供を抱いたり小さな手をひきながら、ゆるりゆるりと近くの寺に向かう、そのうしろ姿の写真だった。バリの女たちはそうやって一日に数回、神への花や供物を作り、ゆるりゆるりと運ぶのだという。自分のためというより、神に捧げるために一日が過ぎていく。私はその写真を見て、なぜだかホッとするような思いを抱いたことを覚えている。私も毎日とはいかないけれど、週末ごとに、かけがえのない父にポテトサラダを作るためゆるりゆるりと父の家へと向かい、そうやって年月を過ごしてきた。

いつのまにか雪が激しくなって、谷川さんと私は商店街の外れにある小さな居酒屋に入ることにした。ごく自然にそうなった。居酒屋は初老の夫婦が営んでいる、清潔で感じのいい店だった。二人ともまだ名前をきいていなかったので、各々《おのおの》に名乗り合ったあとは、谷川さんも気のきいた会話をしてくれるわけでもなく、私もそんなことはできないまま、熱燗《あつかん》を飲みながら窓の外の雪に眼をやったり、夫婦の置いてくれる料理を味わいながら一時間程を過ごした。初めて、それも偶然出会ったばかりなのに、会話がなくても安堵《あんど》していられるというのは奇蹟《きせき》に近いように思われた。

次の週にも谷川さんと会った。その次の週も。同じ水曜日の同じ時間、同じ小さな居酒屋で。やがて過ごす時間も一時間が二時間、三時間になり、週一回のデートも複数になっていった。谷川さんは地図を作る会社で働いていて、私の誕生日を知ると、拡《ひろ》げれば畳一枚以上もある大きな精密日本地図をプレゼントしてくれたりもした。いかにも谷川さんらしい贈り物に、私は微笑《ほほえ》んでいた。

そうやって谷川さんと私は少しずつ親しくなっていった。七年前の恋のような激しさも、自律神経に失調をきたすほどのやるせなさもないけれど、三十年近くを別々に生きてきた男と女の距離を、ていねいに少しずつ埋めていくような、そんな親しくなり方だった。

二人が結ばれたのは夏の終り、谷川さんが私のアパートまで送ってくれて、そのまま私達は結ばれた。

目立たないくらい平凡な谷川さんだけれど、服を脱いで抱き合ってからは、私をとても喜ばせてくれた。谷川さんが特別に上手だとは思わないけれど、イヤだと思わせることがひとつもないのだ。自分勝手にコトを進めるのではなくて、私の体が馴染《なじ》むのをじっと待ってくれる。右足の膝《ひざ》の裏にあるホクロを見つけてくれたり、左の肩から背中にかけて唇を這《は》わせたり軽く噛《か》んだりすると、私が強く感じることを見つけてくれたりもした。谷川さんとの性交は、黙ったままお酒を飲んでいる時に感じる安堵感のように心地よいのだ。

私はこれまで谷川さん以外には二人の男性しか知らないし、そんな乏しい経験の私が言うのは憚《はばか》られるのだけれど、男性の性器それ自体にはそれほどの差異はないように思う。男性はほんの僅《わず》かな形状や大きさの違いで悩んだり傷ついたりするらしいけれど、女性から見れば大したことではない。だって、男性器を迎え入れる女性器(膣《ちつ》)は無限の可能性を秘めている場所なのだから。その容積でいえば、最小の時は何も入れていないゼロの状態から、最大では赤ん坊がそこを通って生まれるのだ。ゼロから赤ん坊。その差異に比べたら、僅かな形状や大きさの違いなど取るに足らない些細《ささい》なことだ。

もしも男性の性器を並べた市（そんな市がある筈《はず》ないけれど）があるとしたら、その数多《あまた》の性器の中から、自分の愛する男のひとつを見つけ出すことができるだろうか。たぶんできないと思う。できないけれど、自分が好いた男の性器を、数多の中から、かけがえのないひとつの性器にしていくことこそが女の恋の力である、というようなことを書いた文章を何かの本で読んだことがある。その時にはよく分らなかったけれど、谷川さんと結ばれた今、そのことを深く実感できる。平凡な谷川さんの性器は、私にとってかけがえのないたったひとつの性器だ。

その谷川さんから、プロポーズされた。いつかそう言ってもらえるかもしれないと思っていたけれど、実際に谷川さんから不器用な言葉で「結婚してほしい」と言われた時は、本当に嬉《うれ》しかった。谷川さんのことだからよくよく考えてのプロポーズであったろうし、私が抱えている事情についても知ってくれている。

谷川さんは最初の時の恋人と違って、三男坊で、年老いた母親は長男夫婦と島根の郷里で暮らしている。だから谷川さんは親の面倒を見ることからは自由で、自分ひとり生きていけばいいのだ。私としては今のまま谷川さんと一緒に住み、週末ごとに父のもとに帰ってもいいのだけれど、できるならば父とも一緒に住みたい。父は遠慮するにちがいないけれど、そうできたなら私に心残りは何もない。

そのことを谷川さんに伝えると、「君がそうしたいのなら、僕の方には問題ないからそうしてあげればいい」と言ってくれた。三十近くにもなり、目立たないくらい平凡な父親似の平凡な娘である私にとって、谷川さんのプロポーズは望む以上の幸運だった。

でも父には上手に、デリケートに話さなくては。かつての失恋は自分が原因だったと知っている筈だから。父に気を遣わせたり、機嫌を損ねることなく伝えなくては。住まいについても谷川さんと相談している。新しいマンションを借りてそこに父を呼ぶのではなくて、父の家を改装して、そこに私たちが移り住もうと計画している。父にはまだ何も話していないけれど、古びてきた実家もそろそろ改装が必要な時なのだから。

次の帰省の時、父に報告しよう。なにより気を付けなければいけないことは、父に「花嫁の父」の淋しさを感じさせないこと。遠慮も気兼ねもなしに、谷川さんと私を受け入れてもらうこと。谷川さんはたぶん、父とは気が合う筈だ。どちらも不器用で無愛想で、目立たないくらい平凡で。その時に備えて、谷川さんは囲碁の勉強も始めてくれている。

不思議なことなのだけれど、プロポーズを受けてから、私は谷川さんに抱かれることがいっそう良くなっている。そんなつもりはなかったのだけれど、私の中のどこかに頑《かたくな》な固いものがあって、それが溶け出したように、谷川さんを迎える私の体が柔らかになってきたのだ。私は谷川さんに抱かれながら、谷川さんが一点の曇りもなく私を必要とし愛してくれていることを強く感じ取り、そう感じる心の片隅で父を思い、少しだけ申し訳ないような切ない気持になってしまう。

今年最後の土曜日。次の週末はもう師走《しわす》も残り僅《わず》かになっているから、そのまま父の家に泊まり込んで、おせちを作り大掃除をして、父と一緒に正月を迎えることになる。例年通り、今年もおせちを作るけれど、お正月には谷川さんを父に紹介したい。そのためにも今夜、父に谷川さんのプロポーズのことを報告しなくては。いつものように駅前商店街でポテトサラダと今夜の夕食の材料を買い込んで、私は少々意気込む思いで父の家へと向かう。父はいつもの着物姿で私を迎え、すぐに縁側に戻るとひとり囲碁を続けている。

今夜はつくね鍋《なべ》だ。鳥のひき肉に生姜《しょうが》汁とニンニクと玉子を入れてつくね団子にして、それと冬かぶの鍋。父と二人、鍋をつついた方が話もしやすいだろうと思ったからだ。まずはポテトサラダとビールで一杯やってもらって、卓袱台にコンロを用意して、つくね鍋を置く。母のころから使っている大きな土鍋だ。蓋《ふた》をあけると、あったかな湯気が父と私を包む。私は小鉢にポン酢とおろし生姜を入れて父の前に置く。父は「――ん」と言って食べ始める。

いよいよ報告しなくては。私は父に伝えるべき言葉を心の中で反芻《はんすう》する。「お父さん、好きなひとができたの。結婚したいと思っています」。うまく言えるだろうか。私はビールをひと口飲んで乾いた唇を湿らせる。深呼吸をしてから、湯気の向こうの父に言う。

「お父さん、私――」

「――ん？」

父も顔を上げて、湯気のこっちの私を見つめる。さぁ、言わなくては。その時、父が神妙な声で言った。

「咲子《さきこ》。話がある」

「――え？」

勢い込んでいた私は蹴《け》つまずいたみたいな声になる。父は私の顔から視線を下ろして箸《はし》を置くと、もう一度湯気の向こうで顔を上げた。父は結婚のことを勘づいているのかもしれない。ひょっとして反対されてしまうかも。私はいっそう緊張して、父の言葉に身構えた。

「実は、好きなひとができた。結婚しようかと思っている」

思いもかけない父の言葉に、私は一瞬頭の中が真っ白になって、それからゆっくりとまばたきをした。眼を開けると、父はすでに何事もなかったように、黙々とつくね鍋を食べている。

ちょっと、お父さん。それを言うのは私の方でしょう? 冗談じゃないわよ。私の中に湧《わ》き上がってきたのは、腹立たしさと同時に、嫉妬《しっと》の感情だった。お父さんは一点の曇りもなく私を必要として、私だけを愛していてくれてたんじゃなかったの? それなのに、いい年をして好きなひとができただなんて。私はつくね団子を一個取り上げて、ポン酢をくぐらせると、怒ったように頬ばった。

ねっちりしているくせにプリプリした美味《おい》しいつくね団子を頬ばるうちに、私の中から嫉妬の感情がじんわりと失《う》せていき、その代りに、取り残されたような淋しさがこみ上げてきた。父にとって私は、かけがえのない存在なんかじゃなかったんだ。私にとって父はかけがえのない存在なのに――そう考えた時、私はすでに谷川さんのこともかけがえのない存在だと感じていることを思い出して、恥しさに頬が熱くなった。

そしてこみ上げていた淋しさはやがて、切ないような恥しいような、父への祝福の思いへと溶けていった。

「お父さん。よかったわね。おめでとう」

「いいのか」

　いいもなにも。お父さん、そのひとのこと好きになっちゃったんでしょう？　でも。目立つことのない、限りなく平凡な年老いた父が恋をするなんて。その時不意に、谷川さんに抱かれている時の感触が生々しく蘇《よみがえ》ってきて、私は微《かす》かに息をはずませる。父に負けず平凡で目立つことのない谷川さんと私が、互いをかけがえのない存在として確かめ合うように、父とそのひとも、数多の中のたったひとりとして体を寄せ合っているのかもしれない。

　でも参ったなあ。父に、花嫁の父の淋しさだけは感じさせまいと気遣っていたのに、私の方が花婿《はなむこ》を送り出す母になったみたい。娘なのに。私は父と私の小鉢にポン酢を注ぎ足し、つくね団子とやわらかく煮えたかぶを入れる。

　谷川さんのことは明日話そう。久しぶりに父と鎮守の森へ散歩に行って、その時、話をするとしよう。今度のお正月は、古びたこの家も賑《にぎ》やかになるかもしれない。なによりもまず、母に報告しなくては。父はたぶん、私に話すより先に母に訊《き》いているだろう。いいかい？ 新しいひとがきても。

今夜はもう一度、ポテトサラダを作ろう。父のために作る最後のポテトサラダになるかもしれない。次は、父が好きになったひとが作ってくれることだろう。だって父はポテトサラダなしでは生きていけないのだから。

そして私は、谷川さんのためにポテトサラダを作ろう。これまでもいろんな料理を作ってあげたけれど、ポテトサラダだけは作らなかった。父のためのものだったから。でも、これからは作る。じゃが芋が熱々のうちにドレッシングで下味を付けてハムも入れる、母のポテトサラダを作ってあげる。かけがえのないひとのために。新しい年がみんなにとって、やさしい年でありますように……。

たわわの果実

朝、窓のよろい戸の隙間《すきま》から光の粒子を含んだ陽光が射《さ》し込む寝室で、朱美《あけみ》は目覚める。気持よく伸びをする。ほどよい固さのダブルベッドの端っこで、相棒の賢治《けんじ》が胎児のように身体《からだ》を丸めて眠っている。そういう格好で眠るのが彼の好みなのだ。だから朱美はベッドを広々と独占できる。もう一度伸びをしてからベッドを降り、窓を開ける。クリーム色のペンキが剝《は》げかけたよろい戸の板目がギシッと軋《きし》んで、朱美はその懐《なつか》しいような音をきくたび、あぁ私は今、好きな男とこの部屋に棲《す》んでいるんだと実感する。

窓の向こうに、海が広がっている。天気のいい日にはキラキラと輝いて、眩《まぶ》しいくらい。ナイトテーブルの上から煙草《たばこ》と灰皿を取ってきて、窓辺で一服する。まだ賢治が眠っている間の一服が朱美は好きだ。これに淹《い》れたての珈琲《コーヒー》があればいうことはないのだけれど、それまで一服を待てないし、インスタントの珈琲なんて嫌いだ。どうせ飲むなら挽《ひ》きたての豆をドリップ式で淹れたい。もっとも淹れてくれるのはたいてい賢治だけれど。賢治は珈琲より緑茶やほうじ茶が好きなくせに、珈琲を淹れるのが上手だ。それに珈琲を淹れるのは女より男の方が似合う。じっくりと琥珀色《こはくいろ》の液体が落ちてくるのを待つ男の姿はセクシーでさえある。本当にそう思っているし、それを言葉にして賢治をおだてるのも朱美は上手だ。

唇に貼《は》りついた煙草の葉を取りながら、今日一日のスケジュールを確認する。午前中に展示会の企画会議が二つ。昼は県の広報課の連中と昼食ミーティング。午後は今夜から始まる新進画家の個展の展示をチェックして、五時からオープニング・レセプション。夜は遅くなるだろう。今日も忙しい一日だ。

朱美がこの九州の街にきてもう四年になる。東京の現代美術を扱う画廊としては老舗《しにせ》のN画廊で働いていた朱美は、この街に美術館が開設されることになり、キュレーターとして派遣されたのだ。最初のうちは田舎暮らしなんて冗談じゃないと思っていたけれど、美術館は思っていたよりセンスも悪くないし、資金力もある。自分の力を活《い》かせるかもしれない。食べ物もおいしいし、街の雰囲気もなかなかいい。そしてなによりいい男とめぐり会った。それが賢治だ。

賢治はこの地方で生まれた。父親はかなりの素封家で、賢治は妾腹《しょうふく》の息子ながらそれなり裕福に育てられた。大阪の美大を出てブラブラしたのち、パリへ渡って写真を学び、帰国後はこの街で写真館を営みながら（他人に任せているのだが）、好きな写真を撮っては時々地方誌に載せたり、馴染《なじ》みの喫茶店の壁に飾ってもらったりしてのんびり暮らしている。賢治いわく、高等遊民《ディレッタント》の暮らしぶりというわけだ。

朱美はそんな賢治を歯がゆく思ったこともある。ちったァ野心のかけらでもいいから持って、もう少しちゃんと仕事したら？　喫茶店の壁なんかじゃなくて、うちの美術館で個展のひとつもやってみたらどうなの？　朱美が批判の言葉をぶつけるたび、賢治は「なんで？」と眼を丸くする。こっちの言い分の方がずっとまともだと思うのに、賢治の答えはきまって「なんで？」。脂《あぶら》っ気のないサラサラというよりもモシャモシャした髪をかき、長身ながらやや猫背で、子供がお母さんの言うことに承服できないという顔で「なんで？」

朱美がいくら言葉を尽してやり込めようとしたところで、賢治の無垢《むく》な疑問は打ち崩せない。そのうち疲れてくる。こっちは仕事が忙しいんだし、こんなことで疲れたくないから、朱美は言い合いを一方的に中断する。こういう時に決して怒ったりしないのが賢治のいいところだ。こっちが退《ひ》くと、あっちもさっと退く。そして何事もなかったかのように、のどかな時間が継続する。

それに、と朱美は思う。たとえ賢治が高等遊民のように暮らしていても、私は私が生きていく分を稼げるのだし、賢治だってそれくらいの余裕はある。だったら好きにすればいい。結婚適齢期をとうに過ぎた女が東京から遠く離れた海辺の街で、こんなにも快適に暮らせる独身男とめぐり会えたなんて極めてラッキーなことじゃないか。おまけに賢治は十二歳年下の三十歳。朱美はすでに子供を産むか産まないかという迷いからは解放されていて、そのことさえ賢治は受け入れてくれている。

なんたって彼は私にぞっこん惚《ほ》れているから、と朱美は思う。それについては揺るぎことなく自信がある。この街に来てまだ半年のころ、市場とよばれる小さな魚屋や肉屋や八百屋が軒をつらねるアーケード街で出会って（乾物屋のショーウィンドウに並べられたカラスミをふたりが同時に買おうとした）、ひとめ惚れしたのは賢治だ。美術館が終るころを見計らって迎えにきたり、有名ではないけれどおいしい店に誘ってくれたり。一緒にいてうっとうしくないし、パリに留学していただけあって話題もせせこましくない。なにより賢治が自分に夢中になってくれたのが朱美には嬉《うれ》しかった。

男にぞっこん惚れられるというのは気分がいい。勇気のようなものが湧《わ》いてくる。仕事に注ぐエネルギーだって強くなる。朱美は幾つかの恋をくり返してきたけれど、どれもうまくいかなくなったり長続きしなかったりで、この街へ来る前の二、三年はひとりだった。もうめくるめくような恋なんて訪れないかもしれない。そんな弱気にさえなっていた。でも賢治に会って、もういちど、以前よりいっそう深く女としての養分を取り戻した。

朱美は四十を過ぎたとはいえ、まだまだ自分には魅力があると秘そかに思っている。顔は美人というほどではないけれどチャーミングで、とりわけ笑った時の顔が、眼尻《めじり》にシワはできるけれど吸い寄せられるような魅力があると賢治は言う。骨細なので手や脚はけっこうほっそりしているわりに乳房は豊かだ。その豊かな乳房がほんの少し垂れてきた風情《ふぜい》はなかなかのものだ。たわわに実った果物の芳香のようなものさえ感じられる。乳房というのはピンと張った若々しいモノだけが美しいわけじゃない。ブラジャーを外し、その重みを含んだ乳房を両の手で受けとめる時、朱美は自分が今、食べごろの「おいしい季節」を生きていることを実感する。賢治もまたこのたわわの乳房を手に受けて、ゆっくりと口づけするのが好きだ。そんな時、朱美は身も心もゆったりと解放される。

海を見下ろす高台に建つマンション、というよりアパルトマンと言った方がふさわしいこの棲みかを見つけてきたのは賢治だ。ペンキも剝げかけて少々古びてはきているけれど、どの部屋にもよろい戸の付いた出窓があって味わいがある。2フロアの造りで、下がリビングともうひと部屋、上の階は太い梁《はり》のある天井が斜めに傾斜していて、賢治いわく「パリのアパルトマンの屋根裏部屋みたい」

この部屋でふたりが暮らし始めて三年。朱美が予想していた以上に、ふたりでの生活は充《み》ち足りて快適だ。仕事が忙しいのは朱美で、賢治は高等遊民の如《ごと》くブラブラしているから、時間のやりくりはほとんど朱美の主導だ。朱美にとっては極めて都合がいい。ふたりとも食いしん坊なので、朱美の仕事が終わったあとで一緒に食事をする。外食が多いけれど、たまに賢治も作ってくれる。さらにたまにだけれど朱美も作る。たいていは洋食だ。主食はごはんよりパンかパスタ。それが朱美の好みだから。賢治の本当の好みはさっぱりした和食、おふくろ料理なのだけれど、朱美の好みに合わせてくれる。合わせられないのはチーズ。朱美がとりわけ大好きなチーズだけは心やさしい賢治も付き合ってくれない。それでもかまわず朱美はチーズを食べる。うんとおいしそうに食べてやる。

東京に戻ってこないかと、以前働いていたN画廊から連絡が入った。オーナーの片腕、というよりN画廊を実質的に任されていた先輩が急逝《きゅうせい》して、その代りをやらないかと打診されたのだ。思ってもいないことだったし、朱美の実力からすればまだ重荷でもある。しかしN画廊は美術界でも信頼があつく、海外のアーティストとの交流も深い。朱美がかねてからやりたかった都市計画のプロジェクトの一環としての、公共の場での美術展示をやれる可能性だってある。朱美にとってチャレンジであり、大きなチャンスでもある。

朱美は大いに迷った。チャンスと賢治との間で。この街での暮らしはたしかに心地よい。捨てがたい。でも今を逃したらこんなチャンスはもうないだろう。仕事はそんなに甘くない。でも男は、賢治なら、仕事を選んだとしてもうまくやっていけるかもしれない。私達はそんなヤワな恋人じゃない。それなりに人生を経験してきたよき仲間だ。離れていたってきっとうまくやっていける恋人同士だ。

そのように結論を得た朱美は、そのままを賢治につたえた。ふたりが別れるのではなくて、よき仕事をしながら今の関係も大切にしたいと。幾分かの不安はあったけれど、賢治は朱美の結論をすんなりと受け入れてくれた。「君が選んだんだから、そうすればいいさ。僕はいつだってここにいるから」。感激した朱美はたわわな乳房を押しつけるようにして賢治に抱きつき、その夜は心と身体のすべてを尽してとびきりのセックスをした。手応《てごた》えは充分だった。賢治はきっと私に会えないと淋《さみ》しくてたまらなくなるにちがいない。かわいそうだから時々帰ってきてあげなくちゃ。

東京に戻るとすぐ、仕事に忙殺された。美術館より人数がいない分、個人がやるべき仕事量が多い。海外出張もあるし、次々新しい企画を考案しなければならないし、アーティスト達にハッパをかけて作品を作ってもらわなければならない。もちろん美術作品の売買もある。

でも、朱美は元気だった。仕事が面白いこともあるし、遠くの街で賢治が待っていてくれることにも支えられていた。それなりに昔のボーイフレンドに会ったり、新しいボーイフレンドを作ったりもした。正直に白状すればつまみ食いなんかもした。れっきとした恋人がいながらの火遊びはなかなか刺激的だ。こちらにどうなりたいとかどうしてほしいとかいう欲求がないぶん、相手は燃えて追いかけてくる。それが面白いし、女としての自信にもなる。私はまだ充分男にもてる。そう実感してますます元気になる。

離れて最初のうちは月に一度、なんとか時間のやりくりをして海辺の街へ帰った。忙しいのは朱美の方なのだから賢治に東京へ来てもらえばいいようなものだけれど、その方法はとらなかった。へたに来られて気をつかうのは面倒だし、東京暮らしには足手まといだ。それよりは時々帰って、身も心も解放するための男であってほしい。ずいぶん身勝手だと朱美自身も思うけれど、人生は自分に都合のいい方が快適に決まっている。

月に一度が二ヶ月に一度になり、思いがけない仕事上のトラブルも重なって、気が付くと半年近くが経《た》っていた。夜に電話をすれば賢治は必ず部屋にいる。きっと退屈して淋しがっているにちがいない。そろそろ帰ってあげなくちゃ。でもふつうに帰ってもつまらないから、いきなり帰って驚かせてやろう。そう思いついた朱美は三泊四日の休暇をなんとか捻出《ねんしゅつ》して飛行機に乗った。お土産や自分が大好きなチーズとふたりのためのワインを持って。

すっかり陽の落ちた街をタクシーでとばして、海辺のアパルトマンへ向った。坂道をのぼっていくと、漁船の灯りがチラチラとまたたく海が見えてくる。階段を上がり、ドアの前に立つ。鍵《かぎ》を取り出してそっとドアを開ける。部屋に明かりはなく、賢治はまだ帰っていない。窓のよろい戸を開けて、汐《しお》の匂いのする夜気を入れる。それから明かりを点《つ》けないままゆっくりと部屋を見る。

何も変わっていない見慣れたままの部屋。椅子が二つだけの小さな食卓テーブル、革張りのゆったりしたソファと椅子、フロアスタンド、アンティークの食器棚。賢治がこの部屋でひとりぼっちで暮らしていたのだと思うと胸が疼《うず》いてしまう。冷蔵庫を開けてチーズとワインを入れる。中に入っていたのは賢治好みの漬け物やつくだ煮、煮豆なんかだ。袋入りのストックもある。こういうものばかり食べていたのかと思うとまた少し胸が疼く。その途端、「パリのアパルトマンの屋根裏部屋」が見たくなって、朱美は階段を駆けあがる。

寝室の明かりを入れようとして、声を上げそうになった。ベッドがふくらんで、クシャクシャの頭が半分ほど見えている。なんだ賢治ったら帰ってたんだ。相変わらずブラブラしていてこんな時間にもう眠ってしまったのね。朱美は笑い出しそうになるのを我慢して、羽毛布団をめくりあげた。今度は本当に声を上げてしまった。

ベッドで眠っていたのは賢治ではなくて、クシャクシャの短い髪を赤く染めた、たぶん二十歳《はたち》そこそこの若い女だった。女は化粧っ気のない眠そうな顔で朱美を見上げながら言った。「——だれ？」

だれ、ですって⁉　冗談じゃない。こっちこそ訊《き》きたいわよ。あんたはだれ？　どうしてここにいるの⁉　そう切り返したいのに言葉がつまって出てこない。あまりにも動転したり頭にくると言葉が出てこなくなることを朱美は初めて実感した。言葉の代りに手を出して、女をベッドからひきずり降ろした。ゴロリと床に転がった女が立ち上がると、小柄な朱美より頭ひとつ分ノッポで痩《や》せっぽちだった。そのノッポ女に頭の上であくびをされたのが口惜《くや》しくて、女の腕をつかむと階下へつれていった。

「もしかしてアケミさん、ですかァ？」女が少々舌っ足らずに訊いた。いっそうムカッとした朱美はようやく言葉を取り戻し、女を問いつめた。「あなたこそだれ？　何者？　どうしてここにいるの⁉　他人《ひと》の部屋で何をしてたの⁉　ちゃんと答えなさい！」「えーと」、とまた舌っ足らずに女がきいた。「何からこたえたらいいんですかァ？」コンチクショー。若いくせになんて図太い女だ。でも、確かにいろんなことをいっぺんに訊きすぎたかもしれない。もっと上手にやり込めなくては。などとらちもない反省をしていると、ドアの開く音がして賢治が帰ってきた。眼の前の光景に眼を丸くして、いつものようにモシャモシャの髪をかきながら言った。「なんで？」

朱美は賢治の質問を無視して賢治をにらみ、次に女をにらみつけた。女は情けない小動物のような眼で賢治と朱美を代る代る見ていたけれど、そのまま上の部屋へいくと賢治の物であるパジャマを脱ぎ、きちんと畳んでベッドの上に置き、また降りてきて、ふたりのそばを通って帰っていった。その間、三人ともずっと黙ったままだった。「だれよ、あの女」、朱美は自分でもぞっとするくらい低くて怖い声で訊いた。「ハンバーガーショップの女」「ハンバーガーショップですって⁉　あなたいつからそんな女でよくなったの？　若けりゃどんな女でもいいってわけ⁉」自分でも下品だと思う言葉が次々とび出してしまう。賢治がポツリと言った。「デニス・ホッパーがさ」

「え?」「だからデニス・ホッパーが、たしかバレリーナのカミさんと離婚した時こう言ったんだ。次に付き合うならハンバーガーショップで働いてるような女がいい」

「バッカじゃないの⁉　あなたはデニスじゃないし、離婚どころかカミさんだっていないじゃない!」

賢治はうなずき、そのままうなだれるように足許《あしもと》を見つめながら、とても素直に言った。「ごめん。本当に、ごめん」

不覚にも朱美の目に涙があふれてきた。口惜しいのと腹立たしいのと、自分がバカみたいなのと。いろんな思いがぐちゃぐちゃになって涙が止まらない。せっかく時間を作って、驚かせようと帰ってきてあげたのに、こんなひどい仕打ちを受けるなんて。朱美は自分が東京でしていた身勝手な行いのことはすっかり忘れて、たった今受けたばかりの傷の痛みに泣いている。

賢治の手が朱美の腕を摑《つか》んで抱き寄せた。たわわの乳房がふたりの身体の間でやわらかく押し潰《つぶ》される。もう一方の賢治の手がカシミアセーターの中に入ってきて、ブラジャーのホックを外す。この人はたわわの果実より、青いリンゴみたいな若くて固い果実の方が好きなのかしら。そんな思いがよぎったけれど、答えは聞きたくない。賢治が何か言おうとしたので、朱美は急いでその口を唇で塞《ふさ》いでしまう。そのまま久しぶりの長いキスになって、朱美の身体はだんだん熱くなっていく。

賢治が朱美を抱き上げてソファに運ぼうとする。ベッドはさっきの女が寝ていたから避けようとしたのだ。どうして？　ここはふたりの部屋なのに、どうして私達が逃げなければならないの？　そう思った朱美は賢治の腕から離れると寝室へいき、シーツを剝がして新しいシーツに取り替えた。それから賢治を呼び寄せると、初めてセックスをするようにセックスに挑んだ。

でも、なかなかうまくいかない。集中できないのだ。ひとつの曇りもなく安心して、身も心も解放できたセックスが懐しい。たった半年前までは自分が今、食べごろの「おいしい季節」を生きていると実感できたのに。賢治が自分にぞっこん惚れていると揺るぎなく感じられたのに。賢治の手がたわわの乳房をどんなに愛撫《あいぶ》してくれても、朱美は集中することができない。

中途半端《はんぱ》なまま、この夜のセックスは終わった。正直に言うと、感じるふりをしてなんとかセックスを終わらせたのだ。きっと賢治だって中途半端に感じているにちがいない。でもそのことには触れず、さっきの若い女のことにも触れないまま、ふたりは汗ばんだ身体をそっと寄せ合う。

夜中、朱美は眼をさます。一瞬、ここが東京のマンションの部屋なのか海辺のふたりの部屋なのかわからなくなって、そっと闇《やみ》の中に手をのばす。あたたかい賢治の身体を手が探し出す。ベッドの端っこで身体を丸めて眠っているだけの男の体温に、朱美は救われたような深い安堵《あんど》を覚える。ホッとした途端、朱美は空腹であることを思い出す。今夜は夕食を食べそこねてしまったから。思い出すと我慢ができなくなって、朱美はベッドを降りて階下へいく。

冷蔵庫から手土産のチーズとワインを出して、食卓テーブルで食べ始める。エポワスとミモレットと山羊《やぎ》のシェーブル。ワインはブルゴーニュの赤。すごくおいしい。どうせなら賢治も起こして一緒に食べたいけれど、賢治はチーズだけは付き合ってくれない。好きじゃないから。でも私は好き。賢治が嫌いでも私はチーズを食べることを止《や》めない。絶対に止めたりしない。そして賢治も絶対に手放さない。それって欲ばりすぎ？　だから今日みたいなことが起きたの？

朱美は二杯目のワインを飲み干して、ふーっと息をついてから、ミモレットをひと切れくわえたまま窓辺へいく。静かな夜の海が広がっている。いいよなぁ海は、ひび割れたりしないから。でも私達ふたりにはひびが入ってしまった。それが大きなひびでも小さなひびでも、一度ひびが入れば元通りにはならない。そんなことくらい朱美にもわかっている。賢治だって感じているにちがいない。じゃ、どうすればいいの？

修復？　それとも忘却？

朱美は食卓テーブルに戻って、もう一杯ワインを飲む。それからとろとろと程よく熟したエポワスをスプーンですくう。いい匂い。まるでたわわに実った果実の芳香みたい。朱美はふふっと微笑《わら》うとガウンの中に手を入れて、自分のたわわの果実を手に受ける。いくら賢治が青いリンゴをつまみ食いしたところで、このとろりと柔らかなエポワスみたいなたわわの果実を忘れられるはずがない。

すっかり酔いのまわり始めた朱美は楽天的に考える。誰が何と言おうと、チーズも仕事も東京暮らしも、もちろん賢治も手放すものか。もうさして若くないからこそ、いっそう手放したりするものか。朱美は自分で言って自分でうなずくと、もう一度ガウンの中のたわわの果実を手に受けながら、とろとろのエポワスをスプーンですくっておいしそうに食べてしまう。

水女（みずおんな）

もしかしたら、私は弔女《とむらいおんな》かもしれない。沙代《さよ》は時々そんな風に思うことがある。

小学生のとき、祖母を看取《みと》った。両親が共働きをしていたので、リウマチと心臓病を患《わずら》って寝ついていた祖母の世話をしたのも、祖母の最期《さいご》に付き添っていたのも、十歳になったばかりの沙代だった。高校に入った年に母を、二十代の半ばで父も看取った。

父も母もひとりっ子同士だったから、その両親が亡《な》くなってしまうと、沙代には付き合いのある親戚《しんせき》もなくなった。探し出せば遠い親戚がいるにはいたけれど、他人よりも遠い存在だった。

こうして沙代は、二十代の半ばで天涯孤独の身の上になった。

そのとき沙代が感じたのは淋《さみ》しさというよりも、何か清々とした空気だった。もともと共働きの両親に育てられたからひとりでいることには慣れていたし、そのことでことさら孤独に陥ることもなかった。空気が少しだけひんやりと感じられたけれど、その冷たさは不快ではなかった。これでもう誰かを看取らずに済む、失わずに済む。そう思えたから、清々としたのかもしれない。

弔いはそれで済むはずだった。でも、そうではなかった。

父の最期を看取った沙代は、生まれ育った家を処分してマンション暮らしを始めた。若い女がひとりで暮らしていくにはやっぱりマンションが便利だし、安全でもある。この2LDKの陽あたりだけは良いマンションと、勤め先の会計事務所とを往復することで、沙代のひとり暮らしは始まった。

やがてその静かな往復の間に、ひとりの男が現れた。

相澤友之《あいざわともゆき》。沙代が勤めている会計事務所が京橋の小さなギャラリーの経理を任されていた関係で知り合った。

友之は絵を描いていて、年に一回、そのギャラリーで仲間たちと展覧会を開く。友之と知り合ったのはマンション暮らしを始めて一年が過ぎたころだった。事務所のボスや先輩につれられてその展覧会のオープニングパーティに出かけた時、友之と出会った。ふたりとも無口で自分から話しかけるような愛想もなくて、でもそれがきっかけだったのかもしれない。賑《にぎ》やかな人々の輪からはずれたふたりは、ごく自然な感じで近付くことができたのだから。

友之は個性的な人物(多くは女)を描くのを得意とする画家ではあるけれど、それだけでは食べていけないので本の挿絵や装丁画も引きうけていた。妻子とは別居していて、知り合いの家の離れを借りて住んでいた。

その離れは、武蔵野に近い閑静な住宅地に建つ古い家の広大な庭の一隅にあった。知人の娘夫婦が住んでいたあと空き家にしてあったのを、友之が安く借り受けたのだ。妻子への仕送りがあるので、できるだけ質素に暮らさなくてはならない友之には好都合だった。

沙代は週末になると、この離れへ通うようになった。

友之はたいてい、アトリエにしている部屋でお酒を飲んだまま寝入ってしまっていた。沙代は彼を起こさないように用心しながら窓を開け、掃除を始める。窓を開けるとすぐそばに白樺《しらかば》や花水木の木立ちがあって、そのたびごとに心を和《なご》ませられる。洗濯物が入ったままの洗濯機をまわしながら掃除機をかけ、朝昼兼用の食事の支度をする。

そのころになると友之も起き出してきて、何も言わないまま沙代を背後から抱きしめて、それからふたりしてブランチをいただく。ブランチといったところで洋風ではなくて、みそ汁と焼き魚、青菜のお浸しと漬け物。そんな簡素な食事だった。友之がそういう食事を好んだから。

でも、漬け物だけは友之が自分で漬けていた。古い家だから台所の床下にスペースがあって、そこにぬか漬け用の樽《たる》を置いているのだ。他の家事は何もできない中年の男が、一日に二回、ぬか床に手を入れてかき混ぜている姿を想像するだけで、沙代の心はあたたかくなった。

食事が終ると友之は仕事を始めて、沙代はそばで本を読んだり昼寝をしたり、おやつのお菓子と紅茶の用意をしたり、のんびりと過ごす。とりたてて何処《どこ》かに出かけたりするわけではないけれど、そんな時間に身をゆだねているだけで幸福だった。それ以上のことを望むのが恐かったのかもしれない。友之が今以上に親しい存在になってしまうことが。

好きな人、大切な人はみんないなくなってしまう。

沙代の中に消し去りがたく刻まれてしまった感覚。祖母も母も父も、沙代にとって大切な人たちはみんな沙代に看取られて逝《い》ってしまったから、友之だけは失いたくない。だからこれ以上親しくならない。親しくなりたい思いを封じ込めて友之と週末を過ごし、抱かれてきた。

それなのに、友之までも逝ってしまった。付き合い出して三年目、沙代が三十歳になった夏に突然、逝ってしまった。

静かな日々だけが沙代に残された。父を看取ったときには清々とさえ感じられた淋しさが、友之のときにはただただ痛くてたまらなかった。心が痛いのか身体《からだ》が痛いのか判別がつかないくらい、ギシギシと沙代のすべてが軋《きし》んで息をするのさえ苦しかった。それまでの弔いとはちがって、友之の最期には立ち会えなかったからかもしれない。だからいっそう喪失の思いが深く残ったのだ。

あれから二年が過ぎて、沙代は静かにマンションの部屋と会計事務所の往復を繰り返している。最小限の息を吸い、最小限の食物を摂《と》り、最小限の人とだけ付き合って静かに眠る。何の変哲もない、それだけの毎日。生きているという実感さえほとんど無い。

沙代はときどき感じることがある。私はまるで自分の弔いをしているみたいだと。

沙代が働く会計事務所は六本木駅から歩いて十分程の雑居ビルにある。業界ではかなり高名なボスと、その下に若手の会計士が四人。沙代もそのひとりだ。仕事はこなしきれないほどたくさんあるので忙しい。忙しい方が何も考えないですむから楽でもある。沙代は忙しさと静けさに身を沈めるようにして日々をやり過ごしている。

その家を知ったのは半年程前だった。

月末ごとに顧客のところをまわって帳簿や領収書を集めるのだけれど、その日もそんな外まわりの仕事をしていた。昼食は商店街のそば屋で手早く済ませて、事務所まで歩いて帰ろうかタクシーにしようか迷っていた。仕事が予定より早めに終って時間にゆとりがあったので、ぶらぶら歩いて帰ることにした。ちょうど麻布《あざぶ》にいて、そこから事務所まではゆっくり歩いても三、四十分の距離だ。

麻布のあたりは都心に近いけれど、緑が多い。坂道も多い。だから歩いていて、眼が飽きない。このうっそうと樹木の繁《しげ》る坂道を、かつて明智小五郎率《ひき》いる少年探偵団の子供たちが怪事件の謎《なぞ》を追って走りまわっていたのだと想像すると、なんだか心楽しくなったりもする。

そんな路地の一画に、その家はあった。

かなり年代物の日本家屋で、最初に沙代の眼をひいたのは路地に面した木戸に飾られている鮮やかな彩《いろど》りのバッグやスカーフやネックレスだった。どれも日本のものというより、アジアの匂いがした。

誘われるようにその木戸を押して、家の一隅に作られている小さな雑貨店へ入っていった。店は無人で、そこにも色鮮やかなアジアングッズが並んでいた。「ご用の方はベルを鳴らして下さい」と書かれたメモの上に、カウベルのような鈴が置かれている。そのベルを遠慮がちに鳴らすと、家の奥からふっくらとした初老の婦人が現れた。

その婦人がこの家の主《あるじ》であり、小さなアジアングッズの店のオーナーでもあるKさんだった。他人とすぐに馴染《なじ》むことが苦手な筈《はず》の沙代なのに、Kさんのふっくらした姿を見た途端、なんだか懐しい思いがこみ上げてきて笑みを浮かべてしまった。話す声もまろやかで、いっそう親しみを感じた。人間という生き物にはそんな思いが通じるものなのか、Kさんもすぐに沙代が気に入ったらしく、「時間がおありなら、奥でほうじ茶でもご一緒に」と誘ってくれた。

店の奥の仕切りのれんをくぐって、家の中へと入っていった。とても気持がいい。静かな空気には慣れているけれど、この家にはいっそう静かな、濃密な静寂とでもいうような空気が流れている。

掘り炬燵《ごたつ》のある六畳間に通された。火鉢の上では薬缶《やかん》がちんちんと湯気を上げている。Kさんはその薬缶の湯で香ばしいほうじ茶を淹《い》れてから、欄間《らんま》のある二面の襖《ふすま》を開け放った。

ひっそりとした家の中が見わたせた。それはちょっと変わった造りの家だった。

玄関を入ると右手に台所、左手に沙代たちがいる掘り炬燵の和室があって、その向うがかなり広い板敷きの部屋。その板敷きの部屋の半分ほどが、舞いの稽古《けいこ》用の舞台になっている。

Kさんがほうじ茶を飲みながら話してくれた。

「この家はね、私の母が好いた男と暮らした家なの」。沙代は興味をそそられて、シンと耳を澄ませた。

Kさんがまだ少女だったころ、母親に好きな男ができて、家を出ていった。そしてその男と暮らすために建てたのがこの家。母親は句を詠《よ》む女で、男は舞いの名手だったから、あんな広い舞台を作ったのだろう。ふたりだけの、無駄のない、愛の棲家《すみか》。そのふたりはもうこの世にはいない。ひとり娘だったKさんがこの家を受け継ぎ、世話をしているのだという。

何より沙代の眼をひいたのは、庭にある井戸だった。舞いの舞台のある板敷きの部屋の向うが庭になっていて、それほど広い庭ではないけれど、隣家との境界には竹が植えられ、片隅には井戸があった。こんな都心の庭に井戸があるなんて！

でも、井戸はもう涸《か》れていて、蓋《ふた》がされていた。「この井戸はもう使えないのですか」、とたずねると、Kさんは微笑《ほほえ》んだまま応《こた》えた。

「どうかしら。でも、この家もじきに消えてしまうから」

「どうしてですか？　こんなすてきなお家《うち》なのに」

「家もね、井戸と同じで使わないでいると死んでしまうから。昔はこの井戸から出る水は本当にきれいでおいしかったけれど」

Kさんはすでに未亡人で、息子夫婦がベルギーに住んでいて、その息子からこっちへ来ないかと誘われているらしい。ずいぶん迷った挙げ句、ようやく行ってみる決心をした。そのためにこの家を始末しなくては。古びた家付きで買い取ってくれる物好きなどいないから、処分をして更地《さらち》にしなくては。

でもね、とKさんが遠慮がちに言った。

「本当は処分なんてしたくない。それに外国暮らしだって性に合うとは限らないし。帰ってきた時にこの家があってくれたらどんなに嬉《うれ》しいか。どなたか留守居をしてくださると助かるのだけれど」

そう言ってKさんは沙代を見つめた。

それ以後、時々、時間を作ってはKさんの家をたずねるようになった。格子戸《こうしど》をはめた門扉《もんぴ》の脇《わき》に大きないちいの木があるので、沙代はこの家を「いちいの家」と呼ぶようになった。マンションと事務所との往還に寄るところがまたひとつできてしまった。そして「いちいの家」に寄るたび、沙代は友之と過ごした離れでのひとときを思い出す。

ある日、Kさんから正式に留守居をたのまれた。ベルギーの息子夫婦のところへ出発することが急に決まったのだ。

沙代に異存はなかった。

次の週末、荷物の整理をして、「いちいの家」に引っ越した。

通勤はとても楽になった。なにしろ事務所まで歩いていけるのだから。帰りには近くの商店街で買物をして、なるべく早く家に戻り、濃密で静寂な空気に充《み》たされた家の暮らしを楽しんだ。

週末の休日にはやることがいっぱいあった。

マンションとちがって一軒家は手がかかるから。アジアングッズの店も引き継ぎたいと思ったけれど、とても手がまわりそうにないので、それは閉店した。この店になっていた場所は、Kさんの母親が生きていたころは茶室だったという。庭の井戸の水を汲《く》み、茶室で茶を点《た》てて。

そんなふたりに思いを馳《は》せるとき、ふと、会ったこともないKさんの母と好いた男の気配を感じることがある。男は舞台で舞い、母親は庭に面した縁先に坐《すわ》って句を詠んでいる。ふたりの気配は亡霊なのかもしれないのに、ふたりから漂ってくる空気はやさしくあたたかい。

この「いちいの家」で暮らすまで、沙代は自分が生きているという実感をほとんど持てずにいた。まるで自分の弔いをしているような感じさえ抱いていた。だから最小限の呼吸をして、最小限の食べ物で空腹をしのいで。

朝は冷凍保存の食パンをトーストにして、紙パックの牛乳と。昼はコンビニのお弁当か店屋物。夜もレトルト食品が多かった。いつも自分のまわりにどんよりとした膜があるようで、生きていることの実感を得られずにいた。

でも、この「いちいの家」にきて、少しずつ何かが変わり始めている。

それが何なのかはっきりとはわからないのだけれど、沙代を封じ込めていたどんよりとした膜がうす皮を剝《は》がすように、少しずつ薄らいできている。鈍くなっていた細胞が少しずつ鋭敏に透明になっていく。

だから、この家で愛の暮らしを紡《つむ》いでいたふたりの気配を感じ取ることができたのかもしれない。あるいはこの家では死者と生者の間《あわい》があいまいとなって、溶け出しているのだろうか。

でも、そうだとしたら、死者の気配を感じとることによって、沙代が生きているという実感を取り戻しているのは何故《なぜ》なのだろう。

この家に来るまでは気にもかけなかった風の音を聞く。夜になれば家中の雨戸を閉めながら星や月を眺める。夏の夜には蚊帳《かや》を吊《つ》ったし、蚊取り線香も焚《た》いた。Kさんが置いていった浴衣《ゆかた》も着てみた。浴衣を最後に着たのは祖母が生きているころだった。

そして毎日のように台所に立ち、自分のための食事を作る。

これまではお酒を飲まなかったけれど、少しだけいただくようにもなった。友之がいつも飲んでいたお酒。「俺はチャラチャラした芳醇《ほうじゅん》な酒は苦手だ。野武士みたいな無愛想な酒が好きなんだ」。そんな友之の声を思い出しながら、同じお酒を買ってきた。そして友之に作ったのと同じ簡素な肴《さかな》を作って、ひとりでチビチビと飲んだ。

夜の中を風が吹き抜けて、庭では虫たちの声がかまびすしくて、そんな賑やかな静寂の中で飲むお酒も食事も沙代の心や身体の細胞に染《し》み入って、生きていることの実感はどんどん深まっていく。

ある日、庭の掃除をしていた沙代は井戸の蓋を開けてみた。土と枯れ草が縁のところまで詰まっている。スコップを探し出して土を掘り出してみたけれど、とうてい水脈にまで辿《たど》りつけそうにはない。

この井戸は本当に涸れて、死んでしまったのだろうか。

でも、沙代はあきらめたくなかった。

なぜなら、この家にきてから微《かす》かな風音さえ聞くようになっただけでなく、水の音、水脈の気配も感じるのだ。

この井戸の底にはきっと水脈がある。もしもこの井戸をもういちど蘇《よみがえ》らせることができたとしたら、私は私のすべてを受け入れて、もういちど生き直すことができるかもしれない。

沙代は自分に対して小さな賭《か》けをしてみようと思った。

この井戸を生き返らせること。

けれど、そのためにどうすればいいのか、皆目わからなかった。

まず保健所に電話をして訊《き》いてみたけれど、水質の検査には応じてくれるものの、井戸掘りについてわかる人はいないと言われた。そのあと区役所に電話してみると、家庭用井戸掘りをしているという業者を紹介された。

さっそくその業者に電話をしてみた。親切そうなおじさんが出て来て、工事ができるものかどうか、井戸の様子を見にきてくれることになった。

その日は朝からソワソワして、まるで自分の子供が面接を受けるような気分で落ち着かなかった。いつもよりていねいに庭を掃き、井戸の蓋もよく洗った。

やってきた業者の点検によると、本当に水が出るかどうかは掘ってみないことには何とも言えないということだった。近ごろはどこもアスファルトで固められて、雨水が地下に染み込むことが少なくなったから、以前あった水脈も涸れていることが多いらしい。涸れていないにしても、よほど深く掘らなければならない場合には、危険なので掘削《くっさく》を断念することもあると。

それでも井戸掘りをやってもらうことにした。これは沙代の自分に対しての小さな賭けなのだから。

業者は二人で来て、ひとりが井戸に入って土を搔《か》き出してはバケツの中に入れ、それを滑車であげて、上にいるもうひとりが受け取って捨てる。その作業を延々と繰り返す。一日の作業を終えると、井戸の中の土は三メートルほど掘られていた。水脈に届く予測深度は六メートル。あと半分。

業者が帰ったあと、井戸に入るのは危険ですよと禁じられていたけれど、沙代は梯《はし》子《ご》を掛けて井戸の中へ降りていった。直径一メートルほどの井戸の中はひんやりとしていて、風音や虫の声が遠去《とおざ》かるにつれて、水脈の気配はヒタヒタと濃密になっていく。

その夜は庭に面した縁先に卓袱台《ちゃぶだい》を置いて、夕食をいただいた。

天空には三日月が冴々《さえざえ》とかかっている。

お酒も一合ほど飲めるようになったので、肴のおいしさもひとしおだ。今夜はよく冷やした焼きナスとだだ茶豆。

井戸の水が出るようになったら、野菜をたっぷり冷やしてみよう。キュウリ、トマト、セロリ、スイカも。

祖母がいつも言っていた。水は土の中からもらうものだから、土で育ったものをおいしくするんだよ、と。

次の日も業者が来て、作業が続けられた。

陽が傾き始めたころ、遂《つい》に水脈に辿りついた。六メートル近く掘ったところに砂利が敷きつめられていて、そこにジワジワと水が滲《にじ》んでいるという。水脈の印《しるし》らしい。もう少し砂利を足して、あとは自然に水が上がってくるのを待つ。一日か二日。水は井戸の半分くらいまで上がってくる。そうなったら水にパイプを入れ、手押し式のポンプを取り付ける。

こうして「いちいの家」の井戸は蘇った。

その晩、沙代は夢を見た。

井戸の底に淀《よど》んでいた水がヒタヒタと水かさを増し、井戸の縁からあふれ出て庭を浸していく。竹の根もとや庭木を濡《ぬ》らし、なおもヒタヒタとあふれ沓《くつ》脱ぎ石の上のサンダルを浮かせ、板敷きの部屋へと流れていく。月の光で青く照らされた闇《やみ》に眼をこらすと、この家の主だったKさんの母親と好いた男が、舞台の上に坐って酒を酌《く》み交わしている。たのしげな声が聞こえてくる。

ヒタヒタヒタ。

水は舞台のすぐ下まであふれてきて、そこでピタリと水位を止めている。舞台はまるで水面《みなも》に浮かんでいるよう。

月光がいっそう明るくなると、いつのまにやら舞台の上には沙代の両親と祖母もいて、月の宴《うたげ》をたのしんでいる。祖母と母はお酒が飲めないから、ガラスのコップで舞台のそばの水を汲み、おいしそうに飲んでいる。それぞれの前には箱膳《はこぜん》が置かれ、井戸の水で冷やした野菜が載っている。ポリポリと野菜を嚙《か》み、酒と水とで月の宴はつづいていく。

あ……。

沙代は声を上げそうになる。友之がいる。友之までが宴の中にいて、おいしそうに杯を干している。門扉の脇にあったいちいの木も、いつの間にやら舞台の袖《そで》で葉陰を揺らしている。

夢の中で沙代は、ヒタヒタ揺れる水のこちら側から月の宴を見つめている。皆のたのしげな様子を見つめている。

祖母が沙代に手招きをする。

沙代ちゃんおいで。こっちへおいで。

さぁ、こっちへおいで。

沙代の足もとを濡らす水はやわらかくて気持がいい。

でも、沙代は静かに首を横に振る。

おばあちゃん、まだ行けないよ。だって私はまだこっちにいるんだもの。こっちの世界で時間が残されているかぎり、その時間を生きていかなくてはならないから。

ヒタヒタヒタヒタと水面が揺れ、宴の皆が沙代を見る。

いいよ、待っているから。ゆっくりおいで。もしも寂しくなったら、呼んでおくれ。

いつだって井戸の水をくぐって会いに来るから。

ありがとう。

死者と生者の間《あわい》に水が流れている。

沙代は膝《ひざ》をつき、てのひらに水をすくってひとくち飲む。清冽《せいれつ》な水が沙代の細胞を晒《さら》していく。

このとき、沙代は思う。

もういちど私は私を受け入れて、生き直すことができるかもしれない。

かつて弔った愛《いと》しい人たちに励まされながら、今、そう思う。

解説

壇　蜜

以前、食と性に関してこんな意見をもらった。

「性を売り物にしている女が、食べ物の宣伝活動をするんじゃない。食欲が落ちるし、不快だ」

数年前にとある米の宣伝活動を担当した時、私の活動内容がニュースになった。「セクシーなタレントが広告仕事をやってるぞ」と。縁があって頼まれた仕事だったので、形はどうあれニュースとして取り上げられたことも嬉《うれ》しかった。ピンクのワンピースや着物でいそいそと活動をしていたときに、上記のコメントが寄せられた。ショックではなかったし、「まあ、そういう考え方もあるしね」と受け止めた。しかし、食と性というのは随分と相性が悪いものだなとも思い、宣伝担当に選ばれて果たして良かったのかと無駄な心配もした。もちろん辞退などせずに職務を遂行しギャラもいただいたが。

（私の人生の中に限ってだが）食と性の相性って悪いんじゃないかと考えたことは以前にもあった。学生時代だったと思う。当時好きだったがなかなか本命にしてもらえない男がいた。顔の良さとぶっきらぼうなところに「私がこの人の不器用な性分を変えたい」などとバカなことを思い立ち、追いかけた。結果としては惚《ほ》れた弱味で振り回され、泣かされ、セックスの後に「尻《しり》がでかくてマヨネーズの容器みたいな体」と笑われてフラれたのだが。

その男は「食事を楽しむとセックスする感覚が鈍くなる」と言い、ホテルに行く前に入る居酒屋ではいつも酒と簡単なつまみしか頼まなかった。「賑《にぎ》わいの雰囲気がいいんだよ」と漬け物やサラダをつつく男の横で、豚キムチや春巻きなどの居酒屋的こってりメニューをがまんしつつ、「そうなんだ」と酒を舐《な》めるようなデートが続いた。セックスの最中に腹が鳴っては困ると、待ち合わせの前は少し早めに向かって、降りるひとつ前の駅のホームでこっそり携帯食やパンを口にして（鉢合わせるとまずいので）、デート中に唯一《ゆいいつ》自由に選べるドリンクは乳製品入りか炭酸系、シェイク系という少しでも胃袋に留まるものを摂取していた。デート前に胃袋の底上げにと急いで口に放り込んだコンビニの肉まんや、注文されたホタルイカの沖漬けだけではおさまらない空《す》きっ腹を抱え、居酒屋のトイレに駆け込みかじりついた鞄《かばん》の中に常備していたボロボロのクッキー、少しでも酔って気持ちと胃袋の感覚を麻痺《まひ》させたかった故《ゆえ》に頼んだカルーアミルクなど、思い出すのは楽しい気持ちで向き合えなかった食べ物ばかり。当時は「セックスのために食をがまんする」ことが当たり前だった（フラれて本当によかったと思う）。

『食べる女』を読む前は、米の件で、また、かつては男の価値観の件で食と性を切り離さなくてはいけないのかという壁にぶつかり動けずにいた私に、食と性の親和性を切り取った物語の世界観が果たして理解できるのかと不安ではあった。羨《うらや》ましくて身もだえるんじゃないかとも。しかし、読み進めていくうちに、湧《わ》き上がる羨ましさと同時に「明るい、もしくは救いようのある食とセックスの世界」に自分のジメジメした気持ちが緩んでいくのが分かった。人から言われたことも、押し付けられていたことも、結局仕事や恋の成就《じょうじゅ》のために受け流したことだから、大した問題ではなかった……と。自分だけの食と性の前向きなルール作りが今後の私に出来たらいいな、いや、作っていきたいな、とにやにやしつつ本を閉じた。

しかし、ネガティブな食と性との思い出は浄化せずに心に住まわせていきたいと思った。こういう経験を表に出すと、そこそこの稼ぎが見込めるからだ。お金に還元した思い出で旨《うま》いものでも食べて、ささやかなセックスができればこんなに嬉しいことはなさそうだ。エグくてカッコ悪くてしょうもない過去が旨いものと未来の恋を作るとするなら、やはり浄化すべきではない。

豆腐、ラーメン、サンドイッチ……物語に出てくる食べ物は美味《おい》しそうなものばかりだが、共通するのは「自分の心と体が求めるもの」。私のようないわゆる「旨いの沸点が低い人間（たいがい旨いと思う）」的視点から語ることが許されるならば、私にとっての「心と体が求めるもの」をここに記したい。まず、父のチャーハンが思い浮かんだ。父と一緒に暮らしていたとき、母が仕事に行っていたり出掛けていたりと不在の時はよくチャーハンを作ってもらった。みじん切りにした玉ねぎと細かく切った豚ばら肉を炒《いた》め、冷飯を合流させて醤油《しょうゆ》少々で味付けするのだが、これが焼き飯とは思えぬほどしっとりしており、おまけにパラパラ感もない。恐らく玉ねぎの水分、豚肉の肉汁がうまく蒸発していないのだ。そこに投入される冷飯も柔らかめなのでこんな事態になる。我が家のガスコンロの火力がイマイチだったというのも要因のようだ。火をいれてもなお固まったご飯の群れが皿のなかに数グループ存在する……という衝撃の出来映えだったが、これが私には妙に旨く感じた。チャーハンのリクエストは随分したと思う。以前どこかのコマーシャルで、父の作った不器用なチャーハンを嫁に行く直前の娘が急に食べたがる（食べたのち泣く、というものだった）などという内容のものがあったが、「それほど旨くなくても人生の変わり目や迷いが生じたときに食べたい」という己の状況の近さに驚いた記憶がある。まだ嫁に行く予定はないのだが。

こうやって書いていても父のごろっとしたチャーハンが食べたくなる。そして、チャーハン作りがあまり上手《うま》くない人を好きになりそうな予感もしている。そんな男と交わすセックスはもしかすると不器用でぎこちないかもしれない。それでもそれが愛《いと》しいなら、きっと「心と体が求めるもの」なのだろう。下手なチャーハンが食べたければ、二人でどこかに食べに行ってもいいのだ。旨いチャーハンに心を満たされ、旨いチャーハンに胃袋を満たされるなんて、どんなプレイだと書いていて恥ずかしくなってしまうが、私ももうすぐ四十。こんな大人のプレイがあってもいいではないか。

ちなみに、『食べる女』は映画化され、僭越《せんえつ》ながら私も出演している。

（二〇一八年七月、タレント）

この作品は、平成十六年三月アクセスパブリッシングから刊行され、平成十九年三月に新潮文庫化された『食べる女』に、平成二十年二月に同じくアクセスパブリッシングから刊行された『続・食べる女』の一部を加え、再編集したものです。

新潮文庫最新刊

JASRAC　出1807102771P

食《た》べる女《おんな》

決定版

新潮文庫　つ-22-3

平成三十年九月一日発行

著者　筒《つつ》井《い》ともみ

発行者　佐藤隆信

発行所　株式会社新潮社

郵便番号　一六二―八七一一
東京都新宿区矢来町七一
電話　編集部(〇三)三二六六―五四四〇
読者係(〇三)三二六六―五一一一
http://www.shinchosha.co.jp

印刷・錦明印刷株式会社　製本・錦明印刷株式会社

ISBN978-4-10-131133-3　C0193